Clara de Assis
Aluga-se um Noivo
Os Di Piazzi - 1

Esta é uma obra de ficção. Nomes, personagens, lugares e acontecimentos descritos são produtos de imaginação do autor. Qualquer semelhança com nomes, datas e acontecimentos reais é mera coincidência.

2ª Impressão 2021

Foto de Capa: Depositphotos
Criação e Produção: Verônica Góes
Revisão: Editora Charme
Revisão final: Sophia Paz

FICHA CATALOGRÁFICA ELABORADA POR
Bibliotecária: Priscila Gomes Cruz CRB-8/8207

A848a Assis, Clara de

Aluga-se um noivo/Clara de Assis;
Revisão: Equipe Charme; Capa e produção gráfica: Verônica Góes;
Produção final: Sophia Paz. – Campinas, SP: Editora Charme, 2021.
324 p. il.

ISBN: 978-85-68056-45-5

1. Romance Brasileiro| 2. Ficção brasileira-
I. Assis, Clara de. II. Equipe Charme. III. Góes, Verônica.
IV. Paz, Sophia. V. Título.

CDD B869.35

Editora Charme

www.editoracharme.com.br

Clara de Assis

Procura-se amigo com biblioteca para amizade sincera.
Tem uma biblioteca e procura uma amizade sem interesse?
Entre em contato pelo e-mail:
amizadesincera@email.com.br

Ofereço companhia para belos rapazes.
Acompanhante de luxo para qualquer ocasião, na região do RJ.

Procuro alguém para cuidar do meu coração;
não precisa experiência anterior.
Ofereço plano de saúde e amor incondicional.
Tratar na redação do Jornal.

Procura-se um amor que goste de livros.
Procuro rapaz, solteiro, entre 20 e 30 anos, que goste de ler e tenha interesse em um relacionamento sério.
Mande e-mail com foto:
amorelivros@email.com

Vendo biblioteca com mais de mil livros.
Acervo com mais de mil livros de vários gêneros.
Bom estado. Localização: RJ
Interessados: biblio@email.com.br

Vende-se casa na rua Antonio Parreira 102. Niterói.
3 quartos, vaga para estacionamento.
Procurar no local e falar com Eduardo

Mulher solteira procura:
Livros e um grande amor!
Me ligue: (99) 9999-0000

Compro livros usados.
Qualquer gênero, em bom estado.
Favor entrar em contato:
comprolivros@email.com.br

ACOMPANHANTE
Aluga-se companhia interessante.
Homem charmoso e discreto.
Interessadas:
aluga-seumnoivo@editoracharme.com.br

LEO BUFFET
Churrasco e acompanhamentos. Rio e Grande Rio. Levamos a festa até você.
T (21) 96911-8666

Precisa-se de adestrador.
Sítio contrata adestrador para cães da raça Labrador. Horário flexível.
Contato: sitiosantaclara@sitio.com

Ofereço companhia para belas moças.
Acompanhante de luxo para qualquer ocasião, na região do RJ.
Cobro um preço acessível.

Autora procura blog.
Procuro blog para uma parceria duradoura.
Se curte o gênero romance, me procure:
autoraderomance@email.com

Vende-se apartamento no Largo do Machado.
2 quartos, dependências completas.
Frente. Sol da manhã.
Tel. (99) 95022-0000

Aluga-se um Noivo

Os Di Piazzi - 1

ADMINISTRADOR
Seguradora localizada no ...

Compro livros usados.
Somente romance, mas em bom estado.
Favor entrar em contato:
comprolivrosderomance@email.com.br

Atendentes de locação para trabalhar no Centro do Rio.
Mandar currículo com pretensão salarial para o e-mail: dplojasinfo@info.com

EDITORA CHARME
Entre lá na nossa loja e escolha o seu romance.
www.editoracharme.com.br
loja.editoracharme.com.br

Editora Charme

“O medo é um preconceito dos nervos.

E um preconceito, desfaz-se. Basta a simples reflexão.”

Machado de Assis

Prólogo

As sombras no teto criavam formas distorcidas. *Mais um dia*, pensou a mulher de olhos amendoados. Suspirou e manteve-se imóvel na cama, repensando sua vida, cada risada perdida, cada abraço inútil. A mente vagueou. Uma vez mais, os gemidos e sussurros se materializaram na cena que destruía seu coração dia após dia.

Lembrou-se dos dois sanitários sujos e fétidos dos quais desviou-se rapidamente. Sufocada pelo vômito em sua garganta, parecia que jamais esqueceria a sensação de ardência em seu esôfago, das mãos suaves que lhe tocavam os cabelos negros, impedindo-os de mergulhar na imundície do sanitário. Lembrou-se dos dedos em seus ombros desnudos, evitando sua queda.

Chorou mais uma vez, no escuro proporcionado pelas cortinas fechadas do quarto. Temeu nunca se livrar daquelas memórias que tanto lhe atormentavam. Pensou em Lucas, Fernando e no mais recente, André. Pensou no quanto se esforçaram com flores e presentes caros. Havia também os romances quinzenais, eventuais figuras masculinas com quem nunca compartilhou momentos significativos; contou mentalmente quatorze, esse era o número de tentativas e erros em seus relacionamentos.

Sorriu ao perceber que Santos Dumont também tentou quatorze vezes decolar sua máquina voadora, e pensou em tentar novamente. Entretanto, não deixaria que o destino escolhesse por ela, programaria com cuidado cada passo e escolheria a dedo quem lhe parecesse ideal.

Capítulo 1
Rua do Ouvidor

— Diga só mais uma vez, por que estamos fazendo isso mesmo?

— Porque meu irmão vai se casar com a Luíza — expliquei pausadamente pelo que pareceu ser a décima vez.

— Tem certeza de que é a melhor alternativa?

— Carol, você não é obrigada a me acompanhar.

— Enlouqueceu? E perder toda a diversão?

Atravessamos apressadas a Avenida Rio Branco, no centro do Rio de Janeiro. O semáforo já piscava, indicando que nosso tempo estava acabando.

Entramos em um dos muitos edifícios da rua do Ouvidor, conforme indicado pela agência. Quinto andar. Respirei fundo e toquei a campainha, arrumei a saia lápis preta e a camisa de seda bege. A porta se abriu, e meu queixo desabou.

— Ah... Desculpe, toquei por engano.

Saímos do prédio rindo tanto que foi necessário que nos apoiássemos na parede para gargalharmos um pouco mais.

— Meu Deus, o que era aquilo, Débora?! Tem certeza de que era o lugar certo?

— Está aqui no e-mail. Olha. — Carolina deu uma olhada rápida no papel entre uma fungada e uma respiração profunda para se recompor.

— Tem razão, mas assim... Impossível.

Realmente, impossível. O homem que nos atendeu usava uma cueca de elefantinho, com aquela *coisa* pendurada, e era estranho, com cara de sono, barba por fazer... Sem chance.

— Vamos tomar um café antes de voltarmos para o trabalho? Mais tarde eu ligo pra agência.

— Desiste dessa loucura, amiga...

— Nem pensar! Não posso dar esse gostinho ao João! Carolina, eu sou a irmã do noivo!

— E João, seu ex-namorado — constatou o óbvio de maneira banal.

— Correção, meu ex-namorado e padrinho do meu irmão! Ainda não acredito que o Junior fez isso comigo.

— É... Chamar seu ex e a atual para padrinhos de casamento foi mesmo... — Carol juntou o indicador e o polegar formando um círculo aberto.

— Vamos naquele café na rua do Carmo?

— Ah, não! Muito longe... — Odeio a preguiça dela. — Vamos aqui na livraria que dá no mesmo.

Amava trabalhar no centro do Rio de Janeiro, porque existia opção para tudo, desde um café após o almoço até encontrar um homem de meia-idade com uma cueca ridícula.

Entramos na megalivraria na rua do Ouvidor, ainda rindo muito da situação. Havia uma fila de espera, nada muito grande, umas cinco pessoas à nossa frente. Carol fez o que sempre fazia: disfarçou e furou fila, parando no balcão. Isso me matava de vergonha, mas não seria hipócrita, fingia não ver e aceitava os jeitinhos que ela dava para tudo.

Enquanto Carol esperava pelo pedido, fui andar um pouco. Estava na cara que iria demorar, afinal, às duas da tarde de um dia nublado, todos os trabalhadores de bom senso estavam em busca de um café.

Sempre havia muita novidade na livraria. Os exemplares de O Jardineiro Fiel, de John Le Carré, estavam se esgotando. Cheguei a ler a sinopse, queria tê-lo comprado, mas a fila do caixa me desanimou, então o coloquei na prateleira e dei meia-volta, mas outra pessoa fazia o mesmo movimento e esbarramos feio.

Olhei para o homem, que se desculpou, e também me desculpei. Ele sorriu, e era absolutamente lindo. Olhos e cabelos castanhos, cílios longos, nariz perfeito. Sempre reparava primeiro no nariz, afinal, estava no meio do rosto, e meu fraco eram os narizes afilados. Olhei para os lábios dele; foi rápido, mas ele me deixou ver um pouco do seu sorriso perfeito, depois se afastou com um livro.

Sem pensar muito, peguei o primeiro exemplar que minha mão alcançou e o segui, disfarçando. Carol acenou para mim, e meneei a cabeça em negativa. O homem bonito entrou na fila do caixa, que havia diminuído consideravelmente. Estiquei os olhos, entortei o rosto e fingi que estava lendo uma revista da prateleira. Finalmente ele mudou a posição do livro e pude ver que estava prestes a comprar Grande Sertão Veredas. Primeiro pensamento: *Hum... Culto.*

Nada de mais aconteceu a partir daquele momento. Ele sacou um cartão para efetuar o pagamento, segui dois caixas depois e paguei o meu exemplar. Ele foi embora, eu voltei para o café.

Carol mantinha no rosto o sorriso e a expressão de deboche que eu conhecia muito bem.

— Quero ver! — Puxou a sacola e tirou o livro. — O quê? "Meu primeiro livro de culinária"? — Ela gargalhou, chamando a atenção das pessoas próximas.

Fiquei envergonhada.

— Débora, quem era esse homem que te fez gastar... — Virou o exemplar, procurando o preço. — R$39,90 em um livro de culinária infantil?

— Não sei. E também não sei o que me deu, foi meio que um... — Gesticulei, procurando uma definição. — Um impulso, uma coisa louca.

— Você que é louca. Esse homem devia ser um espetáculo.

— Gato. Muito mesmo.

— E você nem puxou assunto com ele? Numa fila daquelas?

— Ah! Nem lembrei, estava mais interessada em ver o livro que ele pegou.

— Qual era?

— Grande Sertão Veredas.

— Hum... Culto.

— Porra! — Então foi a minha vez de fazer vergonha, falando um palavrão em alto e bom som. — Foi isso que eu pensei! Exatamente isso! — praticamente sussurrei, desviando o olhar dos que nos encaravam.

Bebemos nosso café e fomos embora. Aquela foi uma semana complicada. Procurei em vários anúncios, mas nenhum homem se enquadrou no meu perfil ideal; eu começava a achar que eu não tinha um perfil ideal. Fiquei repassando mentalmente a péssima quinta-feira.

Carol estava comigo o tempo todo, e fazia careta sempre que desaprovava alguma coisa.

Entrevistamos cinco homens no meu apartamento, o que fez minha melhor amiga ficar supernervosa. Mas como faria para me encontrar com eles? Certamente não escolheria a lanchonete da esquina.

O primeiro era muito mais baixo do que eu, até era legal, mas não combinava.

O segundo só falava portunhol, então, não.

O terceiro era lindo, charmoso e... Tinha o tique de ficar passando o dedo na língua. Nem pensar.

O quarto era mais feminino do que eu.

O quinto ficou mais interessado em Carol do que em mim.

Suspirei fundo, aquela história não ia nada bem e o casamento aconteceria em poucos meses.

Finalmente consegui dormir. Mal. Estava um frio desgraçado no meu apartamento e acordei de mau humor. O chuveiro demorou para esquentar. Atrasei-me com o café... Existiam dias ruins e existia aquela sexta-feira, que começou e seguiu na estranheza. Meu chefe brigando com todo o escritório, depois falando da porcaria do time de futebol dele... *Um inferno!* Discussão acalorada com um prestador de serviço. Almoço trocado... *Meu Deus, que dia!*

Para completar, o desgraçado do Otílio, "o chefe", deixou uma pilha do tamanho do Everest com documentos de seguro de vida atrasados para minha amiga resolver. Obviamente, de lá ela não sairia tão cedo e, se não fosse o encontro com um cara chamado Seth, com quem marquei para conhecer, sem dúvida a ajudaria.

Ao menos Seth era pontual e bonitão. Tinha umas entradas no cabelo, era legal e educado, usava um perfume barato, mas sabia conversar sobre muitas coisas. O nome dele, na verdade, era Setembrino. Não consegui evitar a risada, mas ele não se importou muito com isso, e acabamos remarcando para o dia seguinte, sábado. Assim, Carol poderia conhecê-lo e validar.

Sábado, quase nove horas da noite, finalmente Setembrino telefonou, avisando que viajaria para o nordeste a fim de cuidar da mãe com apendicite.

— E agora, Débora?

— Sei lá, acho que vou procurar na internet.

— Ah! Sim, por que não arriscar encontrar um sequestrador, um estuprador, um assaltante...?

— Relaxa, Carol. Vamos olhar sem compromisso.

— Ainda acho que deveria ligar para a agência de acompanhantes.

Puxei o notebook e digitei no site de busca: garoto de programa. Passamos por algumas fotos, até que uma chamou minha atenção. Um homem sem rosto mostrava apenas o queixo, o tronco marcado por músculos definidos e uma parte de seu membro.

Carol e eu nos olhamos ao mesmo tempo.

— Debby, olha isso!

— Estou olhando, mas não creio, *isso* deve ser Photoshop.

— Essa coisa tem a espessura de quê? Uma lata de refrigerante? — Carol exagerou um pouco... Só um pouco.

— E não adianta nada se tiver o tamanho da lata também... — Mostrei os dedos fazendo sinal de pequeno.

— E que diferença faz? Você não vai transar com ele.

— O que você acha?

Na mesma hora, Carol abriu um sorriso enorme e arregalou os olhos.

— Liga, ora. Aqui. — Pegou seu celular. — Use o meu que tem identificação bloqueada.

Liguei para o número. Não atendeu.

Liguei mais duas vezes, nada.

— Tenta mais uma vez, de repente, ele está em "atendimento" — Carol falou com tamanha ironia que começamos a rir.

— Tá legal, última vez, se não atender, a gente procura outro.

— A gente não, querida, você. Não sou eu quem cismou em alugar um namorado só para aparecer acompanhada na frente do ex.

— Até parece que você não conhece o João...

— Ah! Liga logo pro gostosão da foto e não comece com a ladainha outra vez.

Liguei, e ele atendeu no segundo toque.

— Alô?

— Er... Oi... er... Eu... er... — gaguejei.

— Quer marcar um programa. — *Ele perguntou ou afirmou?*

— É. — Minha voz saiu quase como um pedido de desculpas.

— Mulher ou homem?

— Mu-mulher... Mulher!

Pude sentir que ele sorria do outro lado da linha. Meu Deus, que ódio de mim!

— Certo. Uma mulher... Várias mulheres... Só mulher...

— Só eu.

— São cento e vinte a hora, vaginal, a posição que você escolher. Não faço chuva dourada, negra, de cor nenhuma e não aceito isso também. Nada com sangue, crianças, animais ou árvores... — Crianças? Árvores? Ele continuaria com as condições se eu não o interrompesse.

— Moço. Moço! — Ele se calou. — Sou só eu, sem vaginal, oral ou anal.

Ele riu do outro lado da linha. Carolina escondia o sorriso tapando a boca. Até então não houve nenhuma conversa assim. Na agência era diferente, só precisei dizer que queria um acompanhante para um fim de semana prolongado e pronto.

— Isso é trote, senhorita? Se for, não ligue, não posso ficar ocupando essa linha com besteiras e...

— É sério! Só preciso de um acompanhante. — Ele emudeceu.

Será que estava pensando?

— Tudo bem... Onde podemos nos encontrar?

— Anote o endereço.

Passei meu endereço a ele enquanto Carol gesticulava que eu era louca, para não fazer isso. Mas eu fiz, depois fiquei morrendo de medo.

Meu coração estava saindo pela boca. Carol resolveu manter um spray de inseticida à mão, afinal de contas, a gente não tinha spray de pimenta nem gás lacrimogênio.

A campainha tocou. Carol se levantou em um pulo, olhou pelo olho mágico e se virou para mim com uma careta, a boca se abrindo aos poucos até formar um "O". Eufórica, abanava-se com uma das mãos e a outra estava pousada no peito. Fui até a porta, e novamente a campainha tocou. Olhei pelo olho mágico, mas ele estava apoiado no batente da porta, cabeça baixa, e só vi seus cabelos repicados.

Franzi o cenho. Carol foi para o sofá, para o lado oposto ao que escondeu o spray de inseticida, esperando que fosse eu a tomar a ação, caso necessário.

Respirei fundo e abri a porta.

Quando o homem levantou o rosto, congelei. Minhas pernas tremeram.

Ele sorriu, meneando a cabeça em negativa, umedeceu os lábios com a língua e voltou a sorrir de lado.

O homem da livraria.

Capítulo 2
O Garoto de Programa

Fiquei sem ação. Ele levantou as sobrancelhas, esperando que eu dissesse algo. Como não disse, fiquei como idiota diante dele. Carol veio em meu socorro, puxou-me de leve para um lado e o convidou a entrar. Senti o ar sair dos meus pulmões.

Eu estava prendendo a respiração? Que ridícula!

Espera! O cara culto da livraria era um garoto de programa? Meu Deus! Esse mundo está perdido!

Usando roupa social preta e relógio de prata, passou por mim deixando o rastro de um perfume bom. Eu tinha quase certeza de que era Giorgio Armani.

— Oi, sou Carol, essa é a Débora. Senta aí. — Carol indicou o sofá e ele foi justamente para onde ela havia escondido o spray.

Ele se recostou e sentiu algo o incomodando, puxou a lata de inseticida e fez uma expressão em que se lia claramente "eu, hein!". Deixou a lata no chão, ao lado dele. Ficamos super sem graça.

Sentei-me na poltrona de frente para ele, e Carol, na outra ponta do sofá. O silêncio era crescente. Por fim, ele apiedou-se de nós e começou a falar.

— Podem me chamar de Théo. Então, meninas, qual de vocês precisa dos meus serviços? — Como se não bastasse ser lindo, elegante e perfumado, tinha uma voz grave e levemente rouca.

Levantei a mão, bastante envergonhada.

Deus! Voltei para a sexta série!

— Certo, é... Bárbara...

— Débora — corrigi. As pessoas tinham mania de trocar meu nome por Bárbara.

— Ok, desculpe. Débora. Quando você deixou claro que não queria sexo, o que tinha em mente? Que eu fosse a algum evento com você? É isso?

— Isso.

— E... Uma moça tão linda não tem namorado? — ele perguntou com uma expressão incrédula, enquanto gesticulava com desenvoltura.

Neguei com um sacolejar de cabeça.

— Já vi que essa conversa vai ser longa — resmungou. — Posso? — Ele indicou o pequeno bar.

Aquiesci. Théo se levantou e serviu-se como se estivesse em casa. Carol abriu a boca mais uma vez e as mãos acompanharam. Ela mexeu os lábios, fazendo mímica: "Nota dez".

— Débora, toma alguma coisa comigo? — *Ele estava me oferendo minhas bebidas?* — Carol?

Ela negou. Théo tornou a me olhar, esperando a resposta.

— Uma tequila. — *Eu estava aceitando?!* Meu coração não parava de pular.

Ele se serviu de uma dose de Absolut e misturou com alguma outra coisa, voltou com os copos, entregou-me um, agradeci e ele os bateu em um brinde mudo.

Voltou a se sentar, de pernas cruzadas, visivelmente mais relaxado.

— Que tipo de evento é?

— Meu namorado vai se casar com o padrinho do meu ex-irmão...

Théo entortou o rosto, confuso. Carol gargalhou. Só então percebi a asneira que estava falando. Segurei a boca e arregalei os olhos. *Que desastre!*

— O irmão dela vai se casar, o ex-namorado da Debby vai ser o padrinho, mas ele está namorando uma moça linda que foi nossa amiga de faculdade — Carol explicou.

— Mas ela não se formou! — Eu precisava dizer aquilo.

— Tudo bem... Por quanto tempo vai precisar de mim?

— O casamento será no feriado, em setembro — Carol continuou, respondendo por mim.

— Mas tem bastante tempo até lá. Débora? — ele me chamou.

— É que haverá uns eventos, ensaio de casamento, coquetéis, chá de panela e... e... Seria estranho...

— Se aparecesse no dia do casamento, de repente, com um namorado. — *Ele pega as coisas rápido.*

— É.

Ele deu um sorriso aberto, lindo.

— Gosto desse seu "é".

Olhei para Carol e ela envergava a boca para baixo, um sinal de afirmativo surgindo discretamente em sua mão direita.

— Escuta, Débora, a gente não se esbarrou na livraria, na terça-feira, acho?

— É. — Outra vez o maldito "é", parecia um pedido de desculpas! *Droga!*

— Você é o cara da livraria? — Carol estava boquiaberta. — Está explicado!

— O quê? O que está explicado? — Nós nos entreolhamos. Quando ele voltou a encarar Carolina, notei que estava com os olhos semicerrados, inclinando a cabeça sutilmente... *Espere aí! Ele estava seduzindo a minha amiga?*

— Ela comprou um livro qualquer só para estar na fila atrás de você — Carol praticamente cuspiu a frase inteira.

— Jura, Débora? — *Senhor! Preciso de um buraco para me esconder!* — Pensei que só quisesse ver o meu livro. — Minha boca abriu. *Ele percebeu! Que porcaria!*

— Eu... Eu... — Bebi a tequila de uma vez!

— Como não notaria? Você estava "lendo" uma revista de ponta-cabeça — ele disse e eu escondi meu rosto em uma das mãos —, por isso deixei você matar sua curiosidade. Claro, depois de ficar brincando um pouco com seus contorcionismos.

Ele ria livremente da minha cara; estava absolutamente à vontade.

Que homem é esse?

Ele mordeu o lábio antes de continuar falando.

— Mas achei... bonitinho.

Eu dei um sorriso amarelo.

Então ele olhou o relógio em seu pulso, ergueu as sobrancelhas e se levantou. Instintivamente, levantei-me também e Carol fez o mesmo.

Théo deixou o copo intocado no bar e dirigiu-se à saída. Ao menos consegui ir até ele e abrir a porta.

— Carol, foi um prazer conhecê-la. Débora, como no seu caso não tem sexo, são trezentos reais por dia ou, obviamente, cento e cinquenta por meio período de evento. Você tem meu telefone, se resolver alguma coisa.

Théo aproximou-se de mim — era quase dois palmos mais alto do que eu —, cheiroso demais, e segurou meu queixo, olhando-me nos olhos. Pensei que me beijaria, e meu coração pulou feito louco no peito.

Théo se inclinou. Fechei os olhos e senti quando deu um beijo em minha bochecha, pegando a pontinha dos meus lábios. Meu corpo reagiu de maneira intensa.

— Tchau.

— Tchau — respondi. Ele se foi, e fechei a porta.

Carolina me olhava, as mãos cobrindo parcialmente a boca aberta. Arrastei meu corpo até o sofá e me sentei. O cheiro dele ficou na almofada, então fechei os olhos, inalando.

— Esse cara não é de agência, não sabemos nada sobre ele, mas juro que, se você não ficar com ele, eu fico! Dou meu salário inteiro na mão dele.

— Nem sei o que dizer.

— Amiga, pelo amor de Deus! Esse cara é tudo! Não só combina com você, como põe o João no chinelo. E a Letícia, aquela ladra de namorados, vai se rasgar inteira.

— Meu comportamento foi o de uma maluca. Eu parecia uma colegial boba.

— Está muito explicado por que comprou aquele livro de culinária infantil. Gente, que homem! Seguro, com atitude, *liiiiindo* e... Se tiver aquilo que estava no site...

— Para, Carol! Isso é totalmente irrelevante. Não vou dormir com ele.

— Só se você for trouxa...

— Esclarece uma coisinha... Na hora que ele foi pegar a bebida, por acaso você estava encarando o volume na calça dele ou foi impressão minha?

Carol deu uma risada e jogou a cabeça para trás.

— Você não vale nada, Carol. Ficou toda assanhada.

— Vamos sair?! Esta noite está pedindo uma saída!

— Carol...

— Vamos?! — Como negar quando ela fazia a típica coitadinha?

Nós saímos, foi ótimo, dançamos, cantamos e bebemos; difícil foi voltar para casa sozinha. Fiquei um tempo olhando para o teto e as sombras ocasionadas, eventualmente, pelo farol dos carros que passavam.

Théo. Seria só isso ou de repente Theodoro? Ou algum nome estranhíssimo?

Théo.

Adormeci com ele no pensamento.

Aproximadamente às oito da manhã de domingo, resolvi ligar de uma vez. Uma voz para lá de sonolenta atendeu. *Droga, acordei o cara!* Desliguei. Ele retornou. Atendi. Fiquei muda. Senti que ele sorria. *Dá para saber quando a pessoa está sorrindo*?

— É você, Débora?

— É. Hã... Oi.

Senti a cor sumir do meu rosto. *Que vergonha!* Eu precisava encontrar um bom motivo para ligar no domingo tão cedo.

Ele continuou rindo. Que bom saber que meu constrangimento o divertia!

Ouvi Théo bocejar e se espreguiçar.

— Desculpe ligar tão cedo no domingo, tenho certeza de que o acordei, desculpe, não foi minha intenção... É que fiquei com uma dúvida, na verdade, a gente não acertou nada, mas é que... Quanto sai... é... Quanto custa você? Quero dizer... — E ele ria e ria de mim. — Quanto fica com beijos?

Pronto, falei!

— Beijos? Que tipo de beijos?

— Como assim, que tipo de beijos? — Minha mão estava tremendo.

— Ora, Débora, que tipo de beijos? Selinhos, beijos simples de boca aberta e sem língua, beijo de língua, ou... *O meu* beijo.

— Como assim, seu beijo? Você por acaso inventou um beijo? — Ele debochava de mim.

— Patenteado — respondeu-me. Sem dúvida estava debochando.

— Está de sacanagem comigo?!

— Bem que gostaria de estar... — Havia mais naquelas palavras, tenho certeza.

Fiquei muda, gelada, e senti um arrepio estranho.

Calma, Débora, deixa de ser tão carente.

Mas a verdade é que estava há quase um ano me contentando com um brinquedinho adulto, que, a essa altura, não estava prestando pra porcaria nenhuma.

— Théo, de quanto é o acréscimo por beijo seja lá qual for? — Tentei ser o mais profissional possível, afinal, era uma administradora.

Ele suspirou.

— Não vou cobrar pelos beijos, nenhum deles, entre a ponta dos fios de seu cabelo até o busto e da ponta dos seus pés até o alto de suas coxas. Está bem assim?

— Está bem assim, obrigada pela informação e desculpe mais uma vez pela hora.

— Era só isso?

— É. — *Que droga!* Novamente aquele "é" que mais parecia uma desculpa.

— *Ai... ai...* — Ele se recuperava de uma boa risada. — E quando vai precisar de mim? Tenho que fazer a agenda do mês.

Agenda do mês? Meu Pai celestial, nunca imaginei que esse pessoal tinha agenda. Ah! Quanta ignorância, claro que eles têm agenda, provavelmente para saber com quem e quando.

— Semana que vem, na quinta-feira, vou me encontrar com umas amigas para um chopp; elas são as madrinhas do casamento, e a noiva também vai estar lá.

— E o que quer que eu faça?

— Eu... Não sei.

— Entendi. Já vi que é a primeira vez que contrata um serviço desses. Mande uma mensagem com o endereço e eu vejo o que posso fazer por você. Quinta que vem... — Ouvi uns barulhinhos e os pelinhos da minha nuca se arrepiaram.

— O que... O que você está fazendo?

— Hum... Anotando. — *Será que ele poderia, por favor, Senhor, ser menos sensual?* — Certo, Dona Débora. Qualquer coisa me avise. Tchau.

— Tchau.

Ele desligou e corri para minha gaveta de calcinhas; aquilo estava me deixando fora da realidade, totalmente.

A verdade é que não estava certa de que ele era o cara ideal para essa missão. Théo era muito homem, onde por acaso eu ia dizer que o conheci? Não havia pensado nisso. *Será que digo que foi na academia?* Assim justificaria aquele corpo maravilhoso que ele tem... Mas minhas amigas sabem que eu mal piso em uma academia. *Que trabalha comigo, também não. Será que ele sabia falar sobre administração de empresas?*

Passei o domingo pensando no assunto, só relaxando um pouco quando Carol e eu fomos ao cinema. Infelizmente, ou felizmente, ela acabou encontrando uma "amiga" da época da faculdade e fiquei... sobrando.

Sempre me orgulhei da coragem da Carol. Nós nos conhecíamos desde crianças. Vizinhas, passamos a infância grudadas, brincávamos, estudávamos, eu fazia tudo junto com aquela magricela maluca. Éramos muito amigas e muito parceiras também, então fui uma das primeiras a saber que ela estava se interessando também por meninas, na mesma época em que ela acobertava minhas saídas para namorar escondido. Ela nunca sentiu vergonha de sua bissexualidade e eu a apoiava incondicionalmente. Carol me ajudou muito com o episódio da Letícia e do João.

Conhecemos Letícia na faculdade, e nos tornamos amigas. Até o dia em que entrei no banheiro da boate em que estávamos e vi o João, meu ex, bem posicionado atrás dela, a saia de Letícia parecendo um cinto, enrolada na cintura. Já ele, estava com a calça jeans pela metade da coxa.

A pior parte? Eu já havia bebido muito, então virei a cara para o primeiro vaso que encontrei livre e menos sujo, e comecei a vomitar, por estar embriagada, por nojo deles, de raiva, de susto. Quem segurou meu cabelo foi ela, e foi ele quem apoiou meu corpo para eu não cair de cara no vaso sanitário, tamanha minha tontura alcoólica. E eu não tive forças para repelir nenhum deles.

Fiquei ouvindo os dois se explicarem na semana seguinte. Não foi fácil ter de ouvir do meu namorado, depois de quase quatro anos, que ele e minha amiga estavam apaixonados. Ela dizendo que não foi por querer, e ele, que Letícia era a mulher de sua vida, e ambos me agradecendo por tê-los apresentado.

Deveria ter arrebentado os dois de porrada, deveria ter colocado fogo neles. Mas ouvi tudo calada, sufocando um bolo enorme na garganta, prendendo os lábios nos dentes enquanto meu corpo tremia inteiro de ódio e eles acabavam comigo.

Carol voltava de uma má sucedida campanha amorosa com a ex dela, a mesma que encontramos no cinema, e nos acabamos de tanto beber caipirinha.

E naquele mês de junho, faria um ano que fui traída e destruída. *Inferno.*

Capítulo 3
Primeiros beijos

A segunda-feira foi bastante chata. A terça-feira foi ótima, pois meu chefe resolveu nos presentear com sua ausência. Quarta-feira, tediosa e quinta-feira, de confusão com o sumiço de um documento importante. Procuramos em todos os arquivos e nada. Na pasta, somente a cópia, que não tinha validade legal nenhuma. Daria um problemão, sem dúvida.

Mas, longe do escritório, finalmente respirei aliviada quando dei o primeiro gole no meu chopp. Pensei: *amanhã a gente vê a merda que vai dar.*

Minha mão paralisou no meio da segunda rodada quando vi aquela vadia da Letícia chegando com Luíza, minha cunhada. E a cachorra estava linda, com calça marrom-café e blusa vermelha. Ah, que ódio me deu por estar com uma roupa social preta.

Carol me olhou, preocupada, contudo, eu fui super educada.

Giovana, Amélia e Sara também me olharam, mas sorri de volta e vi Amélia fazer mímica: *Fica calma*, seus lábios diziam sem que deles saísse um som sequer. Não pensei duas vezes em mandar o endereço do barzinho para o Théo.

Não comi nada, não queria ter que mastigar, acho que não suportaria. Fiquei bebendo e bebendo e bebendo até ficar naquele estágio de "estou bêbada, mas levemente consciente".

Minhas amigas riam muito com as coisas que eu dizia, eu falava sério e elas riam. Letícia também ria e fazia a linha de "não tem nada de errado aqui". Cretina.

De repente, elas pararam e ficaram sérias. Carol abriu um sorriso desses que mostra todos os dentes e eu lá, falando bobagem atrás de bobagem.

Foi quando senti um par de braços fortes em volta do meu corpo, o perfume *Armani* e me virei para olhar. Seu rosto já estava colado ao meu. Beijou-me, selando nossos lábios e praticamente forçando para que eu abrisse a boca e ele me invadisse com sua língua macia sabor hortelã.

Não ouvi mais nada.

Então me soltou, ainda mantendo a menor distância possível entre nossos rostos.

— Oi, amor.

— Oi. — Não sei se respondi direito ou se sussurrei.

Ele se afastou e ficou ereto. Estava de terno e gravata e não era um desses de lojinha de departamento. Ele estava com um terno de marca, bem cortado e, pelo visto, caro, mas havia alguma coisa de diferente... Os cabelos estavam claros.

— Oi, Carol — ele cumprimentou.

— Oi, Théo.

As meninas olhavam para ele com a boca entreaberta. Letícia piscava os olhos sem parar. Carol, sorrindo, deu mais um longo gole em seu chopp.

— Amor, por que não me falou que viria pra cá? — Sua voz era segura e suave ao mesmo tempo. Segurou minha mão e me pôs de pé, diante dele.

Precisava embarcar na dele.

— Desculpe, pensei que ficaria no trabalho até tarde.

— Não. Saí ainda agora, por sorte, passei por aqui e te vi.

Théo se inclinou e colou nossos lábios.

— Quero te apresentar às minhas amigas — eu disse. Ele me olhava com um estranho divertimento no olhar, talvez pensasse que eu agiria como das outras vezes: uma pateta. — Luíza, a noiva do meu irmão, já te falei dela. Amélia, Sara e Giovana. Carol você já conhece e a... Letícia.

Fiz questão de pronunciar o nome dela com desdém.

— Boa noite, senhoritas.

Elas só faltaram derreter. Até mesmo Luíza. Tudo bem, afinal, quem usa "senhorita" hoje em dia?

Cumprimentaram-no e, antes que começasse a chuva de perguntas, nos afastamos delas.

— Você veio! Você veio! — Segurei em seu rosto, feliz da vida.

— Claro que sim, você me mandou o endereço, lembra?

— Não achei que viria! Ah! Sei lá o que achei!

— Você está soltinha, não é?!

— Só um pouquinho. — Indiquei com o dedo.

— Deixa eu ver se é só um pouquinho mesmo.

Théo me puxou para um abraço apertado e não recuei, passei os braços em torno de seu pescoço e ele baixou o rosto para me beijar, mas não beijou. Ficou brincando, fazendo-me buscar por seus lábios enquanto recuava, sorrindo. Dava acesso e, quando eu avançava, negava. Foi a minha vez de sorrir. Ele tocou meus lábios com a língua e senti um calafrio na espinha.

Théo tomou minha boca, deslizando a língua em meus dentes antes de encontrar a minha e puxá-la nos lábios. Meu corpo inteiro entrou em combustão.

Depois, deu um beijo de língua menos ousado e uma mordida no pescoço, logo abaixo do lóbulo da minha orelha. Naquele instante, pude ver que as meninas não tiravam os olhos de nós, e Letícia ainda estava boquiaberta.

Théo continuou brincando com meu pescoço, arrepiando-me inteira.

— Agora é um bom momento para sairmos daqui.

— Também acho — respondi, revirando os olhos.

— Me dá um minuto?

Théo passou a mão pelos cabelos e se afastou para dentro do bar.

Enquanto isso, fui me arrastando das nuvens até a mesa.

— Débora, quem é esse homem? — Luíza estava se roendo de curiosidade.

— Hum... — Fiquei fazendo charme.

— Carol não quis contar! — Foi a vez de Giovana se morder de curiosidade.

— É... Meu...

Théo me interrompeu, puxando-me pela cintura, fazendo-me girar em meu eixo, e me beijou mais uma vez.

— Meninas, as rodadas anteriores foram por minha conta.

— Ah! Como assim? — Carol olhava espantada.

— Assim. Agora vou levar a minha garota de vocês. — *Minha garota? Quem fala isso?*

Despedi-me rapidamente e fui praticamente arrastada; estávamos aos risos. Como dois amantes apaixonados, fomos embora.

No estacionamento do edifício-garagem, Théo se aproximou do Hyundai preto e as portas destravaram.

— Esse carro é seu ou você alugou só para me buscar?

— É meu. Entra.

— Para onde vamos?

— Para o seu apartamento.

— Ah, não... Você me tirou no melhor do chopp...

— Você já está bastante alegrinha, Débora. Precisa se controlar ou pode acabar soltando a língua.

— Você é um chato! Lindo de morrer, mas um chato!

Ele riu de mim mais uma vez, balançando a cabeça em negativa.

Não me lembrei de muita coisa depois disso, só uns flashs. Lembro de ele ter aberto minha bolsa, mais beijos, o rosto dele sobre o meu, como se eu estivesse olhando um anjo descendo do céu. E... E... Mais nada.

Acordei com o despertador do celular, e abri os olhos com uma preguiça horrível e uma dor de cabeça impressionante. Daí me dei conta de que estava em casa, estava mesmo em casa, na minha cama, enrolada no lençol feito um casulo e estava nua.

Oh, meu Deus! O que aconteceu? O que eu fiz?

Capítulo 4
Alguns Ajustes

Primeira coisa depois do banho, e dane-se que eram seis da manhã: ligar para o Théo, mas o telefone do desgraçado estava desligado. Minha cabeça doía tanto. Bebi muito além do que supunha.

Encontrei com Carol no elevador do prédio em que trabalhávamos, no centro do Rio. Estávamos, cada uma, com um copo de café na mão, óculos escuros para cobrir a vergonhosa ressaca e precisávamos, sem dúvida, de um comprimido para dor de cabeça.

— E aí? Deu?

— Bom dia pra você também, Carolina.

— Bom dia nada, rolou ou não?

— Não... Sei.

— Como é? Ouvi direito?

— Não sei, tá legal? Não sei!

— Está de brincadeira, não é?

— Ah, antes estivesse... — Passei a mão nos cabelos, aflita.

— Que perigo, Débora!

Descemos no nosso andar e andamos em silêncio até nossas mesas.

— E você acha que eu não sei? Estou em pânico! — sussurrei, tentando conter meus maiores medos.

— Transar sem camisinha... pense em Aids! Gonorreia! Sífilis! HPV... — ela sussurrava, também aflita.

— Já entendi, Carol! — Minha voz saiu um pouco mais alta do que o planejado. — Já entendi, porra!

— E nós nem pensamos em pedir um teste desses de DST.

— Nós? Eu, você quer dizer! Além disso, nenhuma de nós duas pensou em mais nada depois que ele entrou no meu apartamento.

— Ai, amiga, que merda! Que merda!

— E o pior, acordei nua.

— Que merda! Que merda!

— Molhada. — Praticamente fiz mímica para dizer aquilo.

— Que merda colossal! E agora? Já tentou falar com ele?

— Claro! E só escuto aquela vagabunda dizendo que minha chamada será encaminhada para a caixa de mensagens.

— E estará sujeita a cobranças após o sinal... — Carol completou, fazendo graça com a minha desgraça. — E está faltando alguma coisa na sua casa?

— Não. Tudo ok. — Respirei fundo, apavorada. — Não sei o que fazer!

— Liga agora para o laboratório e pede um exame completo. E pede urgência!

— Sem a prescrição médica?

— *Alooow*! — Carol mostrou um papel de um laboratório conveniado com a seguradora.

Foi exatamente o que fiz. Politicamente incorreta, utilizei um dos contratos com um laboratório e fui fazer o exame, próximo ao primeiro local em que nos encontramos, na rua do Ouvidor. Confesso que fiquei andando e procurando por ele, mas era óbvio que não o encontraria.

Assim que pisei fora do laboratório, meu celular tocou. Atendi de imediato.

— Théo!

— Nossa! Bom dia! Quanta saudade... — Ele estava sendo sarcástico?

— Théo, pelo amor de Deus, o que aconteceu?

— Como assim, o que aconteceu? — Ele parecia ofendido.

Ai, que merda! Nós transamos e o pior é que eu nem lembro!

— O que aconteceu com... a gente?

Ele deu um tempo do outro lado, o que me deixou ainda mais nervosa.

— Débora, você usa pílula?

— O quê? — Tenho plena consciência de que dei um grito em plena Avenida Rio Branco.

— Perguntei se usa pílula, afinal, você está no seu período fértil.

— Como assim, eu estou no meu período fértil? Seu maluco! Você... Você... er... Dentro?

Mentalmente e no meio de toda aquela confusão de pensamentos, fiquei tentando me lembrar de uma farmácia próxima para comprar pílula do dia seguinte.

Finalmente ele teve dó e começou a rir com vontade.

— Fique calma, é brincadeira.

— Que parte? Foi fora, pelo menos? Você usou camisinha? A gente...

— Débora... — Continuei falando e ele gritou meu nome. — Débora! Não aconteceu nada.

Senti um alívio imediato. Meu corpo flutuou e de repente bateu com tudo no chão ilusório dos meus pensamentos conflitantes.

— Por que não aconteceu nada, se acordei nua?! Por acaso eu sou indesejável?

— Não mesmo... Foi deveras um esforço sobre-humano não te comer. — Hum?! Primeiro, ele fala todo polido para depois mandar esse linguajar chulo?

— Então... Por que... Por que...

— Nós temos um acordo comercial, senhorita, não um encontro romântico. — *Balde de água fria.* — Portanto, seria no mínimo antiético da minha parte usufruir do seu maravilhoso corpo por puro prazer, meu prazer, já que a senhorita estava praticamente morta.

— Não aconteceu nada — constatei em um misto de surpresa, tranquilidade e, contraditoriamente, inquietação e frustração.

— Não mesmo. Mas, pensando bem, lembrei-me de algo imprescindível: um exame de sangue. Estou indo ao laboratório para resolver essa questão, espero que faça o mesmo. Para o caso de a senhorita aditar nosso contrato com novas cláusulas.

— Engraçado o senhor falar disso, pois foi exatamente o que acabei de fazer. — Atravessei a rua quando o sinal fechou para os carros.

— Excelente.

— Excelente — remedei o jeito dele de falar.

— Não se esqueça dos meus cento e cinquenta. Mandei um SMS com a agência e a conta em que deve depositar o valor; pelo que vi na sua carteira, é o mesmo banco. Faça a transferência ainda hoje, para que possamos prosseguir com nosso acordo.

— Sem dúvida farei.

Dá pra acreditar nisso? Esse cara é muito louco mesmo!

Joguei-me na cadeira de rodízio e ouvi as rodinhas da cadeira de Carol deslizando pelo carpete.

— Que cara é essa?

— Théo ligou.

— Ah, meu Deus, vocês fizeram? Ele tem alguma doença? Você está grávida!

— Para de falar besteira. Não aconteceu nada.

— É? Por que não?

— Seria "antiético".

— *Vixi!* Amiga, esse cara é um profissional e leva isso muito a sério.

— Percebi.

— Mas você não parece muito contente com isso.

— Ah! Sei lá...

— Débora, você está apaixonada pelo Théo?

Apaixonada pelo Théo... Apaixonada pelo... Apaixo...

— Não! Enlouqueceu?

— Olha nos meus olhos!

Nós nos encaramos, eu com cara de tédio, ela me examinando como se fosse um médico oftalmologista.

— Que porra... Você está apaixonada... — De repente, começou a sussurrar, um tanto irritada: — Você tá apaixonada por um garoto de programa! Sua louca! Não pode! Você anda se drogando?!

— Não estou apaixonada por ele — sussurrei de volta.

Nosso chefe apareceu e fomos deslizando suavemente para baixo da mesa, fingindo arrumar os fios do computador.

— Débora! Admita! Você está, sim, a fim do Théo!

— Não estou! Foi só um beijo!

— Você está sim, e foi de antes do beijo! Muito antes!

Aquilo foi estranho; meu coração martelava enquanto me sentia um nada perto da Carol. Estar apaixonada por um garoto de programa que eu mal conhecia? *Isso não funciona!*

Saímos de debaixo da mesa para estar aos pés do nosso chefe, que nos fez de tapetinho por causa do documento desaparecido. Que ódio! A culpa não foi nossa! E nessas horas ninguém assume o feito, pelo contrário.

Prioridade número um: arrumar um novo emprego, pois aquele cara já havia passado de todos os limites.

Théo mandou o SMS com os dados bancários de uma empresa e eu depositei, fazendo questão de mandar o comprovante por mensagem. Ele agradeceu.

Passei a noite, como de costume, sozinha, olhando as sombras se formarem no vai e vem do farol dos carros. Desejando que ele estivesse comigo, minha mente só formava sua imagem. Eu não conseguia me esquecer dos seus beijos, nenhum deles.

"Para o caso de a senhorita aditar..." Ele sabia exatamente do que estava falando, ninguém sai por aí falando em aditar cláusulas contratuais...

Naquele instante, dei um salto da cama e liguei o notebook. Uma ideia absurda passou pela minha cabeça, mas sei lá... Como um prostituto iria comprar um carro daqueles? Do ano? Por que a agência e a conta não eram de pessoa física, e sim, jurídica?

Alguns minutos depois, estava no site da Junta Comercial do Rio de Janeiro, pedindo a verificação dos dados da empresa, com o CNPJ que apareceu na transferência. Galáctica S/A. Não apareceu o nome Théo, Theodoro, ou nada similar, mas sem dúvida na segunda-feira eu teria minhas respostas.

Passei o fim de semana em casa. Estava fugindo das perguntas das meninas, porque, no fim das contas, não combinamos nenhuma história para contar sobre o nosso amor.

Inesperadamente, no domingo pela manhã bem cedo, meu celular tocou. Théo me acordou, devolvendo-me a "gentileza" da outra vez.

— Hum...

— Bom dia, Débora. Acordei você, pelo visto.

— Uhumm...

— Pensei que acordasse antes das oito... Enfim, estou ligando pra te convidar para tomar café da manhã comigo. Você quer?

— Está falando sério? — respondi sonolenta.

— Estou. Muito sério. Podemos nos ver em uma hora?

— Podemos.

— Coloque um traje de passeio. — Traje de passeio? Esse cara tinha trinta ou sessenta anos? Traje...

Fiz um rabo de cavalo, vesti um short jeans, camisa azul-marinho e tênis. Pontualmente às oito da manhã, ele apareceu, de calça jeans e blusa cinza chumbo.

Fomos ao jardim botânico. Ele pendurou os óculos na blusa e me segurou pela mão. Ainda que parecesse normal, sentia-me estranhamente desconfortável.

Nós nos sentamos e ele pediu o café completo.

— Débora, precisamos definir algumas coisas como, por exemplo: nos conhecemos na livraria, vamos continuar assim?

— Acho bom... — A verdade é que eu não pensei em nada diferente.

— Ótimo, qual sua cor preferida?

— Azul. Preto. Às vezes, rosa.

— Qual seu time de futebol?

— Time de futebol? Nenhum! Odeio futebol!

— Ok, somos dois, mas, se perguntarem, insistindo muito, diga que o meu é América. Alguma coisa que queira saber, especificamente?

— Você acha mesmo meu corpo bonito?

— Maravilhoso. Ainda mais no período fértil.

— Como sabe...?

— Não precisou muito pra você ficar toda molhada e eu sinto o cheiro do seu hormônio.

— Ah, meu Deus, não ouvi isso.

— Não estou falando nada de mais, conheço bem as mulheres.

Fiquei calada, olhando para o outro lado.

— Você está incomodada com isso, não é? — prosseguiu.

— Com o quê?

— Débora, não sou estuprador, nem ladrão, nem nada do gênero. Tenha isso em mente.

A única coisa que eu tinha em mente era que o nariz dele era perfeito, o rosto dele era perfeito e estava ainda mais bonito com os cabelos claros.

Capítulo 5
Um Noivo de Aluguel

Mal havíamos terminado o café da manhã quando o celular dele tocou, com um toque de telefone antigo. Ele franziu o cenho muito sutilmente ao olhar para o visor, pediu licença e se afastou da mesa. Ainda que não pudesse ouvi-lo, fiquei observando-o. Mão no bolso da calça, sério, ouvia mais do que falava, vez e outra me olhava e eu sorria de volta, um sorriso simples. Fosse lá o que estivesse acontecendo, fazia-o ter uma postura diferente da habitual descontração e desenvoltura.

Voltou, sentou-se e sorriu ao mesmo tempo em que suspirava.

— Onde paramos?

— Na sua índole imaculada. — Isso o fez sorrir e, em seguida, pegou outro celular do bolso. *Nossa, ele tinha dois telefones? Ele devia ser muito requisitado.*

— Azul... Preto... Rosa... — Ele estava escrevendo as cores que eu havia dito? — Comida e bebida?

— Feijoada e cerveja. — Ele sorriu mais uma vez e anotou.

— Música?

— Samba e Justin Timberlake. — Olhou-me de lado, confuso, mas anotou.

— Que tipo de samba?

— Todos os que tocam em uma feijoada.

— Quais são? — Como assim, ele não sabia?

— Não conhece samba?

— Você sabe sambar? — inquiriu, incrédulo.

— Fui passista da Mocidade Independente de Padre Miguel, isso responde à sua pergunta?

Théo estava boquiaberto, chocado e divertido.

— Muito interessante. Então você gosta de uma diversão mais... popular.

— Popular? Não. Eu diria... tradicional.

— Do que mais você gosta? — Era Théo quem perguntava, não o namorado de aluguel que precisava decorar meus gostos.

— Adoro cinema, mas só para assistir comédias, não me chame para um filme de terror que eu odeio levar susto, ficar tensa, ou chorar pela morte de gente que nem é real. Também gosto dos vídeos do Porta dos Fundos e sou muito fã mesmo! Eles são o máximo!

— Fala mais.

Comecei a contar, mas não consegui concluir a frase inicial, porque tive um ataque de riso só de lembrar. Quando dei por mim, Théo estava com o cotovelo apoiado na mesa e sua mão segurava um rosto sorridente. Estava prestando atenção, então tentei ser o mais normal possível e concluir o pensamento.

— Ah, desculpa. — Limpei a lágrima que resolveu aparecer de tanto que eu ri.

— Que nada, é bom ver você mais solta, saber do que gosta, é importante, pra mim, ser o mais verdadeiro possível nesse namoro de faz de conta.

— Théo, você já fez isso antes? Quero dizer, fingir ser namorado de alguém?

Ele negava com a cabeça, lentamente, enquanto sorria com malícia.

— Mas isso é ruim pra você? Quero dizer, sem...

— Sem foder?

— É.

— Adoro esse seu "é". — De repente, ele se sentou corretamente e começou a digitar no iPhone enquanto me respondia. — Não, Débora, isso não é ruim, pelo menos não com você.

Hã? Estou entendendo certo? Ele disse que não era ruim por ser comigo? Ou era eu quem queria interpretar daquela maneira?

— Meus amigos me chamam por apelidos, raramente de Débora. — Achei melhor informar.

— Que apelidos?

— Apelidos. Debby, Debinha, Debrinha, Debrita, Dé...

— Uau, muitos apelidos.

— Meu irmão me chama de Abelhinha.

— Abelhinha? Por quê?

— Meu nome significa abelha, meu pai e Junior sempre me chamaram assim.

— E seus pais? Moram longe?

— Aham. No céu. — Ele ficou desconfortável e se lamentou. — Está tudo bem — amenizei —, faleceram há um tempo. Eu tinha vinte e três anos.

— Um tempo? Quantos anos tem?

— Quantos acha que tenho?

— Achava que vinte e cinco, mas, como disse que faz tempo, então sei lá... Uns vinte e sete?!

— Trinta.

— Impossível.

— Muito possível. E você? Tem o quê? Trinta e dois?

— Trinta e quatro — respondeu sem muita convicção.

Não pude evitar sorrir com as coisas que estavam passando pela minha cabeça, então mandei mais um gole de suco de laranja para dentro, a fim de abafar o sorriso tosco.

Ele percebeu, obviamente, que eu estava pensando em alguma coisa, mas teve a delicadeza de não perguntar o que era.

Continuamos a conversar, e Théo anotou as datas dos compromissos, reuniões, ensaios de casamento e então aconteceu uma coisa estranha. Quando perguntou onde seria o casamento e respondi, ele ficou tenso.

— Vai ser na pousada dos meus tios, em Penedo. — Foi nesse instante que ele travou os músculos do ombro.

— Que lugar em Penedo... exatamente? — Parecia uma pergunta casual, mas, pela maneira como reagiu, não poderia ser tão simples assim.

— Na última pousada, seguindo uma estradinha... Bem ao pé da montanha, Pousada Lua de Mel. — Théo relaxou e aquiesceu.

— Quer dar uma volta? — mudou de assunto de repente.

Aceitei o passeio e, apesar de ele me convidar para almoçar e eu querer realmente aceitar, precisava arrumar meu apartamento, colocar algumas roupas para lavar, aproveitar o tempo bom. Talvez para ele fosse fácil passar as manhãs à toa...

Inspirei profundamente ao terminar meu café e percebi que adorava tirar o sapato para ficar passando os pés, com a meia-calça, lentamente, no piso acarpetado do escritório. Um prazer quase sexual. Naquele instante, Carol chegou, atrasadíssima, e instalou-se na mesa ao lado da minha. Ela parecia tensa.

— Bom dia.

— Bom dia, Carol. — Ela foi ligando o computador, tirando uns papéis da bolsa e o celular, tudo muito rápido.

— Que foi?

— Ansiedade, fiz merda. Olha isso.

Era uma mensagem da Luíza. Letícia estava em cólicas querendo saber quem era o homem do bar. *Ah! Sabia que ela estava se mordendo*. Cretina.

Carol foi me mostrando uma sequência de mensagens trocadas com minha cunhada, Luíza, mas estaquei na palavra "noivos".

Voltei e li novamente:

Luíza: *Mas como assim ela arrumou uma pessoa de repente?*

Carol: Amor à primeira vista!

Luíza: *Letícia disse que deve ser mais um namoro passageiro...*

Carol: Letícia é uma invejosa estúpida! Pode dizer a ela que é mais sério do que ela imagina.

Luíza: *Sério quanto? (Roendo as unhas de curiosidade)*

Carol: Estão noivos, morando junto e tudo.

Luíza: *Choquei! Ela não contou pra ninguém!*

Carol: Pra Letícia não tentar roubar...

Naquele instante, parei de pensar, acho que parei até de respirar. Levei minha mão à boca, incrédula diante dos fatos.

O plano era apresentar Théo como namorado, romper logo depois do casamento e seguir minha vida naturalmente. De repente, estava no status de noiva? Terminar um namoro é uma coisa, mas um noivado seria passar atestado carimbado de incompetência matrimonial. Depois do meu histórico de inúmeros namorados, após romper com João, isso seria a cereja do sundae.

— Que merda, sua filha da mãe!

— Foi mal, amiga! Só fiquei pensando em fazer você se sair bem, e já estava com umas caipirinhas na ideia... Perdão. — Carol estava mais preocupada com ser desculpada do que em como eu resolveria a situação.

— Preciso ligar para o Théo!

Tentei. Telefone fora de área ou desligado, mais uma vez. *Para que ele me dá um número se não consigo falar com ele?*

Mandei uma mensagem explicando a situação.

Aproximadamente às duas da tarde, recebi uma mensagem em resposta. *Nossa, como esse cara dorme!*

Théo: *O que você quer?*

Curto e grosso, ou melhor, curto e muito grosseiro. Respondi profissionalmente.

Débora: Precisamos rever valores. Preciso de um noivo.

Théo: *Como é? Você quer alugar um noivo?*

Ele entendeu. Respondi que sim e a mensagem dele veio em seguida.

Théo: *Acréscimo de período?*

Débora: Sim, sem agendamento prévio, *full time*. Isso é possível ou vamos desfazer o negócio?

Precisava saber logo de uma vez. Carol estava dependurada no meu ombro, mais nervosa do que eu.

— Carolina, quero deixar claro que, se ele topar, você vai pagar metade do valor.

— Muito justo! — Ela, que é tão sovina, nem pestanejou. Sentia-se mesmo culpada.

Dessa vez, a resposta dele demorou um pouco mais. Acho que uns dez minutos. Por fim, chegou.

Théo: *Tá falando sério? São dois meses de hoje até o casamento do seu irmão.*

Se ele estava preocupado com o valor, eu muito mais! Já estava até me vendo acenando um largo adeus ao meu décimo terceiro.

Débora: Sim. Preciso alugar um noivo que finja viver comigo.

Pronto, mandei e seja lá o que Deus quiser.

A resposta demorou muito mais dessa vez, acho que meia hora.

Fui tomar um cafezinho e, quando voltei, estava lá o símbolo do envelope na tela.

Théo: *Você já fez as contas? Por alto?*

Na verdade, não e, antes de responder, puxei a calculadora no canto esquerdo da tela do computador. Ele disse trezentos por dia, vezes sessenta dias... *Minha Nossa Senhora*. Afundei na cadeira.

Dona Carolina estava na sala do chefe. Não dava para mostrar a ela a merda que havia arrumado.

Débora: Você aceita parcelar? Faz desconto pra pagamento à vista? Ou crediário?

Ele respondeu quase que instantaneamente:

Théo: *Você me mata de rir, Débora! Eu tenho cara de Casas Bahia?*

Foi com essa resposta que me vi dando adeus para minha dignidade diante da família e amigos, porque eu não tinha dezoito mil reais para pagar a um garoto de programa!

Carol desabou na cadeira ao meu lado.

— Eu te odeio, Carol!

— Ah, meu Deus, ele recusou?

— Olha aqui quanto sai trezentos reais por dia, por um mês!

— Caramba! Nove mil por mês? Putz! Ele ganha muito mais do que a gente!

— Mas são dois meses, sua idiota!

— Dezoito... — Ela deu uma engasgada. — Dezoito mil reais?

— Sim, à vista!

Carol pareceu pensar seriamente no assunto.

— Pode aceitar! — resolveu de repente, mas sem tirar os olhos da tela do seu computador.

— Tá maluca?

— Estou baixando minha aplicação da poupança... — Estiquei os olhos e vi o site do banco. Ela era muito mais louca do que eu imaginava. — Dá aqui o celular que eu conserto essa besteira.

Pegou meu celular e digitou uma mensagem. Ouvi o aparelho apitar e, quando tentei pegá-lo, ela não deixou. Mandou outra mensagem sorrindo e então se levantou para ir ao banheiro, mas levou meu aparelho.

E devia estar com dor de barriga porque só voltou quarenta minutos depois.

Sua expressão orgulhosa fez com que eu me preocupasse de imediato. Levantei com tanta vontade que senti vários pares de olhos em cima de mim.

Depois desabei na cadeira quando comecei a ler as mensagens.

— Carolina, era para consertar, não para estragar tudo de uma vez, sua louca!

— Não precisa agradecer. Acho que está mesmo precisando, está tão... irritadinha com tudo. E que papo é esse de que você tem um vibrador e nem me contou?

E com isso ela se concentrou nos documentos que estava analisando. Voltei a reler as mensagens. Ela não tinha mesmo noção de nada nessa vida!

Débora: Casas Bahia? É você quem me mata de rir. Ok, pago sua mensalidade, uma parte em adiantamento, uma na virada do mês e o restante no dia seguinte ao casamento.

Théo: *Fechado.*

Débora: Só mais uma coisa: se eu quiser sexo, tem acréscimo de valor? Afinal, já está bastante caro!

Théo: *Você está falando sério?*

Débora: Sim. Tenho pensado muito em você.

Théo: *Pensando? No que exatamente?*

Débora: Em você dentro de mim, para ser mais exata.

Théo: *Uau, Dona Débora, que evolução! Pergunto-me no que mais andou pensando...*

Débora: Tenho certeza de que anda se perguntando. Agora me responda, dezoito mil e sexo de vez em quando? Ou... de vez em sempre...

Théo: *Dezoito mil e o sexo que você quiser quantas vezes quiser.*

Débora: Acho que sempre.

Théo: *O que houve com aquele vibrador na sua gaveta? Quebrou? Você está muito diferente da garota de ontem.*

Débora: Você andou mexendo nas minhas coisas? Que xereta!

Théo: *Queria vesti-la, mas, quando vi o vibrador, achei melhor não, para não constrangê-la.*

Débora: Juro que não me lembro de nada daquela noite!

Théo: *Peguei suas chaves na bolsa, entramos, coloquei você no chuveiro, depois na cama, nos beijamos e fui embora.*

Débora: Gosto de beijar você, gosto da sua língua na minha boca, acho que vou gostar de outra coisa dentro dela, quero foder com você.

Théo: *Seu desejo é uma ordem. Farei o possível para fodê-la tão gostoso que irá querer me pagar mais dezoito mil por isso.*

Débora: Assim espero! Esse noivado está saindo quase o preço de um casamento!

Théo: *Não chora. Façamos assim: sua satisfação garantida ou seu dinheiro de volta.*

Débora: Agora sim tá com cara de Casas Bahia.☺ Preciso ir. Ligo amanhã para acertarmos, ok?

Théo: *Ok. Tchau, minha noiva.*

Débora: Tchau, noivo.

Capítulo 6
Verdadeiros sentimentos

Ainda que quisesse matar a Carol, a quem eu estava tentando enganar?! Estava louca de vontade de dormir com ele! E, por dezoito mil reais, eu merecia tudo que tinha direito. Ah, porcaria! Não teria coragem. Sempre saberia que foi por dinheiro, que nos envolvemos porque paguei por isso. E seria... estranho.

No dia seguinte, foi o Théo quem ligou.

— Oi, Débora.

— Oi, Théo... Sobre ontem...

— Fique tranquila, não vou cobrar tudo de uma vez.

— Então... Você topa mesmo?!

— Sim, mas não posso me mudar de verdade para o seu apartamento.

— Eu compreendo isso, nem pensei que o faria, mas é que as meninas estão marcando um chá de calcinha e...

— Um o quê? Chá de calcinha?

— Um chá de lingerie para a Luíza, e vai ser no meu apartamento.

— Quando?

— No próximo sábado.

— Sábado? Agora? — Ele pareceu surpreso.

— Você não pode, não é? Já fez sua agenda...

— Espere. Pare de falar um pouquinho, deixe-me pensar. — *Poxa.* — Hum... Façamos o seguinte: vou deixar umas roupas e umas coisas minhas no seu apartamento e, se der, apareço antes de elas irem embora, caso contrário, mando um SMS avisando. Pode ser assim?

— Assim está perfeito.

— Ok. Tenho compromisso a partir de amanhã, então passo lá mais tarde, tudo bem?

— Tudo bem. — Oh, meu Deus!, depois daquelas mensagens que a inconsequente da Carol mandou, teria que encarar o Théo... Tão depressa?! Hoje?!

Logo que cheguei em casa, fui direto para o chuveiro; precisava pensar e não havia lugar no mundo melhor para criar diálogos imaginários do que no chuveiro.

Já ganhei inúmeras discussões e até mesmo uma briga sem sair do chuveiro.

E foi pensando e pensando que o Théo chegou e eu ainda estava lá, debaixo d'água.

Corri para atender a porta, ainda de toalha; seria muita hipocrisia me vestir às pressas quando ele já havia me visto nua em pelo.

— Oi, eu... estava no banho.

— Percebi. Boa noite, querida, como foi seu dia? — Ele estava sendo irônico? Sério isso?

— Foi trabalhoso. Entre.

Théo passou pela sala sem cerimônias, com uma mala pequena, uma sacola grande e uma mochila. Deixou a mala no meu quarto e entrou no banheiro, abrindo a mochila, mas voltou no mesmo pé, deixando a porta aberta.

— Estava tomando banho ou fazendo sauna?

— Pensando na vida.

— Gastando a água do planeta. — Ora, vejam só! Um garoto de programa ecológico.

Ele voltou para o banheiro e fui atrás para saber o que estava fazendo.

— O que tem aí?

— Coisas de homem.

Théo empurrou sem a menor sutileza meus hidratantes, máscaras faciais e sabonetinhos para um canto da pia e, do outro lado, deixou uma loção pós-barba da Ralph Lauren, um vidro de perfume Paco Rabanne — *ah, não era Armani, mas Paco Rabanne* —, um cortador de unha, pente, escova de dente e um barbeador elétrico no armário debaixo da pia. Ele se esticou para não entrar no boxe e deixou na prateleira de vidro um shampoo para homens da Dolce & Gabbana — ele usava coisas caras.

Quase roçando o corpo no meu, saiu do banheiro.

Tirou da mala: chinelos e um par de tênis Nike um tanto encardidos, e os deixou no canto atrás da porta.

— Não os tire daqui.

— Ok.

Impressionante! A mala dele era toda arrumada, com roupas enroladinhas e, apesar de pequena, cabia muita coisa. Théo me disse que não se mudaria de verdade, mas parecia estar se mudando em definitivo pela quantidade de roupa que tirou da mala.

Calças, blusas, blusões, meias, cuecas, tinha de tudo. Desembrulhou até mesmo um terno e colocou-o sobre a cama.

— Qual é a minha gaveta?

— Eu não tinha pensado ainda.

— Bom, sou mais alto do que você, então acho justo ficar com a gaveta de cima.

— Eu não ligo para essas coisas. — Claro que estava ligando. Ele era muito abusado.

Puxei minha gaveta inferior, com poucas blusas, e troquei pela de cima, com calcinhas, e remanejei as outras coisas, de modo que as duas gavetas de cima ficaram livres e as três de baixo, ocupadas por mim.

Ele arrumava as coisas rapidamente enquanto eu abria espaço no guarda-roupa. Théo não parecia constrangido, mas se divertindo imensamente com tudo aquilo.

Por último, foi até a área de serviço e despejou as roupas sujas dele no cesto, misturando-as com as minhas.

— Pronto, Debby, agora moramos juntos.

— Você pensou em tudo.

— Quase tudo, você precisa comprar coisas de homem para a geladeira.

— O que seriam "coisas de homem" para a geladeira?

— Salaminhos, queijos mais fortes, molho apimentado... Essas coisas. E não se esqueça do meu pão integral, eu só como pão integral.

— Está falando sério?

— Estou, mas abro exceção para uma pizza, topa?

— Pizza, tudo bem, e, já que está dando uma de homem da casa, pede você. Minha metade é de calabresa. Enquanto isso, vou colocar uma roupa.

A entrega não demorou a chegar; era o bom de pedir pizza na terça-feira. Calabresa e muçarela bem passada. Ele pediu bem. Também não ficou de frescura com o vinho, pelo contrário, até elogiou.

Provavelmente ele prestava serviço para mulheres cheias da grana, porque o homem sabia o que era coisa boa.

Derrubamos garganta abaixo o vinho italiano. Disse ele que era um dos seus preferidos e concordamos muito sobre o tipo do vinho: seco, nunca o suave!

Até que tínhamos muitas coisas em comum. Ele era fã de Sheldon Cooper, eu também; ele gostava de muitas músicas que eu também gostava — quando disse a ele que gostava de samba, não significava que me limitava ao estilo.

Ele contou que sabia cozinhar e fiquei curiosa em saber como ele vivia. *Será que mora em um pardieiro?* Não que meu apartamento no Largo do Machado fosse alguma coisa extraordinária, todavia era um dos antigos, amplo e reformado. Quando dei por mim, estava analisando o cabelo dele e não resisti em perguntar o porquê de tê-lo pintado.

— Você é curiosa... Bem, na verdade, estava pintado antes, de castanho-escuro. Esta é a cor natural dos meus cabelos.

— Dourado. Seu cabelo é lindo.

— Obrigado, o seu também é, gosto do jeito como fica quando seca ao natural.

Ele estava sendo irônico, com certeza. Meu cabelo era castanho-escuro, cortado em camadas irregulares, e bonito mesmo só com uma boa escova.

— E você... Faz o quê durante o dia?

— Durante o dia? Como assim? O que pensa que eu faço?

— Sinceramente, não consigo definir uma imaginação fixa, até de professor já te imaginei.

Théo deu uma risada dessas em que se joga a cabeça para trás.

— Professor? Puxa vida, eles são muito mal remunerados por aqui. Pra você pensar desse jeito...

— Não foi por eles ganharem mal e você precisar de grana, pelo amor de Deus, meu padrinho é professor... Foi pela forma como se expressa.

— Hum, entendi. Você faz uma ideia muito preconceituosa dos acompanhantes, não é, Débora?

— Claro que não! Ou acha que estaria aqui?

— Não sei... Acho que, acima do seu preconceito, está seu orgulho ferido.

— Pode acreditar, é só o orgulho ferido.

De repente, ele ficou quieto, pensativo.

— Débora, vou precisar da cópia da chave. Tudo bem?

A cópia da chave do meu apartamento? Oh, Deus, estou mesmo certa disso?

Dei um último gole no vinho e sorri, balançando a cabeça em afirmativo. Estava confiando cegamente em um garoto de programa, um cara que mal conhecia. Quanta estupidez.

Foi estranhíssimo olhar todos os dias daquela semana para os objetos do Théo; parecia mesmo que um homem morava comigo. E que homem cheiroso. Depois que saiu do meu apartamento, na terça-feira, fui fuxicar as coisas dele. Cheiro gostoso, perfume, loção, shampoo... Até as roupas dele. Foi quando vi meu reflexo no espelho, acima da cômoda. Deus! Estava com a roupa dele nas mãos, inalando seu perfume, apertando-a entre os dedos.

Coloquei de volta imediatamente.

Meu Deus! Meu Deus! Meu Deus! Estava mesmo apaixonada por ele!

Théo não deu sinal de vida desde o momento em que saiu do meu apartamento. E passei a semana praticamente aos prantos.

Carol ficou comigo no banheiro do escritório a maior parte do tempo. Eu estava com tanta raiva de mim. Mais uma vez, estava fadada a sofrer por um amor mal resolvido, mal escolhido, mal intencionado, mal tudo.

E foi então que resolvi que Théo jamais saberia o que eu estava sentindo por ele. Com certeza se aproveitaria para tirar todas as minhas economias. Como fui estúpida! Estava mesmo a fim de um homem que transava com outras mulheres, e homens também, por dinheiro.

Naquele instante, o que fazia e com quem? Que desgraçado! Como podia ser tão lindo e tão sensual? A imagem da foto dele na internet não saía da minha cabeça. O abdome marcado pelos músculos, a pélvis depilada com aquele...

Que inferno! No que estou pensando? Pare agora!

Não foi nada fácil perceber que estava me envolvendo com o Théo. Para mim, era por sentimento; para ele, por dinheiro.

Voltei correndo para o banheiro, segurando as lágrimas e o nó na garganta.

Capítulo 7
Chá de Lingerie

Por fim, o sábado chegou. Meu apartamento ficaria lotado e, graças ao meu bom Deus, a intragável Letícia não apareceria, o que me deixou muito satisfeita.

Em compensação, meu irmão, que estava ao telefone com Luíza, quis falar comigo para aborrecer-me.

— Alô. Oi, Junior.

— Oi é o cacete! Soube de uma coisa pela Luíza e não tenho certeza se estava com muito analgésico na ideia... ou se ouvi direito. Você está morando com um cara?

— É, mais ou menos...

— Mais ou menos? Como assim, "mais ou menos"?

— Ele passa a maior parte do tempo aqui, mas ainda não nos juntamos, se é essa a sua preocupação. E outra coisa! — Caiu a ficha de que ele não tinha o direito de falar daquele jeito comigo. — Além de ser dona do meu nariz, sou sua irmã mais velha! Trate de me respeitar!

Luíza levantou os olhos e fiz sinal de que a estrangularia! Passei o telefone e ela ficou constrangida.

Junior estava muito enganado, pensando que poderia se meter daquele modo em minha vida. Ele tinha vinte e oito anos e, desde que assumiu a gerência da pousada dos nossos tios, estava se achando a *última bolacha do pacote*!

Nossos tios morriam de orgulho dele, o que só fazia aumentar seu ego. Junior fez tudo na vida exatamente como os meus tios queriam: passou para a universidade certa, pediu a garota certa em casamento, assumiu responsabilidades... ao contrário do meu primo. Sandro só queria saber de curtir festas, resolveu assumir sua homossexualidade e se mandou para viver com seu *bofe magia,* em Macaé. Ainda me lembro, era Ano Novo quando resolveu presentear os pais levando o Gui para conhecer a família. Ficamos todos sem ação. Uma coisa era "será que ele é?", outra bem diferente foi aparecer com o namorado em pleno Ano Novo, de surpresa. Por mim, estava tudo bem, ele tinha era que ser feliz, mas, para a minha tia, mãe dele... não foi tão fácil assim.

Carol estava mais animada do que nunca, foi a primeira a chegar e foi logo se enfiando apartamento adentro, mexendo nas coisas do Théo, cheirando, analisando, fazendo várias caretas.

— Menina, mas esse homem é muito chique... Olha só essa gravata lilás. Débora, você já viu a marca dessa gravata? É Chanel! Que tipo de garoto de programa usa gravatas Chanel? Débora! Você reparou nisso?

— Lógico que eu reparei! E também percebi que boa parte desses luxos somos nós quem vamos bancar nos próximos meses, sua idiota!

— Ah, deixa de ser ridícula e aproveita então, otária!

— Aproveitar o quê, exatamente?

— O homem! Um homem desses, com um equipamento assim, a gente não encontra por aí, não. Eu mesma já andei conferindo essa semana umas coisas que... Deus me livre... Garota, ontem fui na boate que te falei, na Barra, com a Michele... Acabei me enrolando em um canto com um gato, mas quando botei a mão dentro da cueca dele... Putz.

— O quê? Era muito pequeno?

— Pior.

— Pior como?

— O cara tinha uma bengala no lugar do membro.

— Como assim, uma bengala? — A essa altura, já estava rindo.

— Ué, bengala! Não sabe como é uma bengala? Fina e torta na ponta.

— O quê? — Caí na gargalhada. — Você está de sacanagem...

— Não estou, não! Tirei foto e tudo!

— Mentira!

Foi quando ela puxou o celular do bolso e me mostrou. Eu não sabia se continuava tendo uma crise de riso ou se lamentava. O cara tinha mesmo o membro mais torto da face da Terra! Era grosso na base, perto da pélvis, e ia afinando na ponta, entortando para o lado esquerdo de uma tal maneira... Nunca vi algo assim antes.

— Amiga, que roubada!

— Pior é que ele queria que eu colocasse a boca. Vê se eu tenho cara de Mamãe Noel pervertida! Não tenho perfil de quem fica chupando caramelo natalino.

Tentava parar de rir, mas a Carol era mestra em falar coisas sérias como se fosse uma piada.

— Foder nem pensar! Como é que isso aí entraria em mim? Nem se ficasse brincando de bambolê! — Ela virava o quadril em um semicírculo e eu me acabava de rir.

No instante em que Carol imitava o bambolê, as meninas do nosso grupo mais íntimo começaram a chegar. Primeiro Luíza, depois Amélia, Sara e Giovana, trazendo cada uma o combinado. Eu ofereceria as bebidas; elas, os aperitivos.

Estava tudo tão animado que até me esqueci por um momento do Théo. Carol estava inspirada na bobeira. Luíza, radiante com as roupas íntimas que estava ganhando. Apenas um conjunto, dado por Giovana, não serviria nela de modo algum. Minha cunhada era muito magra e pequenininha. O conjunto rendado, extremamente sexual, de cinta-liga, meia-calça, sutiã meia-taça e calcinha fio dental ficou parecendo uma fantasia de carnaval. Rimos muito dela.

— Experimente você, Débora. Com seu tom de pele, vai ficar melhor do que em mim. — Luíza era branquinha, cabelos curtos e castanhos, quase negros. Parecia uma sósia da Branca de Neve.

— Ok, vou experimentar! — Já estava devidamente alcoolizada, culpa da caipirinha de vodca e algumas *muitas* doses de Cuba Libre.

O conjunto coube perfeitamente em mim.

Apareci na sala vestindo a lingerie, calçada com meu scarpin de verniz vermelho com salto stiletto prata, de Stuart Weitzman. Só para implicar, porque Luíza era louca por aquele sapato. Comecei a dançar conforme elas ficavam cantarolando músicas de *streap tease*. Cento e dez centímetros de quadril faziam a diferença em uma dança sensual. Dancei até o chão e levantei empinando o quadril, como uma dançarina de pole dance. Exposta por um fiapo microscópico de renda, que desaparecia por baixo da cinta-liga, sentia-me como a Beyoncé do Largo do Machado. Joguei meus cabelos para trás, chicoteando-os no meio das minhas costas. Quando virei para olhar as meninas, que gritavam sem parar, dei de cara com Théo, vestido com uma calça social grafite, camisa branca e paletó pendurado no braço cruzado.

Estava me observando e, a julgar pelo olhar, desde o início do "show". A expressão maliciosa em seu rosto arrepiou-me por inteiro. Fiquei nervosa quando percebi que ele segurava o lábio inferior nos dentes, olhos semicerrados, assentindo.

Com tamanho constrangimento, fiquei paralisada. Minha reação, totalmente inesperada, fez com que as meninas se virassem.

— Oi, Théo! — Carol estava muito mais embriagada do que eu. — Meninas, esse é o noivo, namorado, marido e tudo o mais da Débora!

Éramos dez no total. Cerveja, vodca, caipirinha, rum e muita tequila foram o nosso combustível alcoólico. Elas riram, gritaram meu nome e elogios ao físico do Théo, clamaram por Deus e também por Nossa Senhora.

Théo acenou timidamente para elas e veio até mim. Tocou nossos lábios rapidamente, a mão descansando em minha cintura.

— E aí, Théo? Aprovada? — Carol não sabia a hora de calar a boca.

E eu morri... quando ele segurou firme em minha cintura e deslizou a mão até minha bunda, apertando de leve e me puxando para ele. Depois, se virou para Carol e respondeu:

— Esta já é a roupa da nossa lua de mel?

As meninas gritavam e riam ainda mais. E eu fiquei sem saber como agir. Ainda com a mão em meu corpo, colou seus lábios em minha orelha, sussurrando:

— Muito gostosa. Está me deixando excitado... Quero arrancar essa calcinha e trepar com você vestida apenas com a cinta-liga. — Os pelos da minha nuca se eriçaram.

— Comporte-se.

— Não tem como. Vou tomar um banho e tocar uma pensando na recepção que tive.

Théo se despediu como se estivesse encabulado e seguiu corredor adentro.

Elas ficaram eufóricas com a chegada do Théo. Tenho certeza de que ele ouviu os gritinhos agudos que soltaram quando fechou a porta do banheiro atrás de si.

Não demorou nada para que fossem embora. Luíza levou os presentes e Carol decidiu que a festa continuaria no apartamento dela, mas foi a última a descer. Claro, precisava me dar instruções...

— Se você não der pra ele, nossa amizade acaba hoje!

— Você enlouqueceu de vez?

— Você que está louca de não aproveitar! São dezoito mil reais! Acorda, sua retardada! — Então gritou: — Tchau, Théo, estamos indo! Todas nós! Mas a Debby e a lingerie vão ficar!

E saiu do apartamento, empurrando a língua na bochecha.

De repente, eu estava na sala do meu apartamento, sozinha, na maior bagunça de papel de presente rasgado, copos espalhados para todo lado, restos de salgadinhos em bandejas e um garoto de programa, possivelmente se masturbando, no meu banheiro.

Corri para trocar de roupa; aquilo tudo estava muito insano.

Já estava sem o sutiã, indo o mais rápido possível para que... Não adiantou coisa alguma. Théo abriu a porta do quarto e deu de cara comigo, de cinta-liga branca, meia-calça sete oitavos também branca, scarpin vermelho de salto alto e seios expostos.

Primeira reação impulsiva: cobrir os seios com as mãos.

Primeira reação dele: sorrir de lado com a maior cara de safado que eu já vi na vida.

Segunda reação involuntária: sentir meu sexo se apertar, umedecer e latejar ao mesmo tempo.

Segunda reação dele: tirar do corpo a toalha que lhe cobria a nudez, revelando sua ereção.

Tocou-se, sem deixar de me encarar. Era, de fato, como na foto da internet.

Foi inevitável não olhar, ele continuou se tocando e eu, encarando, boquiaberta, paralisada, sentindo mil coisas ao mesmo tempo.

As comparações foram inevitáveis: João era muito menor do que o Théo. Por qualquer ângulo que fosse.

— Você quer que eu te foda, está morrendo de vontade de ter um homem de verdade te comendo, não é?

Não conseguia falar nada, fiquei parada, feito uma idiota.

Théo deu o primeiro passo e me senti empurrada por uma estranha força. Dei um passo também, em direção a ele, que sentiu-se mais confiante e deu os três últimos passos que faltavam para estarmos tão próximos que era possível sentir seu hálito mentolado.

Ele esticou as mãos e tocou meu ombro de leve, descendo pelos braços, tirando-os da frente dos meus seios, expondo-me a ele em uma lentidão ao mesmo tempo sensual e angustiante.

Meu coração batia na garganta, então ele diminuiu ainda mais a distância entre nós, olhando-me nos olhos, maxilar tensionado, narinas sutilmente dilatadas, entretanto, sua respiração era controlada. Enquanto a minha era exaltada, exasperada.

Engoli em seco.

Théo molhou os lábios com a língua e tocou minha boca suavemente. Meu corpo inteiro estremeceu quando senti seu membro em meu umbigo, duro, excitado, faminto.

E foi por estremecer e suspirar que ele descolou nossas bocas bruscamente. Olhou-me com os olhos semicerrados, de um para o outro; acho que na minha cara estava estampado um pavor absurdo. Não dele, mas de mim.

Senti o membro dele relaxar um pouco e Théo se afastou. Respirou profundamente, soltando o ar pela boca de uma só vez, enrolou a toalha na cintura, pegou uma muda de roupas quase correndo e saiu do quarto, sem dizer uma só palavra.

E foi estranho, pois, assim que ouvi a porta da sala bater, uma música da banda Goo Goo Dolls começou a tocar. Não me lembrava de tê-la colocado na playlist, já que não combinava em nada com o momento do chá de lingerie. Era *Iris.*

Senti vontade de chorar e não pude evitar as lágrimas. Aquela música malditamente romântica tocando e eu me esvaindo em lágrimas e coriza. Tomei um banho rápido, vesti uma camisola de algodão e me deitei.

Complicado. A música ficou repassando na minha cabeça... "*Quando tudo estiver destruído, eu só quero que você saiba quem eu sou*", aquela voz desesperada cantava. Realmente, não me lembrava de deixar aquela música para tocar.

Também não consegui pregar o olho, fiquei rolando de um lado a outro por horas e horas. Quando ouvi o barulho da porta, fiquei nervosa. Olhei o relógio do celular: quatro da madrugada. Virei de lado, fingindo dormir. Ele voltara.

Entrou no quarto muito tempo depois, e fingi estar dormindo, mas abri os olhos um pouquinho e pude vê-lo escorado no portal, cabeça inclinada, também encostando no portal de madeira, olhando-me por um bom tempo. Ele pensava em alguma coisa, então esfregou as mãos no rosto e andou até o outro lado da cama, deitou-se ao meu lado sem fazer muito barulho.

— Débora... — Não respondi ao seu chamado, como se estivesse profundamente adormecida. Então ele entrou debaixo do lençol que me cobria e se aconchegou a mim.

Meu coração disparou, o corpo dele estava quente e eu podia sentir cheiro de uísque. Passou o dedo de leve no meu cabelo, tirando-o do meu rosto, e tentei manter a respiração controlada, mas tudo o que consegui foi prendê-la.

Morri por dentro quando senti seus lábios tocando meu pescoço ao mesmo tempo em que seus braços me puxaram para ele, colocando-me recostada em seu bíceps, minhas costas em seu peito e seu braço direito enlaçando minha cintura.

Suspirou, voltou a respirar normalmente, seu braço relaxou, soltando o peso em meu corpo. E foi aquela respiração que me acalentou a alma e adormeci.

Capítulo 8

Sr. Paulo Couto do Nascimento

Abri os olhos não só por culpa da claridade, mas também por uma coisa me cutucando.

Olhei de esguelha e era real. Théo estava ali comigo, ressonando baixinho, e eu tinha um sorrisinho bobo na cara.

Não dava pra ser perfeito, não é? Mas até aquele ronquinho baixo o deixava sexy. O cabelo caía um pouco sobre o olho fechado e os lábios estavam entreabertos. Tentei não fazer movimentos bruscos para sair da cama, mas, assim que me afastei um tantinho, ele me puxou com tudo, agarrando-me com força, e com aquela coisa dura, logo de manhã, roçando em mim.

Ele continuava dormindo, mas havia parado de ressonar. Tentei me afastar novamente; estava esquisito aquilo ali, minha camisola mais parecia uma blusa, toda embolada acima da cintura, e a mão dele sobre meu abdome.

Os dedos de Théo começaram a deslizar para cima. Paralisei, meus olhos estavam para lá de arregalados, e então senti seus dedos em meu mamilo, acariciando tão delicadamente quanto uma pluma.

Meus olhos arregalados começaram a se fechar aos poucos, virando e revirando, minha respiração presa se esvaindo de meus pulmões lentamente. A mão que outrora era delicada se fechou de uma só vez em meu seio. De repente, a voz rouca me alcançou os ouvidos e todos os pelos do meu corpo se eriçaram.

— Aonde você pensa que vai?

— Fazer xixi. — *Fazer xixi?* Eu disse isso mesmo? Senhor, eu disse, sim!

Foi ridículo, mas ele me soltou na mesma hora. E eu, como sou muito inteligente, saí correndo para o banheiro.

Eu era como um leão enjaulado — no banheiro de quatro metros quadrados —, andando de um lado a outro, sem saber o que fazer. *O que fazer?* Não havia jeito nem de ligar para Carol! Ah! O que estava pensando? A primeira coisa que aquela maluca me diria é: dá pra ele!

Será que devo? Não que eu não possa, afinal de contas, estava pagando bastante caro por ele. Meu coração a mil migrou do peito para a garganta, e comecei a suar. *Banho! Um banho frio vai resolver a situação!*

E foi exatamente o que fiz: enfiei-me de uma vez debaixo da água fria. Quando saí, estava tremendo e continuava morrendo de vontade de transar com ele.

Escovei os dentes, fiz o máximo de hora possível, contudo, em algum momento, precisaria sair, e o fiz, disposta a me jogar naquela cama e naqueles braços musculosos. Cheguei ao quarto com atitude, praticamente jogando os cabelos, sexy, enrolada na toalha e... *Ué, cadê o cara?*

Meu narizinho foi agraciado pelo aroma do café que invadia o quarto. Ouvi os passos dele e me virei. Estávamos ambos de toalha; ele também havia tomado banho. *Ele tomou banho? No banheirinho de empregada? Mas lá só tem água fria!*

— Quer?

— O quê? — Deus! É um constrangimento atrás do outro.

Achei que estivesse se oferecendo. Andava tão paranoica com o assunto sexo que não me dei conta da xícara que ele estendia em minha direção. O sorrisinho dele me fez despencar do mundo da lua.

— Café — respondeu.

— Ah! É. — Dei uma risadinha sem graça, balançando a cabeça em negativa. *Meu Deus, abra um portal para outra dimensão e me faça sumir daqui!*

Estiquei a mão e peguei a xícara fumegante, bebi um pouquinho, bem devagarzinho, porque estava pelando. Ele levou a xícara aos lábios, inspirando o aroma.

Ok, eu compraria o café que esse modelo representa.

— Hum, gostoso — elogiei, porque estava mesmo.

— Eu sei. — Ele passou a mão livre no abdome, insinuando-se.

Segurei a dignidade e fui me vestir. Ele saiu do quarto ainda de toalha e entrou no banheiro.

Coloquei um conjunto simples de calcinha e sutiã, um short jeans e uma camiseta branca.

Théo surgiu ainda de toalha, barba feita e, como sempre, perfumado. Passou por mim, ficou nu sem o menor pudor e só então foi vestir uma cueca. Fiz de conta que tudo aquilo era muito natural e fui saindo calmamente para arrumar a bagunça na sala. Foi quando percebi que ela havia desaparecido.

Cadê aquela bagunça absurda? Ele arrumou o apartamento? Mas em que momento ele fez isso?

Fiquei boquiaberta. Fui até a cozinha e estava tudo lavado, tudo organizado.

— Preciso fazer uma observação, Débora. — Théo encostou-se no portal da cozinha da maneira mais sexy possível.

— Você arrumou tudo? — Ele deu de ombros, foi até a pia, colocou mais um pouco de café na xícara e contou mentalmente as gotas de adoçante enquanto seus lábios se mexiam sutilmente. — Obrigada, puxa, isso foi muito gentil da sua parte.

— O quê? Lavar uns copos?

— Hum... Tudo. Lavar, arrumar e bancar o noivo gostoso. Qual é a observação que queria fazer? Olha, se for pelo dinheiro, já está na sua conta desde sexta e...

— É sobre você — interrompeu-me.

— O que... O que... O que sobre mim?

— Apenas uma observação. — Théo bebeu mais um pouco de café, suspirou e me olhou nos olhos. — Você está a fim de mim?

Senti meu queixo bater de nervoso, então me virei para pegar... A manteiga — foi a primeira coisa que vi na geladeira.

— Que bobagem é essa? De onde tirou isso?

— Do beijo de ontem, sua reação hoje quando acordamos, do quanto demorou no banheiro, deixe-me ver o que mais... Ah, claro, da maneira como gagueja quando fala comigo.

— Cara, seu ego é mesmo muito inflado, não é? — Ainda com o pote de manteiga na mão e a porta da geladeira aberta, olhei nos olhos dele.

— Meu ego? — Levou a mão ao peito nu, dramaticamente umedecendo os lábios com a língua. — Vai querer me convencer de que não está ficando maluquinha por mim?!

— Não estou nem um pouco, sou lésbica, se quer mesmo saber. Desde que meu ex-namorado terminou comigo. — Bati a porta da geladeira, irritada.

— Então por que tomou banho frio? — Ele sorriu; era um metido.

Aproximou-se, imprensando-me contra a geladeira, colocou a xícara sobre a pia e voltou seu olhar para mim. Minha respiração novamente me deixou na mão, e meu coração era um traidor miserável, pulando como se eu tivesse corrido a corrida de São Silvestre.

Aquele corpo todo em cima de mim, inebriando-me com seu perfume, com aquele abdome definido, o cabelo úmido e as mãos, oh, as mãos, segurando firme meu quadril, os olhos amendoados esquadrinhando minha alma.

Seja forte, seja forte!

Não me movi um milímetro e ele sorriu. *Mas que merda!* O que será que ele estava pensando? O quê? Pior ainda foi morder o lábio enquanto enterrava ainda mais os dedos na minha pele. Foi até minha orelha mordiscar o lóbulo, deixando-me sem fôlego, sem ação, sem lembrar nem mesmo o nome dos meus pais.

— Lésbica, sério?! Arrume uma desculpa mais convincente da próxima vez.

Sabe Deus de onde tirei forças, mas me desvencilhei dele e fui para o corredor, soltando de uma vez o ar. *Droga! Parece que voltei aos meus quinze anos!* O mesmo aperto na barriga, as tremedeiras na perna, tudo, tudo. Por um homem que vende sexo.

Triste.

Fui o mais rápido possível para o quarto que transformara em escritório. Precisava trabalhar, ou fingir, pelo menos.

Eu o vi passar e voltou já vestindo uma camisa.

— Vou sair, querida noiva — falou debochado —, não precisa me esperar para o almoço, na verdade, devo voltar só na quarta-feira.

— Quarta-feira?

— Quarta-feira. Tente não se matar com aquele vibrador, e não estou falando do *bullet* na gaveta de calcinhas, mas daquele disfarçado de soldadinho inglês.

Acho que abri uma boca tão grande que era possível encaçapar uma bola de basquete nela. Como ele sabia do...? Como não saberia? Talvez conhecesse todos aqueles brinquedinhos.

Fiquei tão passada com o que ele disse que, além de não responder, fiz questão de não ligar nem mandar nenhuma mensagem depois que ele saiu.

Assim que pisei no escritório, no dia seguinte, Carolina veio com um mega sorriso.

— E aí?

— E aí que ele é um grosso!

— Ah, disso a gente já sabia! Quero saber se foi gostoso, se doeu... Conta tudo!

Fiz uma tromba gigantesca e Carol envergou a boca em um bico de lado.

— Ah, fala sério, Dé.

— Nenhuma palavra quanto a isso!

— O cara estava lá, disponibilíssimo, gostosíssimo, mercadoria paga e você de babaquice?!

— Tem coisa muito mais importante do que foder com um prostituto.

— Como o quê, por exemplo?

— Você, por acaso, se deu conta de que não sabemos nada sobre esse cara? Nem onde mora, qual a rotina dele, o nome completo... — Eu enumerava nos dedos.

— Pelo menos sabemos que ele não tem Aids.

— Mas que inferno, Carolina, não dá pra conversar com você.

— Tudo bem — respondeu exasperada, jogando as mãos para o alto. — E daí? Você pretende investigar o Théo?

Ela falou de brincadeira, mas a sobrancelha esquerda que levantei a fez revirar os olhos.

Estava tão preocupada com meus sentimentos — a fatídica constatação de estar apaixonada pelo Théo — que me esqueci completamente da Junta Comercial.

Abri o site e descobri o nome do dono da Galáctica S/A: Paulo Couto do Nascimento. Peguei o endereço e não quis saber de coisa alguma.

— Aonde você vai, maluca? Temos reunião às duas!

— Ainda são dez da manhã, relaxa, volto a tempo. Qualquer coisa, tranca o banheiro dos deficientes e diz que estou lá com diarreia!

— Ah! Capaz!

— Fui.

Saí discretamente, alcancei o primeiro táxi que passava e segui para o endereço da Galáctica S/A.

— É aqui, moça.

— Ah, obrigada. — Paguei ao motorista e desci do táxi um tanto quanto... chocada.

Estava em um bairro decadente da zona norte do Rio, perto da linha do metrô; tudo tão estranho. Conferi novamente e era lá mesmo. Apertei o interfone do 302 e uma voz masculina atendeu. Eu disse que era do censo e ele abriu a porta quase que imediatamente.

Impressionante! Ninguém é visitado pelo censo, mas, se alguém diz "sou do censo", as pessoas correm para participar da pesquisa.

Agora eu pego aquele filho da mãe arrogante!

Subi os lances da escada quase colocando os bofes para fora. Dei uma respirada e toquei a campainha da porta que nem olho mágico tinha. Ele a abriu de uma só vez e nos encaramos.

Capítulo 9
Um homem de muitos atributos

Estava vestido com uma roupa simples: jeans e camiseta de um deputado estadual. Baixinho, careca e com uma barriga proeminente.

— Por favor, senhor, bom dia, antes de mais nada, gostaria de falar com Paulo Nascimento.

— Sou eu.

— Você? Não é, não.

— Sou, sim.

— Não é, não! Claro que não é!

— Moça, a senhora está louca? Ah! Já sei... — Ele colocou a cabeça para fora do apartamento, olhando o corredor. — É pegadinha!

— Não. — Fiquei confusa. — Desculpe, mas o Paulo que conheço tem aproximadamente 1,90m de altura, é forte, atlético, meio loirinho, olhos castanhos, mais pra amendoados, e tem um sinalzinho discreto no canto direito do lábio superior, braços musculosos, mas nem tanto, peitoral largo seguido por um abdome definido, as coxas são grossas e torneadas e...

O homem me olhava com espanto. Deus, eu estava toda derretida para descrever o Théo, ou Paulo, ou seja lá quem fosse.

— Senhorita, não tem ninguém aqui com essa descrição, sou eu quem moro aqui. — Ele bateu na pança de Sancho. Sim, estava nítido que aquele homem não era nem de longe o Théo. Então, inesperadamente, puxou a identidade da carteira em cima da mesa. De fato, era Paulo Couto do Nascimento, o baixinho gorduchinho.

Desculpei-me, envergonhada, e fui embora.

Que absurdo! Ele usava um endereço fantasma e um laranja! Ou... Esse cara estava escondendo o Théo de mim.

Agora isso virou questão de honra!

Na terça-feira, pedi para uma colega do trabalho ligar para o celular dele e perguntar se ele estava disponível. Expliquei que se tratava de uma brincadeira com um antigo amigo de faculdade, um trote bobo. Carol ficou indignada, achava que eu deveria estar fazendo outra coisa em vez de procurar, como disse, chifre em cabeça de cavalo.

Quando a Alicinha ligou, ele disse que não estaria disponível por um longo período. Pelo menos me deu exclusividade. Isso foi uma coisa que gostei de saber.

Quarta-feira, dia muito chato, cheio de problemas no trabalho, aborrecimentos como nunca antes com um colega. Desgastante. Odeio discussões sem fundamento nem finalidade.

Cheguei ao meu apartamento um pouco mais tarde do que de costume, porque o dia foi mesmo complicado. Joguei a bolsa sobre a cadeira e percebi que não estava sozinha, pois a sala toda cheirava a comida.

Ah, que fome, que cheiro bom...

— Théo?

— Oi, já chegou? — perguntou retoricamente ainda na cozinha, surgindo na sala em seguida.

Sei que abri a boca, porque foi muito mais forte do que eu. Mas também, como não? Ele apareceu de calça jeans preta, sem camisa e com o meu avental xadrez, marrom e amarelo, que ficou lindo nele e extremamente sensual.

— Oi, boa noite. — Tirei os sapatos, e Théo veio em minha direção e os pegou da minha mão, colando seus lábios com sabor de vinho nos meus. Logo surgiu um outro beijo, mais demorado e mais úmido. Obviamente, correspondi.

Tomei um banho rápido. Não queria deixá-lo esperando para jantar, além do mais, meu irmão e Luíza estavam a caminho.

Théo me serviu de uma taça de vinho tinto seco, e nem acreditei quando vi a linda mesa. O vaso no qual mantinha flores artificiais fora substituído por flores do campo, naturais. O jantar que ele preparou também me surpreendeu:

Tornedor de mignon e batatas recheadas com Brie e Parma.

Definindo a refeição: incrível.

— Jura que foi você quem fez?

— Claro que fui eu. Gostou?

— Sensacional! Delicioso!

— Seu dia foi estressante? Está parecendo.

— Muita coisa.

— Quer me contar?

— Quero — respondi com sinceridade, queria mesmo dividir. — Tudo começou quando descobri que um pagamento de seguro foi autorizado sem o relatório de investigação estar assinado — expliquei —, só que o coordenador de equipe tem algum tipo de ligação com essa empresa...

Enquanto eu contava tudo o que acontecera detalhadamente, Théo continuava comendo, mas prestando atenção a cada palavra. Vez e outra, balançava a cabeça, negando ou assentindo para que eu continuasse.

— Então foi isso que aconteceu, mas o que me deu mais raiva foi a cara de pau dele em dizer que poderíamos pagar enquanto eles acertavam os documentos.

— Então estava previsto na DFP justamente o maior montante do sinistro específico?

— O maior montante! Isso me tira do sério...

— Se há algum esquema por trás, você não pode fazer muita coisa, mas fique esperta e mande seus e-mails sempre com cópia oculta para o seu particular. Se eles liberarem a medição, ainda que tenha feito a análise desfavorável, o ideal é que tenha isso registrado.

De repente, a ficha caiu. E ele percebeu. Pousei o garfo no prato, ainda olhando para a comida, cabeça baixa e um silêncio insuportável se estendendo entre nós.

— Com que tipo de pessoa você anda fodendo, Théo? — A pergunta saiu baixinha, mas ele ouviu, no entanto, eu ainda não conseguia encará-lo. Como não me respondeu, continuei: — Falar de Demonstrações Financeiras Padronizadas pela sigla... — Levantei meus olhos, mas ele apenas deu um sorriso encabulado.

— Conheço muitas pessoas, já estou nessa vida há muito tempo, muito mais do que gostaria.

— Você não gosta do que faz, não é?

— Sim e não.

— Resposta ambígua, como devo entender?

— Do jeito que é: ambígua. Por que tudo tem de ser preto ou branco, certo ou errado, sim ou não?

— Eu não sei.

— Acho que deveria parar de se preocupar com quem conheço ou conheci e se concentrar no que está acontecendo. — Não soube o que responder. — Mudando de assunto, seu irmão chega a que horas? — Mudança radical de assunto.

— Devem chegar lá pelas nove, ele vem de Penedo.

— Certo, e há alguma coisa que queira que eu faça... Ou que não faça?

— Sinceramente? Não quero que seja o Théo, o cara que faz programa, quero que seja você mesmo.

Minha resposta o fez dar um sorriso aberto, feliz.

Terminamos o jantar ainda conversando sobre contratos, seguros e administração. Foi quando Théo deixou escapar que "na faculdade, houve um estudo de caso...". *Caramba! Ele tem nível superior! Por isso tanta desenvoltura para conversar sobre tantas coisas.* Deixei que falasse bem à vontade, nada de pressionar por respostas, aceitei o que ele quis me dar.

Lavei a louça enquanto Théo enxugava e guardava. Observei-o falar e mexer o nariz tipo *A Feiticeira* fazendo suas bruxarias; ele tinha uma mania bonitinha. A forma como seus lábios se mexiam ao falar a letra "r" era diferente; ele falava outro idioma, sem dúvida. A forma sutil com que levantava as sobrancelhas surpreso com alguma coisa em nossa conversa. Ele explicava seu ponto de vista sobre o direito trabalhista, mas tudo o que eu podia ver era um homem lindo mexendo os lábios em câmera lenta com aquele "r" diferente e o sorriso de dentes alinhados. A pintinha acima do lábio, pequenininha, estava lá, dando um charme a mais em sua boca, que, a essa altura, era absolutamente desejada por mim.

Meu irmão estava demorando, como de costume. Ele não entendia o conceito de pontualidade e dane-se o mundo esperando pelo príncipe. Nos quinze minutos em que ficamos esperando por Junior, Théo colocou meu CD já quase furado do Justin Timberlake, e, quando *Nothin Else* começou a tocar, ele me tirou para dançar.

Pegou minha mão delicadamente, levantando-me do sofá, colou nossos corpos e nossos rostos e apoiou a mão esquerda em minha omoplata. Dançamos, ambos descalços no meio da sala, desviando perfeitamente dos móveis sem que fosse preciso olhá-los. Ele moveu os quadris, me levando junto, e fechei os olhos por um minuto e senti sua respiração em minha orelha, o nariz desenhando riscos em meu rosto.

Fez com que eu rodopiasse em meu eixo, puxando-me firme junto do seu corpo com os olhos nos meus e me abaixou para um beijo que não veio.

A campainha tocou.

Se eu não estivesse apaixonada por ele, teria ficado naquele instante. Infelizmente, havia a leve impressão de que ele estava tentando me seduzir para isso, e o resto de consciência que eu tinha dizia para fugir dele como o Diabo da cruz, porque provavelmente, de mim, ele só queria o dinheiro.

Capítulo 10
Conhecendo a família

Meu irmão finalmente chegou. Depois de ele e Théo serem devidamente apresentados, começamos a conversar sobre vários assuntos. Junior não gostou do Théo, ou estava se mordendo de ciúmes...

Acho isso de uma graça! O João me sacaneou até o último fio de cabelo e esse traíra o chama para padrinho de casamento. Por serem amigos desde a infância é que ele deveria ficar ainda mais indignado pela traição do João.

Por essa e outras que sempre pensei que os homens eram mesmo todos iguais e se defendiam mutuamente.

Momento embaraçoso: Junior perguntou, sem cerimônias, o que Théo fazia da vida. Ele me olhou, sorrindo, antes de responder.

— No momento, a única coisa importante que faço da vida é cuidar para que sua irmã seja a mulher mais feliz desse mundo.

— E isso dá dinheiro? — perguntou Junior com bastante ironia.

— Sim, dá. — Meu queixo caiu e a atividade temporal foi suspensa entre esganar o Théo e tentar desaparecer por magia. — Não tanto quanto gostaria, mas dá sim.

Luíza caiu na gargalhada e Junior franziu o cenho, tanto pela resposta de Théo quanto pelas risadas de Luíza.

— Desculpe, amor, mas você mereceu essa resposta! Pare de ser ridículo! Deixe o Théo em paz, não viemos para entrevistar o noivo da sua irmã, viemos acertar os detalhes do nosso casamento.

— Tudo bem, Luíza — Théo começou a falar novamente, e implorei para que Deus o calasse, mas ele prosseguiu —, apesar de ser filho único, entendo perfeitamente o que deve estar passando pela cabeça do Junior. Fique tranquilo, não vou fugir com a herança de vocês. Meu maior interesse nessa história é fazer a Débora feliz em cada segundo que estivermos juntos.

Théo me olhava de um jeito... Ou seria eu quem estava olhando-o de um modo diferente? Ele segurou minha mão e beijou o nó de meus dedos, desarmando-me pouco a pouco.

Então Junior acabou de vez com a minha alegria.

— Vocês vão se casar com separação de bens, não é? Porque seria um absurdo se a Débora dividisse a parte dela nos bens que nossos pais deixaram, depois de anos de sacrifício, com uma pessoa que ninguém conhece, que a família nunca ouviu falar, que de repente se enfiou no apartamento dela... — A expressão de Théo era indecifrável.

Junior não calava a boca. Luíza tentava fazê-lo parar, mas ele prosseguia me expondo completamente.

— A Débora pode não usufruir da parte dela na pousada, nem do restaurante, ou abrir mão de ficar desfilando por aí com um carro do ano, mas ela merece um homem que lhe dê as coisas, que complemente o que ela tem.

— Junior, cala a boca — eu disse entredentes.

— Deixe-o falar, querida, ele precisa desabafar — incentivou Théo.

— Você está me constrangendo, irmãozinho.

— Eu? É bom que eu seja sincero e coloque logo as cartas na mesa.

— Você é estúpido. Se veio aqui para ficar destratando o Théo, não precisa prolongar a visita, pode ir!

Meu irmão, surpreso, inclinou o rosto para trás, piscando seguidamente. Ele não esperava que eu tomasse uma atitude, e a verdade é que nunca fui de enfrentar coisa alguma tão abertamente, sempre tentei contornar as situações mais complexas. Contudo, aquela não era uma situação comum. Théo não era um homem comum, era um garoto de programa.

— Gente, que clima horrível e desnecessário. Desculpe, Debby, desculpe, Théo, o Junior está se roendo de ciúmes da irmã, só isso.

— Como eu disse anteriormente — Théo tornou a falar —, compreendo e não me sinto ofendido com suas palavras, Junior. Ao contrário, isso só me faz admirá-lo.

Que sacana esperto! Filho da mãe!

— Um homem que zela pela família — continuou, e a voz de Théo era quase solene —, é assim que estou te vendo e realmente te respeito e admiro. Na verdade... — Théo olhou diretamente em meus olhos. — Se tivesse uma irmã tão incrível e perfeita como a Deb, também estaria preocupado, afinal, um cara surge do nada e já vai morar com ela...

— Pois é, como foi isso? Porque ela não me contou — continuou Junior, em tom acusatório.

— Nós nos conhecemos em uma livraria, na rua do Ouvidor. Começamos a conversar e... Acho que uma semana depois... Uma semana, não foi, amor? — Aquiesci. — Nós nos reencontramos casualmente, tomamos um drinque, começamos a nos encontrar e cá estamos.

— Nossa, rápido! Em o quê? Quinze dias? Surpreendente! — Meu irmão continuava ácido.

— Junior, o amor é surpreendente, tudo parece estar muito bem em nossa vida e, de repente, damos de cara com um sentimento desses... Imensurável... Inexplicável. Apenas sentimos e começamos a questionar cada escolha, a rever tudo na vida que, aparentemente, era bom e perfeito. Aparentemente.

Eu estou surtando ou ele está se declarando? Estou surtando.

— Isso foi lindo, Théo! — Os olhos de Luiza brilhavam de emoção. — Junior e eu nos conhecemos desde o segundo grau. Fiquei arrasada quando ele se mudou para Penedo, mas então ele me pediu em casamento e cá estamos! — Luíza imitou o jeito de falar de Théo.

— E como é que foi esse pedido de casamento de vocês? — Junior se tranquilizou, ou se desestabilizou, depois que Théo alimentou seu ego.

— Foi ela quem pediu. — Théo virou seu polegar em minha direção.

Junior e Luíza se entreolharam, boquiabertos.

— Debby! — Luíza riu com vontade.

— Isso foi... inesperado.

Sem dúvida, meu irmão repensou tudo que disse, concluindo que Théo não poderia ser interesseiro se fui eu quem o pediu em casamento.

— Que loucura, cunhada! Mas quer saber? Parabéns! Você está certa, é notório que vocês serão muito felizes! Dá para sentir que há um amor muito grande entre vocês!

— Como assim, dá para sentir? — Estaria eu mostrando mais dos meus sentimentos do que deveria?

— Ah! Dá para sentir. Vocês são lindos juntos. Estão sempre se olhando com essa carinha de apaixonados. — A romântica incurável da Luíza já estava com as mãozinhas juntas abaixo do queixo. Ela não se cansava de bancar a Branca de Neve.

— Nesse caso, parabéns aos dois. — Meu irmão se levantou, Théo fez o mesmo e eles se abraçaram. — Seja bem-vindo à família.

— Fui aprovado, então?! — Théo exibia um sorriso satisfeito e malicioso, talvez somando mentalmente o tanto de grana que tiraria de mim.

Sorri sem muita emoção.

Capítulo 11

A mulher do carro vermelho

Luíza falava sem parar dos planos que fizera sobre o casamento e dava bronca por eu ter pouca participação. Francamente, eu não entendia absolutamente nada de casamentos. Junior e Théo estavam em uma conversa paralela e eu tentava ouvi-los sem que Luíza percebesse meu total desinteresse pelo que ela dizia.

Pude assimilar algumas palavras soltas, e algumas me chamaram a atenção: trinta mil, casa de praia e, a pior de todas, herança.

Não deveria me apavorar daquele jeito, a culpa era minha, de toda forma.

Finalmente conversamos sobre amenidades e o assunto enveredou para o item culinária. Junior mostrou-se interessado em experimentar o jantar que Théo preparara e não demorou para que tivesse diante de si um prato enorme e fumegante de Medalhão de mignon ao Tornedor, batatas recheadas e arroz com brócolis.

Luíza, que não comia nada após às dezenove horas, provou uma pequena porção no garfo de Junior e se juntou a mim com um drinque de laranja e champanhe. Théo manteve-se sóbrio com uma lata de refrigerante diet, feliz em receber inúmeros elogios pelo prato que preparou.

Ainda jogamos uma partida de buraco em dupla, e, por conhecer demais meu irmão, sabia que jogar contra ele seria uma guerra de nervos. Perdemos por quinhentos pontos para Théo e Luíza. Durante vários momentos, tive a sensação de que Théo me dava as cartas, queria que eu ganhasse, não havia outra explicação. Junior trapaceou um pouco, afinal, se não o fizesse, não seria o Junior, mas o ditado foi certo: "quem rouba, perde".

O clima descontraído e a bebida me relaxaram e esqueci a tensão que sentia por ter um garoto de programa rondando meu patrimônio, pronto para dar o bote.

Olhei para o relógio no instante em que fechei a porta atrás de mim: meia-noite e um.

— Você vai dormir aqui? — perguntei, bocejando.

— Não sei, acha que devo?

— Acho que não deve, mas pode.

— Obrigado — respondeu, se encaminhando para o banheiro.

Pensei em falar alguma coisa, entretanto, calei-me e segui para o quarto. Théo deixou a porta do banheiro aberta enquanto escovava os dentes; olhou meu reflexo pelo espelho e sorriu com a boca cheia de espuma.

Bocejei mais uma vez e então ele se afastou para o lado, apontou para a pia e segui até ele.

Escovamos os dentes juntos. Aquele momento pareceu tão natural que me assustou. Trocamos olhares. Vez e outra, agíamos de maneira sincrônica ao utilizarmos o lavatório; era uma dança sem música e sabíamos os passos daquela coreografia.

Vesti uma camisola de flanela. Théo, deitado, vestido apenas com uma cueca azul-marinho, olhava para o teto do mesmo jeito que eu fazia. Deitei-me ao seu lado e suspirei.

— Interessante — comentou.

— O quê?

— Os desenhos. — Ele falava das sombras que iam e vinham conforme os carros passavam. Apenas sorri e ficamos em silêncio por um tempo.

— Théo — chamei-o, mas só depois me virei e notei que estava de olhos fechados.

— Diga.

— Desculpe, pensei que estava acordado.

— Estou acordado. O que foi?

— Obrigada, foi legal... hoje.

— Por nada, princesa, só estou cumprindo o combinado.

Aquilo me pegou de surpresa e lamentei ter acreditado, por uma fração de segundo que fosse, na sinceridade de suas palavras. Percebi que aquele deveria ser um discurso ensaiado. Aborrecida e irritada, virei de costas para ele, tentando dormir.

Algum tempo depois, senti minhas pálpebras pesarem, mas o telefone dele tocou. Théo deu um salto da cama e foi para a sala, de onde vinha o som estridente.

Ouvi seus passos no corredor e mantive meus olhos fechados. Théo fechou a porta e voltou para a sala. Levantei-me silenciosamente, pé ante pé, e abri um pouco a porta para ouvi-lo ao telefone.

— Eu sei, você viu a hora? Não, só me responde isso, você viu a hora? (...) Não. Já disse que não posso! (...) Porque tenho compromisso. (...) Com a mulher do carro vermelho, ela vai pagar muito bem. (...) Não se preocupe com nada, ela vai me dar o que eu pedir. (...) Sei negociar. (...) Hum, sei, sei. (...) Sinceramente, você consegue me irritar, sabia? Ligou a essa hora pra falar besteira, falar do que já está praticamente resolvido. Foda-se o marido, meu assunto era com ela, agora, se ele quiser participar, vai ser divertido. (...) O quê? (...) É, mas estou envolvido, estou na casa da garota. (...) Vou dar um jeito depois. De toda forma, foi o risco que ela assumiu. (...) Tá bom, tá bom, liga depois. Inacreditável... Boa noite.

Ouvi tudo atentamente e lamentei por ser tão curiosa.

Capítulo 12
Como qualquer casal

Assim que Théo terminou sua conversa, deu de cara comigo e a pilha de roupa de cama recém-despejada no sofá da sala. Voltei para o quarto magoada.

— O que é isso? — perguntou, me seguindo.

— Sua roupa de cama. Boa noite.

— Espere um minuto. — Segurou meu braço. — Você está irritada comigo, por quê?

— Por ser tão... prostituível! — Puxei meu braço de sua mão e entrei no quarto batendo a porta, deixando-o.

Um nó se formou em minha garganta, havia raiva, medo, insegurança. Deitada, deixei as lágrimas molharem meu rosto e o travesseiro.

Amar doía tanto. Amar um homem impossível doía ainda mais.

Como pude me apaixonar por um homem que se alugou como noivo?

Chorei baixinho, rolando de um lado para o outro até pegar no sono.

O celular tocou às seis, levantei com o corpo moído e a sensação de que ficaria gripada.

Separei a roupa para o trabalho e fui para o banheiro. Théo ainda estava em meus pensamentos. Apesar de querer vê-lo, entrei na porta ao lado do meu quarto sem espiar o final do corredor. O apartamento estava silencioso. Dorminhoco. Talvez estivesse habituado a passar o dia inteiro dormindo...

Finalmente, saí do quarto arrumada para o trabalho. Ao chegar na sala, encontrei a roupa de cama dobrada e o cômodo vazio.

Sorri, ainda magoada.

Mas por que me sentia daquele jeito? Será que era tonta o suficiente para achar que ele se importaria e iria até o meu quarto se declarar, afirmando que tudo o que disse ao Junior era verdade e que eu era o amor da sua vida? Que aquela estranha conversa ao telefone não se referia a mais uma cliente?

Encontrei Carol no hall do elevador, esperando na fila para subir.

— Bom dia, como foi ontem?

— Bom dia, Carol. Tudo bem, Junior agora tem o Théo em alta estima.

— Mas essa sua cara aí não é de que a coisa foi "tudo bem". Que houve?

— O idiota do Junior falou dos bens que meus pais deixaram pra gente.

— *Ih*...

— *Ih*...? Bastou para ele ser o mais fofo, sensível e amoroso dos noivos alugados.

— E agora?

— Agora nada. Preciso tirar esse cara da minha cabeça! — Para mim, Théo parecia gostar de ser garoto de programa e de arrancar das mulheres o que pudesse.

O elevador chegou e entramos.

— Tirar da cabeça é fácil, vou te dar o contrato de seguro coletivo daquela empresa de Curitiba, é tanta dor de cabeça que o Théo vai sumir dos seus pensamentos em menos de uma hora! Mas tirar do seu coração...

— Me ajuda, Carol — implorei.

— Como? As coisas não são assim, amiga... Senta e chora.

E foi exatamente o que fiz durante toda a manhã e boa parte do nosso almoço. Carol, comigo todo o tempo, deu-me forças, segurou minha mão, contou piada para me distrair.

Quando retornamos do almoço, quase caí para trás. Havia três dúzias de rosas vermelhas em cima da mesa. Não sobrou quase nenhum espaço para as minhas coisas.

Carol, boquiaberta, não sabia o que dizer. Os colegas de trabalho elogiavam e perguntavam se era meu aniversário. Também fiquei momentaneamente sem ação.

Carol puxou o cartão. Não havia nada escrito a não ser o nome dele... Théo.

Como eu pensava, o mais amoroso, carinhoso e fofo dos noivos alugados.

Para minha surpresa, quando cheguei ao meu apartamento, havia comida pronta sobre o fogão: frango à parmegiana, arroz e salada de legumes. Ainda morno. Mas nem sinal do cozinheiro.

Ao entrar no quarto, meu coração martelou tão forte que chegou a doer o peito.

Não havia um só canto que não estivesse com buquês de rosas vermelhas.

Primeiro pensamento: Oh, meu Deus, eu o amo!

Segundo pensamento: Vou ligar agora pra ele! — Celular em mãos, euforia renovada.

Terceiro pensamento: Nossa, ele está mesmo investindo na minha herança. — Celular jogado em cima da mesa, olhos fechados e suspiro pesaroso.

Joguei todas as flores na caçamba de lixo, na praça.

Sexta-feira à noite: dia da prova dos vestidos. Théo, que habitualmente se importava com o horário das pessoas, simplesmente não me levou nem apareceu, só enviou uma mensagem curta: "problemas de última hora, desculpe". Eu estava experimentando o vestido quando a mensagem chegou.

Luíza escolheu o vestido lilás para mim. Apesar de não ser madrinha, ela queria criar uma harmonia no altar. Essas decoradoras só pensam nisso, no efeito visual que daria com o meu vestido fechando na cor mais escura.

As madrinhas vestiriam tonalidades diferentes de rosa, e, no início, achei de uma breguice fora do comum da decoradora, mas, quando ela me "mostrou o conjunto", tive que dar a mão à palmatória, ficaria mesmo lindo. As flores eram no tom rosa pálido e branco, em cachos alternados, e ficou realmente deslumbrante a montagem que Luíza fez.

Infelizmente, na sexta-feira, foi minha vez de consolar Carol, que ficou arrasada ao saber que sua ex, futura e novamente ex-namorada estava de caso com uma outra e de viagem marcada para a Argentina. Deu dó vê-la aos prantos. Não me importei nem um pouco quando usou meu cachecol para secar sua coriza, todavia... Lembro-me de ter fechado os olhos quando ela fez isso na minha seda indiana.

Ela precisava de um agito! De uma noitada na Lapa! Mas a cretina só queria se afogar em um pote crocante de Häagen-Dazs e ficar assistindo *E o Vento Levou*. Aquilo foi triste, não podia deixá-la daquele jeito, falando o tempo todo das qualidades da mulher, que havia perdido a única esperança de ser feliz nessa vida, que a mulher era isso, que era aquilo... Ela ficou mesmo mal.

Dormimos abraçadinhas: ela, Todynho — seu cão da raça York —, um monte de lenços de papel melecados pelos prantos dela e eu.

Para que dormisse mais sossegada, levei Todynho para a tosa e deixei um bilhete avisando, assim o cachorro não ficaria latindo e ela poderia descansar um pouco mais.

Cheguei em casa um trapo, ansiando por um banho quente e torcendo para que Carol saísse logo daquela fossa; ela era sempre muito alegre e engraçada, mas, quando ficava triste, ficava mesmo.

Joguei bolsa para um lado, sapato para o outro, fui tirando a blusa a caminho do quarto, desabotoando a calça social...

Abri a porta e fui surpreendida por um homem lindo, nu, dormindo de bruços na minha cama.

Capítulo 13
Chuveiro

Fiquei paralisada inicialmente. Cinco segundos depois, ainda continuava analisando.

Não sei o que me deu, cheguei perto e me abaixei para olhá-lo melhor. Ele estava abraçado ao meu travesseiro. Deu vontade de me deitar sobre ele, beijar suas costas levemente bronzeadas, lisas, de pele bem cuidada. Reparei na pequena tatuagem tribal próxima ao ombro, um círculo vazado e uma única asa. Queria tocá-lo, mas me contive.

Saí do quarto de mansinho para tomar banho; estava morta de cansaço.

A água caindo maravilhosamente bem massageava minhas costas. O boxe começava a embaçar pelo vapor. Deixei a água cair em meu rosto, precisava de um tempo com meus pensamentos, então comecei a ouvir um barulho e me assustei.

Théo estava urinando! Ruidosamente. Ele não fez cerimônia alguma. Só se balançou, abaixou a tampa, deu descarga e lavou as mãos.

Será que não me viu? Impossível!

Bateu no vidro do boxe, desejando-me um bom dia.

— Bom dia — respondi atônita.

Théo resolveu que precisava de um banho. Abriu a porta do boxe e se enfiou comigo. Meu coração sacudia o peito, tamanho o nervosismo. A escova de dentes estava pendurada na boca.

— Hum... Você percebeu que estou tomando banho?

— Percebi.

— Então me dê licença! — Eu ainda tentava me esconder com as mãos.

— Jura que você está se cobrindo de mim? — perguntou com a boca cheia de espuma.

— Eu quero que saia! Estou no meu momento!

— Nosso momento, porque não vou sair. Tenho compromisso, não posso me atrasar, e não vou tomar banho frio.

— Você é muito folgado, cara! Esse banheiro é meu!

— Segundo nosso acordo, o banheiro é nosso, portanto, dê licença, vai se ensaboar para lá que é a minha vez.

Ele me conduziu para o canto e se enfiou embaixo d'água. Virei de costas para ele, as mãos na cintura. Indignada!

— Théo! Você é um grosso!

— Sou é? — Começou a gargarejar e cuspir. Que absurdo! — Acho que sou, sim.

— Por que não apareceu para experimentar a roupa do casamento? — *Foi isso o que resolvi dizer?*

— Problemas. Você não viu a mensagem?

— Vi. Que tipo de problemas uma pessoa como você pode ter? Alguma emergência ginecológica?

Ele começou a rir e não parou. Virei ainda com as mãos na cintura e uma cara bem feia.

— Não gosto quando ri de mim!

— Então deixe de ser engraçada! — respondeu sorrindo. — Se bem que... Olhando você assim, toda molhadinha, não tenho mais nenhuma vontade de rir.

Virei novamente, mas sentia seus olhos em mim.

Théo me abraçou por trás devagar. Meu corpo tremeu ao seu toque. Ele fez questão de segurar meus seios firmemente.

— Senti sua falta — sussurrou em meu ouvido.

Obviamente, ele podia sentir meus batimentos acelerados.

Em um segundo, estávamos embaixo d'água. Théo girou meu corpo para que nos olhássemos, com uma das mãos em minhas costas e a outra, em meu pescoço, logo abaixo da linha do maxilar. Quando tentei me afastar, prendeu-me contra o azulejo frio.

As gotas que escorriam pelo seu rosto, os lábios entreabertos, os olhos nos meus, por uma série de fatores, acabei me ouvindo dizer que também sentia a falta dele. Disse por ser a verdade e porque aquela tensão estava me destruindo.

Nossos lábios se tocaram delicadamente. Sua língua macia com gosto de hortelã acariciava a minha enquanto ele pressionava ainda mais nossos corpos. Eu me imaginava sendo levantada por seus braços, ali, no boxe, sendo penetrada e fazendo amor. As palavras ecoaram incertas em minha mente. Fazendo amor. Que amor?

Não queria parar o beijo, mesmo sabendo que nada daquilo era real.

Théo nos separou, deixando-me embaixo do chuveiro e saindo do boxe, enrolou-se na toalha sem dizer uma só palavra.

Passei a mão no vidro embaçado para poder vê-lo.

— Théo. — Conseguiria a minha voz soar mais fraca?!

— Débora, tenho um compromisso e não posso faltar, encontro você no local do ensaio de casamento.

— Tá. — "Tá"? Só isso? Não seja estúpida, faça-o ficar! Você precisa dele! Preciso dele, eu... — Théo.

Ele abriu a porta do boxe mais uma vez e se inclinou para um beijo rápido.

— Quando eu voltar, conversamos, ok?

Assenti. Ele deixou o banheiro. Minutos depois, abriu a porta, já vestido.

— A propósito, você é muito gostosa.

E se foi.

O espaço alugado por Junior servia perfeitamente para o ensaio.

Giovana ainda não havia chegado com Fernando, mas, assim que coloquei os pés no salão, foi João a primeira pessoa que vi. Minhas pernas fraquejaram, mesmo não havendo mais sentimento romântico por ele. As lembranças da cena na boate surgiram fortemente e, mais uma vez, senti nojo. Letícia surgiu ao lado de João, sorrindo. Logo eles me viram parada na porta e ficaram sérios. Quase um ano e era a primeira vez que eu os via juntos.

Dedos tocaram minha cintura, puxando-me para seu lado. Théo. Lindo. Vestido com calça social risca de giz e camisa preta, o paletó pendurado no ombro. Perfeito. Como o modelo de uma campanha de perfume importado.

Seus olhos encontraram os meus e ele sorriu, compassivo.

— Vinte segundos de atraso, desculpe.

— Tudo bem, chegou a tempo de me segurar, estou nervosa.

— Não fique, estou aqui.

Capítulo 14
Ensaio de casamento

Não entramos de uma vez, ao invés disso, Théo me puxou para fora, aprisionando-me contra a parede externa ao lado da entrada. Forçando seu corpo no meu. Beijando-me. Um beijo pleno, um com uma boa dose de saudade.

Às vezes, eu sentia que ele gostava de mim. E aquele beijo foi um desses momentos. Um calafrio percorreu minha espinha, uma tremedeira intensa atingiu meus joelhos. Théo me deixava em desalinho.

Seguiu me beijando no queixo, pescoço, divertindo-se com meu brinco em sua boca, mordendo minha orelha. Arfei inevitavelmente e ele voltou a beijar meus lábios, língua sobre língua, boca colada, saliva morna e uma tensão sexual crescente.

Descolamos nossos lábios em busca de ar e rimos um pouco da situação.

— Seu batom está todo borrado.

— É. Deve estar.

— Já disse que adoro esse seu "é"?

— De vez em quando você diz.

— Vai ser bom você entrar com a boca de quem andou beijando.

— A sua também está manchada.

— Que bom, tenho orgulho disso.

Entramos e todos nos olharam. Não pude evitar sentir prazer ao ver a expressão confusa de João. Théo era mais alto, mais forte, mais bonito e, apesar de ele não saber, mais *avantajado* também, o que me fez rir por dentro. Apesar disso, ele não pareceu surpreso, provavelmente Letícia lhe contou sobre Théo e, sem dúvida, a fofoca do momento era sobre o "noivo da Débora".

Limpávamos os lábios quando Luíza nos cumprimentou.

— Oi, gente! Mas vocês não se largam um minuto, não é?

— Oi, Lulu. Aproveite que está aqui e apresente o Théo para o restante do pessoal, eu simplesmente não tenho estômago para aqueles dois.

— Pode deixar.

Junior se aproximou, abraçando-me.

— Tudo bem?

— Tudo. — Claro que não! João e Letícia estavam no mesmo espaço que eu, no mesmo espaço que Théo, meu noivo alugado, por quem eu estava completamente apaixonada.

O ensaio começou sem a presença da atrasada Giovana, uma das madrinhas, e Fernando, seu irmão e um dos padrinhos, que há muito tempo também fora um... namorado, ainda que só por trinta dias.

Eu estava no altar improvisado, representando a família do noivo, sendo observada por Théo, na cadeira como convidado. Eu sorria como uma boba toda vez que ele fazia mímica, cada hora falando uma coisa mais louca do que a outra. João vez e outra seguia meu olhar.

Théo moveu os lábios formando "quero te chupar", segurei o riso alto e fingi uma tosse. O pastor estava falando algo sobre Deus ser a terceira presença no matrimônio enquanto Théo falava bobagens sem parar, deixando-me à vontade, fazendo-me esquecer que Letícia estava ao meu lado e João, na outra ponta.

De repente, Théo se moveu, desconfortável. Puxou o celular com uma cara feia e digitou alguma coisa, arrumou o cabelo e vi seus lábios se movendo mais uma vez. Pensei que teria de sair e já estava me sentindo triste, mas ele quase me fez desmaiar.

Seus lábios me disseram sem que saísse um som sequer: "eu te amo", e ele sorriu. Meu coração se apertou, meus olhos marejaram, tentei não chorar, foi instintivo que lhe respondesse da mesma maneira: "eu também te amo".

Ele me ama. Ele me ama!

A lágrima que segurava bravamente escapou pelo rosto e a capturei disfarçadamente. Olhei para frente e percebi João, encabulado, acompanhando a nossa conversa.

Ah. Entendi.

Precisava de ar, respirei fundo. Respirei fundo novamente. E de novo... E não deu.

Desci às pressas, peguei minha bolsa sobre uma das cadeiras e corri para fora do salão, no meio do ensaio de casamento, sem olhar para trás, chorando.

Puxei da bolsa as chaves do carro, apertando o botão de destravamento. Abri a porta rapidamente, mas a mão *dele* empurrou o vidro, fechando-a com violência.

— Que porra é essa, Débora? — Eu estava aos prantos. — Querida...

— Não me chame de querida! Não sou sua querida! Tira a mão de mim!

Junior apareceu na porta, estava longe o suficiente para nos ouvir, mas podia nos ver, e Théo me abraçou, apertando firmemente meu corpo.

— Seu irmão está olhando. Acalme-se.

— Não consigo, Théo, não consigo, é demais para mim. — Eu só sabia chorar e sofrer, a dor no meu peito era tanta. Não pensei que me sentiria destroçada com a situação, em momento algum pensei que poderia me machucar ainda mais com tudo aquilo.

— Espere aqui, ouviu? Espere!

Théo se afastou correndo e entrei no carro disposta a ir embora, contudo, não conseguia acertar a bendita chave na ignição. Théo falava com Junior, que lhe deu um aperto de mão, depois voltou correndo e abriu a porta do motorista.

— Sente no banco do carona, Débora.

Obedeci e ele ajustou os espelhos do carro, dando partida em seguida. Parecia preocupado, observando-me encolhida no banco, chorando e chorando. Meu coração estava em pedaços.

— Eu disse ao seu irmão que você estava enjoada, mas será que pode me dizer o que está acontecendo?

Não posso! Não posso dizer que te amo de verdade, seu cretino!

De repente, ele esfregou os olhos com uma das mãos e me olhou de esguelha.

— Isso tem a ver com o seu ex-namorado ou comigo? — Permaneci calada enquanto as lágrimas caíam. — Devo entender seu silêncio como sendo comigo?

Então ele freou o carro e girou o volante, seguindo o caminho contrário. Aquilo me assustou. Ele passou da entrada que nos levaria ao meu apartamento e seguiu adiante.

— Aonde estamos indo?

Théo não respondeu e a partir dali ficamos em silêncio. Cada um cercado por seus próprios pensamentos, mas nenhum de nós com coragem suficiente de os expor.

Capítulo 15
Apartamento no Leblon

Fiquei mais calma quando não entrou em nenhuma estradinha de terra. Seguiu com meu carro até o Leblon e parou em frente a um prédio. O vigia se aproximou, Théo desceu o vidro e não precisou falar coisa alguma. O homem o cumprimentou e nós entramos na garagem.

— Que lugar é esse?

No elevador, Théo continuou sério, de braços cruzados, evitando contato visual. Descemos no terceiro andar.

Ele tirou as chaves do bolso e abriu a porta. Entregou-me as chaves do carro e as coloquei na bolsa.

— Entre. — Assim que coloquei meus pés naquele lugar bonito, com decoração moderna, sofá de couro preto e um par de cadeiras Barcelona brancas, soube que era um apartamento de homem solteiro.

— Que lugar é esse? Você mora aqui?

— Não. Aqui é um apartamento de apoio, sabe o que é isso?

— O lugar que você traz suas comidinhas. — Andei até a porta e Théo me segurou pelo pulso.

— Calma.

— Preciso ir embora. Já estou bem, obrigada.

— O que você sente por mim? — Ele foi direto ao ponto.

— Não te interessa!

— Você me ama?

— Você enlouqueceu! Como amaria um garoto de programa?

Ele tomou meus lábios com urgência, em um beijo fora de qualquer controle, com desejo e paixão. E me arrastou em uma onda de inúmeras emoções das mais loucas e imprevisíveis. Senti suas mãos percorrendo meu corpo, apertando-me, querendo, perscrutando. Não consegui me desvencilhar de seus braços, que me puxavam de encontro ao seu corpo, segurando minha nuca enquanto explorava minha boca e mordia meu pescoço a ponto de ferir. Gritei. Ele segurou meus cabelos nas mãos, puxando firmemente meu rosto para trás, arrancando meu último suspiro de sanidade.

Tocando-me, diminuindo ainda mais a distância entre nós. Minha cabeça começou a girar e girar à medida que era conduzida por um turbilhão de desejo e necessidade, praticamente implorando para ser dominada e contida, para ser amada e desejada, querendo que ele fizesse exatamente o que fazia.

Segurando-me firme em seus braços, mordeu meu maxilar e arrancou os botões da minha roupa sem o menor cuidado. Puxou meu sutiã para baixo e tomou meus seios em sua boca. Era bom e doloroso.

Minhas mãos puxavam seus cabelos, eu gemia e arfava, implorando para tê-lo em mim. Eu precisava sentir o calor do seu corpo e precisava daqueles beijos em minha pele, precisava dos seus lábios, língua, saliva e corpo.

Estávamos ofegantes quando ele me olhou nos olhos, descontrolado, confuso e angustiado. Théo segurou meu rosto, seus olhos nos meus; parecia louco e triste.

Soltou-me abruptamente, assustado. Eu não sabia o que fazer, o que estava acontecendo. Ele então se afastou, como se eu fosse um demônio, como se me temesse. "Desculpe, eu não posso", ele disse. Aturdida, sem saber o que fazer ou o que pensar, eu fugi.

Apertei seguidas vezes o botão do elevador, que teimava em não aparecer. Desci correndo pelas escadas, mas, antes de chegar à garagem, parei e me sentei no degrau. Toquei meus lábios inchados e senti meu pescoço queimar com sua mordida, meu coração ainda acelerado.

— Meu Deus, que merda foi essa? — Minha respiração ainda estava irregular.

Olhei meu estado deplorável. Da minha blusa, nem um só botão sobrou.

Ele me amava? Ele me odiava? O quê...?

Não, espere um momento! Isso não pode ficar assim, como ele me diz "eu não posso" e eu saio correndo?

Mais indignada do que corajosa, subi novamente as escadas e esmurrei a porta branca até que ele a abriu.

Estava descabelada, ofegante, enraivecida, confusa e apaixonada.

Théo me olhou com o cenho cerrado, parecendo sentir a mesma raiva que eu sentia. Eu o empurrei e entrei. Com a blusa aberta, sutiã azul de renda aparecendo, despejei o que sentia.

— Eu quero que você me foda! — Ele se aproximou ainda com raiva no olhar. Então prossegui: — Eu paguei por isso! Cumpra a sua parte, michê!

Théo parecia ferido, com ódio.

Arrancou minha roupa, mordendo meu ombro, beijando... Puxou-me pelo pulso até o quarto e me jogou na cama com colcha de camurça preta. Bati de qualquer jeito contra o colchão e ele arrancou a própria roupa, jogando-se em seguida em cima de mim, nu, segurando minhas mãos nas dele, apertando desconfortavelmente meus dedos, meu pulso, tomando minha boca como se fosse morrer se não o fizesse, como se quisesse me matar por ter de fazê-lo.

Abriu minhas pernas com as dele e se forçou contra minha calcinha, seus lábios ainda pressionando os meus. Abri os olhos. Théo sofria. Seus olhos estavam apertados em uma expressão dolorosa. Vê-lo daquele jeito me machucou.

— Théo... Para — sussurrei, e ele parou, olhando-me com ternura, ainda com o cenho cerrado e a respiração ofegante. — Espere. Desculpe, por favor, não quis te magoar.

Ele desabou ao meu lado, o braço esquerdo escondendo o rosto.

— Isso não está dando certo. — Ele me deixou confusa com aquelas palavras.

— O que não está dando certo? Quer romper o acordo?

E ele disse as palavras que jamais pensaria ouvir de um profissional do sexo:

— Quero. Porque...

— Porque...

— Porque estou apaixonado por você, Débora.

Capítulo 16
Enlouquecendo

Meu mundo desacelerou até parar completamente.

Eu nem bebi nada hoje e já estou tendo alucinações? Ouvindo coisas?

— O quê?

— O que o quê?

— Por que não pode continuar?

— Já disse, não quero que pense que me aproveitei de você.

— Como é?

— Para isso aqui acontecer, quero romper o acordo, não quero que se sinta seduzida, estuprada ou seja lá o que for.

— Você está de sacanagem?

Eu ouvi quando ele disse: estou apaixonado por você, Débora. Ouvi ou não ouvi? Ouvi? Meu Deus, o que eu tô fazendo? Estou enlouquecendo!

Levantei ainda sem muita reação e fui até a sala juntar minhas roupas do chão. Théo veio atrás.

— Eu...

— Théo, nem pense em romper o acordo, seria a humilhação suprema e você não vai me fazer passar por isso!

— Débora...

— Nós nos vemos no segundo ensaio, na semana que vem.

Dirigi ouvindo a maldita música do Justin Timberlake, *Nothin Else*. Chorando e cantando. Estacionei na garagem do meu prédio e chorei tanto que adormeci no carro. Acordei já de madrugada e entrei no meu apartamento.

Meu celular apitou com uma mensagem e verifiquei trinta chamadas não atendidas: cinco da Carol, cinco do Junior e vinte do Théo. Não respondi ninguém.

Passei a manhã de domingo escondida do mundo, enrolada no edredom. Acabei com um biscoito recheado e foi essa minha refeição.

Peguei no sono e, quando a claridade já estava sumindo outra vez por trás das cortinas, senti dedos no meu cabelo. Despertei assustada. Théo.

— O que faz aqui?

— Recebi uma mensagem da Carol para ver o que está acontecendo com você e te encontro assim?

— Assim como?

— Um lixo.

Olhei séria para ele.

— Théo, dá o fora.

— Não mesmo. Você tomou banho hoje?

— Não.

— Claro que não.

— Só falta dizer que estou cheirando mal. — Queria espantá-lo quando cheirei minha blusa, mas, em vez de sentir repulsa, ele riu.

— Não está cheirando mal, não. Só está com a mesma roupa de ontem.

— Não sei o que me deu. Desculpe, eu surtei.

— Sim, você surtou. Olhando pelo lado positivo, você colocou para fora toda a raiva que estava sentindo por tudo o que aquele babaca te fez passar e isso é bom.

— Desculpe.

— Não tem nada pra ser desculpado. — Théo olhou o pacote de biscoitos sobre a cama. — Você comeu hoje? Comida?

Neguei.

— Imaginei.

Enquanto estive largada na cama, Théo preparou talharim ao sugo, o melhor que já comi.

Levantou-me da cama e me despiu. Aquilo estava se tornando um hábito, mas, a cada vez que ele me via nua, sentia-me menos constrangida.

Despiu-se também e entrou comigo no boxe, esfregou minhas costas com bastante espuma, conversamos sobre um programa bobo de televisão e o comparamos com outro muito melhor.

Théo passou a esponja em meu abdome enquanto ainda estava de costas para ele e encostou nossos corpos. Fechei os olhos ao senti-lo e apoiei minha cabeça em seu ombro. Ele desceu um pouco a esponja até a parte interna da minha coxa e subindo, lentamente, alcançou meu sexo.

A esponja caiu, Théo manteve a mão direita sobre mim e levou a mão esquerda para meu seio. A mão direita se manteve em concha em minha pélvis e me apertava com cuidado, rotacionando os dedos sempre que chegava na direção daquele ponto especial. Gemi baixinho.

— Assim? — perguntou. Não consegui responder. — É? — ele insistiu.

— É — respondi, gemendo, e senti o sorriso dele se formando em meu rosto.

— Nunca quis tanto fazer amor com alguém quanto quero com você.

Mais uma vez, estava ouvindo coisas; a falta de sexo andava mexendo demais com o meu cérebro.

— O quê?

Théo me virou, abraçando-me, e esperou até que eu abrisse os olhos.

— Eu disse que quero fazer amor com você.

Minha mente voou como um abutre sobre a carniça e me lembrei do Hyundai e do "apartamento de apoio", das roupas e perfumes importados, sapatos italianos. Junior falando dos nossos bens, Théo falando sobre a mulher do carro vermelho e de como ela daria a ele tudo o que quisesse.

Entretanto, ele me olhava nos olhos e ainda havia uma tremenda confusão de sentimentos, a mesma confusão que vi no apartamento do Leblon. De repente, ele se esqueceu de tudo que havia me dito? Fiquei tão confusa quanto ele.

— Então faz. Faz amor comigo, Théo — disse, ignorando totalmente meu bom senso.

— Não posso. Quero, mas não vou. — Ele não ignorou o meu bom senso? E lá estava ele com aquele papo novamente.

— Por quê...?

— Porque não posso misturar as coisas.

— Que coisas não quer misturar?

— Desculpa, Déb. — Tornou a me abraçar e deu um selinho na boca. — Venha, vamos comer comida de verdade.

— Isso não se faz, você está sendo cruel.

Ele não me respondeu com palavras, apenas sorriu e acariciou meu rosto. Definitivamente, ele queria me enlouquecer.

Capítulo 17
Feliz Aniversário

Carol havia se recuperado da dor de cotovelo... Mais ou menos.

Estávamos decidindo no pedra, papel e tesoura entre almoçar no vegetariano ou no galeto. Eu precisava do vegetariano, as comidas que Théo preparava estavam me engordando.

— *Ai, merda! Caralho!* — vociferou.

— Que foi, Carol? — perguntei preocupada.

— Você está surda? Merda! Pisei na porcaria de uma merda de cachorro, que ódio!

— Relaxa, esfrega o sapato ali no matinho.

— Ah, que droga! Odeio isso! Se eu pego esse vira-lata dos infernos, colo o rabo dele com cola instantânea!

Tentei conter as risadas, contudo, Carolina azeda era o mesmo que comédia gratuita.

— Você precisa comer, está começando a ficar estressada.

— Estressada vou ficar se não comer um galeto! É sério, preciso de um peito assado e batatas coradas!

— Então vá procurar mulher na praia. Peito assado... Batatas coradas... — falei com deboche. — Vamos jogar, eu preciso do vegetariano.

Ela jogou pedra, eu, papel.

— Ah! Ganhei! Papel enrola pedra! Otária!

— Vou acabar já com essa alegria... Como você está com o Théo? — Putz, acabou mesmo com a minha alegria, meu sorriso se apagou de imediato.

— Sei lá... é estranho pra caramba. Desde domingo, quando rolou aquele lance no chuveiro, depois a macarronada, a gente não tem ficado muito tempo sozinho. Sexta-feira é o chá de panelas, só mulheres, você vai, né? Porque preciso de carona. — Carol respondeu que sim com um "aham" e seguimos para o vegetariano. — Ele ficou de passar lá na saída para me buscar e me deixar em casa. Sábado tem o último ensaio de casamento e aí sim ficaremos mais tempo juntos.

— Sei não, pelo que você contou, esse cara está a fim de você, sim.

— Ou está me seduzindo, pensando na minha grana.

— Ou isso também.

— Você já pensou em ir lá no endereço que ele te levou e perguntar sobre o proprietário?

— Até pensei, mas aí podem me dizer que é o Paulo Nascimento e eu vou pirar! Outra vez.

— Acho que você está precisando de sexo, urgentemente...

— Você acha? Eu tenho certeza!

— Ok, mas e aí? Hoje é quarta-feira, ele não apareceu no seu apartamento? Estamos pagando uma nota preta pra esse cara fazer figuração na sua vida.

— Isso que é o mais estranho, eu chego em casa e sei que ele esteve por lá, pois sempre deixa um jantar caseiro pra mim. Vê se pode!

— É... Por dezoito mil... Ele tem que comparecer com algum tipo de comida, certo? Nossa, a empregada doméstica mais cara que eu já vi!

— Deixe de ser ridícula. — Meu celular apitou com uma mensagem e o puxei para ver enquanto entrávamos no restaurante. — Falando no Diabo...

— O que ele quer?

— "Débora, vamos jantar juntos hoje? Estou com saudade..." — citei a mensagem e ficamos com cara de boba.

— Hum... Promissor.

Digitei a resposta: *Sim*. Queria mesmo saber o que ele estava planejando.

— Carol, se for o que estou imaginando, amanhã estarei com cólica e não poderei comparecer ao trabalho.

Dei uma fungada e fiz careta, olhando para Carol.

— Nossa! Que cheiro horrível! Carol, é você!

Carol começou a rir.

— Vai se ferrar! E não mude de assunto! Tomara que amanhã você não venha, já estou ficando com nervoso dessa palhaçada de vocês.

— Não é palhaçada, o cara é um michê, pelo amor de Deus...

— E isso não te impediu de se apaixonar por ele.

— Ele vai me dar um golpe, Carol.

— Só se você deixar. E quer saber? — A voz dela soava um tanto irritada. — Não acredito que ele vá te ferrar. Acho que está interessado, mas, cada vez que estão juntos, você tem que jogar na cara do homem que ele faz programa!

— Ah! Legal, a culpa é minha, estou ferindo a autoestima e o orgulho do prostituto. Ah, Carol, faça-me o favor...

— Desarme-se um pouco, está bem? E não surta! Só relaxa... Mas não assine nada!

O garçom apareceu para anotar os pedidos e, de repente, torceu o nariz enojado. Cobri meu rosto com o cardápio. Ele escreveu bem rapidinho e saiu.

Carol colocou o cabo da faca no alto do cardápio e abaixou-o até dar de cara comigo, segurando o riso.

— Nenhuma palavra sobre isso.

Eu bem que tentei ficar na minha, mas um colega de trabalho passou ao lado das nossas mesas assim que chegamos ao escritório. Ele não era nada discreto, então, quando sua voz afetada ecoou...

— *Creeeedo!* Que *fedooor* de merda de *cachorro*! Ai que *nooojo!* Alguém joga um perfume no recinto, que é isso... Cadê meu Victoria's Secret? Vocês não estão sentindo?

— Não... — Carol respondeu com o maior cinismo e saiu apressada para lavar o sapato no banheiro. Não aguentei, tive que rir da cara dela.

Assim que cheguei ao meu apartamento, fui surpreendida por um clima romântico. Velas acesas, música ambiente, mesa para dois e Théo muito bem vestido. A roupa social lhe caía perfeitamente; ele tinha um ar sofisticado. Um garoto de programa de luxo, com certeza.

— Boa noite, querida. — Beijou minha mão delicadamente, sem tirar os olhos dos meus. — Está linda com esse vestido preto.

— Boa noite, querido — respondi com a mesma cortesia. — Você também está ótimo.

Sentamos à mesa e Théo nos serviu um jantar diferente. Em um pão italiano, parecido com uma broa, com a casca bastante endurecida, e um picadinho de carne cremoso. Lembrava um escondidinho. Disse o Théo que o nome do prato era Picadinho Fondor. Seja qual fosse o nome, estava uma delícia! O vinho tinto seco que ele levou estava igualmente delicioso.

— Que vinho gostoso!

— É italiano, da região da Toscana, *meraviglioso*! — Uau! Enfim soube que seu discreto sotaque era italiano.

— Você já é lindo, falando em italiano, então... Por favor, fale mais alguma coisa.

— *In tutta la mia vita, non ho mai pensato di trovare una donna come te.*

— Como é que é? *Cu meter*? Você só sabe falar de sacanagem, Théo? — Fiquei indignada, e ele gargalhou.

— Não, *ragazza*, eu disse que, na minha vida, nunca pensei que encontraria uma mulher como você.

— Ah. — Minha nossa, que vergonha!

— E é verdade, ainda mais depois dessa sua... — Théo ria enquanto tentava continuar a frase. — Dessa sua... tradução. Essa foi incrível... *Cu meter*.

— Pare de rir de mim!

— Não dá, você é hilária... E se... E se eu tivesse dito: *Voglio il tuo fica*. O que você diria?

— Ah, sei lá, que tudo bem. — Théo apertou os lábios, contendo mais uma risada.

— Impressionante. Eu falo uma coisa linda e você pensa que é bobagem e briga comigo. Quando eu digo que quero sua vagina, você diz que tudo bem.

— Você disse isso? Não acredito! Pensei que estava me pedindo para ficar!

— "Fica" não tem o mesmo significado em italiano. Pode apostar.

— Ah, você precisa me ensinar a falar italiano. Que tristeza, eu só passo vergonha.

— Não seja tola.

— "Tola" ainda tem o mesmo significado de boba, não é?

— Sim.

— Não sei se quero que continue falando em italiano. Você deve me achar muito tola mesmo.

— Não diga isso, estou adorando. Obrigado por jantar comigo hoje.

— Como assim, hoje? Estamos comemorando alguma coisa?

— Oficialmente, meus trinta e quatro anos.

— Oh, meu Deus! — Levei as mãos à boca, tentando esconder meu espanto. — É seu aniversário? Parabéns! — Segurei sua mão e ele apertou meus dedos nos dele.

— Obrigado.

De repente, fiquei triste, ele estava comigo e não com a família dele? Que horror, que... Triste.

— O que foi, Déb?

— Nada, eu só... Pensei que... Tem certeza de que é aqui que você deveria estar hoje? Bem... aqui? — Indiquei a mesa de jantar e a mim com o dedo.

— Apesar de ter de sair daqui a pouco... — Ele olhou em volta e depois para mim. — Sim, é exatamente aqui, com você, que eu gostaria de estar na data de hoje. Portanto, sua misericórdia é dispensável e desnecessária. Agora, prove a casquinha do pão com o azeite...

Capítulo 18
Um passo para frente, dois para trás

Revirei a arara novamente, não havia nada do meu agrado, nada que fosse do estilo dele.

— Recapitulando, ele disse que era com você que queria passar o aniversário dele e você não agarrou o cara?! Sinceramente, Debby, você tem graves problemas cognitivos. É muito, muito lerda, mesmo!

— Não fale assim comigo, não. Poxa, você não entende? Não é só uma transa, gosto dele de verdade.

— Eu sei que "ambos os dois" se gostam! Ah! Já entendi, isso é tipo um fetiche sexual, correto? Para aumentar a libido, dar aquela explosão na hora do prazer... Saquei. — Irônica e debochada, recebeu em resposta meu dedo médio erguido.

— Vamos? Não tem nada aqui para ele.

— Por que você não compra uma lingerie bem bonita e amarra uma fita vermelha na cintura com um laçarote? Ou melhor, espera ele chegar só com o laçarote amarrado na cintura. Presentão! Como está sua depilação? Em dia?

Tive de rir.

— Sim, está em dia.

Carol riu da minha cara.

— Sei...

— Pernas e axilas zeradas.

— Se bem que você nunca teve muito pelo nas pernas...

— É, Deus me ajudou nisso.

— Então ajude ao nosso bom Deus também, amiga. Mais oportunidade do que Ele está dando pra vocês dois não há!

No fundo, sabia que a Carol estava certa. Eu desejava muito o Théo, contudo, já me enganara tanto com as pessoas que...

Respirei fundo e pensei bastante em todas as conversas que Théo e eu tivemos. Assim que saí do trabalho, segui para um empório muito bom, na zona sul, e comprei uma garrafa de vinho tinto italiano, da região da Toscana. Tudo bem, não era o melhor presente do mundo, mas foi original.

Recebi uma mensagem do Théo na quinta-feira logo cedo: "Sinto inveja da sua xícara, ela toca seus lábios todas as manhãs, eu não". Amei.

Assim que cheguei ao trabalho, passei o celular para Carol ver e ela fez um coração com as mãos e olhinhos piscando sem parar, então se virou e digitou algo. A mensagem do sistema interno apitou.

Carol: *love is in the air, baby!*

Às dez, recebi outra mensagem: "Que dia chato, ainda bem que vamos nos ver amanhã ☺".

— Olha, Carol.

— Lindinho, responde alguma coisa.

— O quê, por exemplo?

— Qual a primeira coisa que vem na sua cabeça?

Sorri com os meus pensamentos, mas confirmei algo sobre Carol, tinha certa dúvida, mas...

— Carol, você realmente não pensa antes de falar as coisas, não é?

— E perder a originalidade? Jamais!

Em parte, ela estava certa, às vezes, eu pensava demais.

Débora: Tem razão, o dia tá um saco, queria fugir daqui para te ver ;)

Nem um minuto, chegou a resposta:

Théo: *"Sério?".*

Ora, claro que eu estava falando sério!

Débora: Muito sério, Théo.

Virei o visor para Carol, que revirou os olhos.

— Passa esse celular pra cá! — Carol puxou o aparelho das minhas mãos. — Vocês... — Enquanto falava, digitava e me ignorava completamente. — São mesmo duas lesmas... Pronto. Toma essa porcaria e me deixa trabalhar.

— Caraca! Caraca! Oh, meu Deus! Você não pode ser minha amiga! Você é louca!

— Ah, Débora, vai ver se estou na esquina e me deixe trabalhar, estou ocupada, droga!

Théo não respondeu de imediato e fiquei aflita, não sabia se deveria mandar outra mensagem dizendo que foi a Carol ou se esperava para ver no que ia dar. Comecei a tremer de nervoso. Precisava de um copo d'água.

Assim que voltei da copa, vi Carol colocando meu celular na mesa, tentando disfarçar, então corri para ver o desfecho.

— Você... não é normal, mulher!

— Não tem de quê. — E lá estava Carol se metendo na minha vida mais uma vez...

— Mas Deus existe! — Mostrei o visor e ela revirou os olhos.

Théo: *Que dia chato, ainda bem que vamos nos ver amanhã* ☺

Débora: Tem razão, o dia tá um saco, queria fugir daqui para te ver ;)

Théo: *Sério?*

Débora: Muito sério, Théo. Você não percebeu nada ainda?

Théo: *Eu? :'(*

Débora: Não chore :(

Débora: *Te amo, Théo *falhou**

Revirei de um lado para outro na cama naquela noite. Não conseguia dormir direito, pensando na mensagem que falhou e o que aconteceria se Théo a tivesse recebido. Poderia aceitar bem, poderia aproveitar para me roubar ou poderia dizer "não estou interessado em nada sério". Eram muitas possibilidades.

Às 23h17min, meu celular apitou e meu coração disparou; sentia-me como uma adolescente de dezesseis anos novamente.

Théo: *Esqueci de dar boa noite!*

Débora: Estou acordada. Não consigo dormir.

Théo: *Estou muito longe, ou iria agora mesmo ficar com você!*

Com isso, ele me fez sorrir.

Débora: Longe quanto?

Théo: *Chile.*

Levantei de imediato. Onde?

Débora: Está com mulher?

Precisava saber!

Théo: *Ciúme?*

Débora: Preocupação. Espero que se lembre do nosso compromisso de amanhã. Seja profissional!

Théo: *Sim, senhora. Conforme acordado. Boa noite.*

Capítulo 19
Presente de Aniversário

"Conforme acordado", Théo buscou-me em seu Hyundai. Estava vestido elegantemente, como se tivesse acabado de sair de uma reunião importante.

— Théo, esta é Elisa, a dona do bufê que a Luíza contratou. Ela faz doces maravilhosos! — Théo estendeu a mão para Elisa, uma senhora baixinha, com grandes olhos negros e um sorriso franco.

— Ah, obrigada, Débora. Espero poder fazer o seu casamento.

— Seria um prazer enorme! Adoro aqueles docinhos de festa. Você gosta, Théo?

— Gosto muito — ele respondeu com simpatia.

Luíza estava bastante alegrinha, aproximou-se de nós e roubou Elisa para apresentá-la a uma amiga da faculdade.

Apresentei Théo para outras pessoas, e ele era sempre muito educado, diria até que sedutor. Mas, assim que entramos no carro, ele mudou completamente. Ficou frio, distante, pensativo, mal nos falamos e aquilo me deixou com uma enorme sensação de vazio.

— Não vai conversar comigo? Sério isso?

— Sobre o que a senhora quer falar?

— Para com isso, Théo.

— Sim, senhora. — E tornou a se calar.

Longos minutos se passaram até que o vi quebrar a postura de estátua para balançar a cabeça em negativa.

— O que você estava fazendo no Chile?

— Trabalhando.

— Pensei que havia me dado exclusividade.

— Não mesmo. Senhora.

— Mulher? — perguntei. Sabia que estava com uma sobrancelha levantada.

Théo me olhou e, por um segundo, achei ter visto um sorriso atravessar seu rosto.

— Mulheres.

— Muitas mulheres? — Estava ficando irritada, sei que estava.

— Oito mulheres e quatro homens — falou, com tamanha naturalidade que me deixou boquiaberta.

Com isso, ele conseguiu encerrar a conversa. Fiquei calada, olhando as ruas. Depois me veio o pensamento: será que ele só falou isso para me chocar?

Por fim, estacionou diante do prédio, desceu e abriu a porta para que eu saísse.

— A senhora precisa de mais alguma coisa?

— Não.

— Então boa noite.

Assim que Théo entrou no carro, lembrei-me de algo.

— Espere! — Ele desligou o motor e ficou me olhando. — Espere um instante.

Subi apressada e corri até meu quarto, peguei o pacote e desci.

Théo baixou o vidro do carona e lhe entreguei o presente.

Intrigado, franziu o cenho.

— Pelo seu aniversário.

— Obrigado, não precisava se incomodar.

— Não foi incômodo algum. Boa noite.

Não esperei que abrisse o pacote, estava claro que ele não queria conversar comigo. Entrei no prédio e meu celular tocou. Uma mensagem dele.

Théo: *Perfeito. Venha comigo, vamos bebê-lo.*

Débora: Não sei. Você está muito chato.

Théo: *Você é uma mulher difícil!*

Débora: Você é um homem complicado!

A voz dele atravessou o hall de entrada...

— Venha logo! — O celular ainda estava na mão quando sinalizou, impaciente, para que eu fosse com ele.

Atravessamos novamente a cidade. Desta vez, ele não parou no Leblon, mas atravessamos as praias até quase voltar para a Barra da Tijuca. Entramos na Estrada do Joá e ele continuou seguindo.

Durante o caminho, começamos a conversar sobre o chá de panelas. Contei sobre os absurdos que aconteceram com Luíza, sobre o gogo boy que as madrinhas contrataram e, nessa hora, ele tirou a atenção da estrada para me olhar de cenho cerrado, mas não falou nada.

Paramos próximo a uma floresta e Théo apertou um controle preso no quebra-luz do carro.

O portão de madeira se abriu, revelando uma casa enorme com grandes janelas envidraçadas, pedriscos amarelos no muro de entrada e um jardim lindo, coberto por vegetação tropical.

— Théo, que lugar é esse? — Minha voz soou desconfiada. Compreensível, ele era sempre tão enigmático.

— Estamos na casa de um amigo — respondeu secamente.

— Amigo?

— Amigo.

— É aqui que você fica?

— Algumas vezes. Venha, vamos colocar esse vinho para gelar.

A casa era mais bonita por dentro do que por fora, o piso era em tábua corrida cor marfim, e as paredes brancas, repletas com quadros de Romero Britto e Tarsila do Amaral. Théo se antecipou por alguns cômodos, como que certificando-se de estarmos sozinhos, o que me preocupou bastante.

— Théo, podemos ficar aqui?

— Sim, acalme-se, só estou vendo se os cachorros não estão soltos. — Tirou os sapatos e os deixou em um canto.

— Cachorros? Que cachorros? — Apavorei-me com a ideia de enormes predadores com dentes afiados. Théo, como sempre, riu de mim.

Sumiu dentro da casa com o vinho e voltou com uma garrafa gelada da mesma marca. Foi o que me fez sorrir.

— Acertei, então?

— Em cheio. Achei uma delicadeza da sua parte ter se atentado ao local da fabricação do vinho. — *Achei uma delicadeza da sua parte*. Nossa.

Théo ligou o som baixinho. Jason Mraz cantava ao mesmo tempo sensual e alegre *On love, in sadness.* Enquanto isso, Théo puxava a camisa para fora da calça. Ele conseguia transformar gestos casuais em grandes marcos para a minha memória.

Abriu a garrafa e nos serviu. Terminamos a primeira taça, rindo e falando amenidades. Sinceramente, estava apaixonada demais por ele para me importar com como ele ganhava a vida. Ver aquele sorriso, o jeito como piscava demoradamente ao ouvir algo inesperado e a forma como franzia o cenho, pensando no que responderia, eram pequenos detalhes que bastavam para mim.

— Você fica linda quando fala sobre trabalho.

— Obrigada, eu... Gosto de conversar com você. Sobre tudo.

Théo sorriu e se aproximou mais de mim, tirando a taça vazia da minha mão, deixando-a junto à dele sobre a mesa de centro. Seguiu meus lábios com o olhar, sorrindo quando eu sorri, alternando entre me olhar nos olhos e olhar minha boca. Umedeceu os lábios, buscando os meus. Eu só queria sentir, nada mais.

A suavidade do seu toque, a maciez de seus lábios, os meus sendo devorados por seus dentes com mordidas provocantes... A língua que tocou a minha, morna, tinha gosto de uva madura dançando das papilas à ponta. Senti meu rosto ser tocado por seus dedos, que acariciavam a pele próxima ao pescoço. Sua respiração era quente. Outra mão tocou meu ombro, apertando-me sutilmente.

O beijo foi interrompido. Abri os olhos, ele buscava os meus, olhando de um para o outro, boca entreaberta, querendo beijar mais.

A respiração se acelerava pouco a pouco. A minha, a dele. Puxou-me para seu colo, no sofá, pondo-me de frente, enlaçando meu corpo nos braços e me levando a ele para colarmos nossos lábios uma vez mais, e outra vez nossas línguas se encontraram na fronteira de nossas bocas.

O beijo foi interrompido novamente. Abri os olhos para encontrar os de Théo e então ele falou baixinho:

— Quer tomar banho comigo?

Capítulo 20
Desejo

Nossa, tomar banho? Eu queria tanta coisa com aquele homem. Queria tomar banho, andar de mãos dadas pela rua, dormir e acordar com ele, comer com ele, ser comida por ele. Tudo com ele.

Assenti sutilmente. Théo segurou meus braços, levantou comigo no colo e levou-me através de um corredor largo. Durante o trajeto, não desgrudamos nosso olhar, sorrindo como dois adolescentes apaixonados. Algumas portas adiante, entramos em um quarto amplo com poucos móveis.

Théo me deixou sobre a cama e se afastou para tirar a roupa. Primeiro a camisa, depois a calça e, ainda de cueca boxer preta, sentou ao meu lado na cama e virei as costas para que pudesse deslizar o fecho da blusa. E ele o fez, lentamente, deixando rastros de um beijo demorado conforme desnudava-me. Por fim, libertou-me da blusa e do sutiã em seguida.

Seus dedos percorreram minhas costas com uma carícia suave. Abraçou-me, colando seu peitoral em minha pele. As mãos desceram até o botão da calça, abrindo-a facilmente. Théo inclinou-se aos poucos para trás, levando-me com ele. Minha cabeça em seu ombro, minhas costas em seu peito, suas mãos em meu ventre, minhas mãos subindo para lhe acariciar os cabelos.

A braguilha fechada não o impediu de tatear meu sexo com os dedos de sua mão direita enquanto a outra brincava com meu seio esquerdo. Leve, sutil, suave.

Minha respiração estava cada vez mais intensa. Seus dedos acariciavam preguiçosos meu clitóris, seu membro tomando um volume cada vez maior atrás de mim.

Eu o queria e, finalmente, ele também se rendia ao desejo.

— Théo — gemi seu nome e ele se apiedou de mim.

Tirou as mãos do meu corpo, mudando nossas posições e se colocando diante de mim. Ajudou-me a me livrar da calça jeans e da calcinha. Ainda de cueca, deitou sobre mim, fazendo-me revirar os olhos quando sua saliva tocou meu seio; era quente e doloroso.

Théo torturou-me lentamente.

Fechou os lábios em volta da auréola, sugando, movendo a língua, mordiscando, arrancando um gemido alto dos meus lábios, que ele não ignorou. Beijou-me com urgência. Quando soltou nossos lábios ruidosamente, senti seu coração pular.

Levantou-se, respirando profundamente e soltando o ar de uma só vez pela boca.

— O que foi? — perguntei aflita.

— Ainda não. Venha. — Ofereceu-me sua mão estendida, a respiração ainda irregular e seus olhos fixos em meu rosto.

Apesar de os meus olhos escaparem vez e outra para a ereção crescente de Théo, tentei me controlar.

A ducha era gigantesca, incrível, como a de um banheiro de hotel.

Foi inesperado que ele iniciasse uma conversa enquanto pegava o sabonete líquido e fazia espuma na esponja.

— Ontem, conheci um casal muito interessante... — Hum... Meu Deus, que tipo de conversa teremos?

— Interessante, como? — Théo passou a esponja pelo meu braço, segurando minha mão.

— Eles eram bem velhinhos mesmo.

— Por acaso você não...?

Ele deu uma parada com a esponja e sorriu, balançando a cabeça em negativa, mas não me olhou.

— Não. Pode tirar essas ideias da cabeça. — Tornou a me ensaboar e se abaixou para seguir por minhas pernas. — Eles deviam ter mais de oitenta anos, bem mais.

— Entendi, idosos.

— Estavam comemorando bodas.

— Hum... Nossa, que bom! Ainda estavam lúcidos.

— Muito lúcidos, achei interessante... O senhor me disse que... Só conhecemos nossa mulher quando dormimos com ela, a partir daí, muitas atitudes serão tomadas.

— Como assim?

Théo se levantou, e havia divertimento em seu olhar.

— Ele disse: Meu filho, só conhecemos a mulher quando dormimos com ela, aí saberemos se ela é espaçosa, se é carinhosa, se ronca ou se solta muito pum, depois você decide se tudo é prazeroso, suportável ou se deve fugir.

Gargalhei na mesma hora e Théo riu comigo.

— Que loucura. E você decorou direitinho o que ele disse. — Peguei a esponja das mãos dele por instinto e esfreguei suas costas.

— Pensei em você.

— Em mim? — Théo virou o rosto para me olhar sobre o ombro.

— Lembrei de quando dormi ao seu lado e você mal se mexeu... Só... Dormiu.

— Ah.

— Eu queria tirar a prova.

— Tirar a prova?

— Dorme comigo, Débora?

— Só... Dormir?

Ele revirou os olhos, balançando a cabeça em negativa, e me puxou para um beijo. Então prendeu minhas mãos contra o azulejo, tocando nossas testas.

— Você pode dormir depois de fazer amor comigo.

— Parece que estou tendo um déjà vu. Já não tivemos essa conversa antes? Lembro muito bem de quando me disse que não queria misturar as coisas.

— Continuo não querendo, mas sinceramente... Tá foda.

Busquei seus lábios e recebi um beijo diferente; ao menos para mim foi. Não encontrei o Théo *prostituto* naquele beijo. Quem me tocava a língua com carinho era o homem que me desejava.

E eu soube — no momento em que me enrolou na toalha, enxugando a água do meu corpo — que era mais do que ele deveria dar como garoto de programa.

A forma como me olhou, sorriu, acariciou meu rosto, havia mais dele ali.

Eu não estava enlouquecendo, aquilo era real. Era o Théo aprofundando nosso beijo enquanto caíamos na cama, e ele beijava cada milímetro do meu corpo.

— Eu acho que sei como você gosta — ele sussurrou.

— Também acho que sabe.

— Quando eu disse que queria te chupar, naquele dia do ensaio de casamento, não estava brincando.

É, ele sabia muito bem como me enlouquecer.

Théo abraçou minhas coxas e percorreu a língua úmida em meu sexo. Fechou os lábios em um beijo intenso no meu clitóris e eu podia sentir seu sorriso em meu sexo enquanto ele podia sentir meu desespero ao me mordiscar e continuar com aquela loucura. A textura de sua língua misturava-se ao calor de sua boca e a umidade de sua saliva. Ele fazia questão de me fazer quase perder os sentidos ao soltar a respiração quente em mim.

Então, inesperadamente, puxou meu sexo nos lábios, chupando-me intensamente. Tentei me agarrar em alguma coisa, qualquer que fosse, e só encontrei seus cabelos. Mas foi muito rápido, e logo em seguida manteve-se atento em como me fazer quase ter um orgasmo. Eu disse quase, porque na hora H ele parou.

Arrastou seus beijos até meus seios e, novamente, senti um turbilhão de sentimentos, euforia e prazer.

Eu estava entorpecida pelos beijos. Mais uma vez, eu quase... E ele parou.

— Você... é... sádico.

— Não sou. — Inclinou-se sobre mim e puxou um preservativo da mesa de cabeceira, rasgou o pacote, deslizando a camisinha lentamente em seu membro.

— Com certeza é.

— Você é dessas que comem a sobremesa antes do prato principal?

— Não, mas é que... Nunca...

— Você nunca teve um homem de verdade. Deixe-me te mostrar como um homem de verdade come uma mulher.

Théo levantou um pouco meu corpo nas mãos, segurando minha cintura. Olhou diretamente em meus olhos, deixando a saliva cuspida cair preguiçosamente entre minhas pernas. Senti angústia, desejo. Eu latejava e ele me encarava com um sorriso safado no rosto.

Colou nossos corpos e senti o peso de seus músculos, mas não era desconfortável, era bom. Seu membro roçava a entrada do meu corpo, brincando comigo, se arremetendo para dentro pouco a pouco.

Foi diferente, estava plena, ele me preenchia por inteiro e seguia devagar. Acho que ele sentiu medo de me machucar, então parou, tentando decifrar em meus olhos o que se passava comigo.

— Por favor, não pare.

Recebi seu sorriso em resposta, um sorriso doce e satisfeito. Théo fechou os olhos por um segundo, a respiração ainda mais irregular. De certa forma, ele estava angustiado com toda aquela lentidão. Instintivamente, empurrei meu corpo de encontro ao dele. Théo inspirou de maneira sôfrega, lábios entreabertos e mandíbula cerrada.

Soltou o ar pouco a pouco, prendendo o lábio inferior nos dentes e se lançando para dentro de mim. Ainda que ele nem ao menos se movesse, tenho certeza de que eu gozaria, mas ele o fez, apoiando o corpo no antebraço, beijando-me vez e outra, penetrando mais e mais fundo.

Deixou um gemido baixo e rouco escapar, então parou e saiu de dentro de mim. Virou-me de quatro, me penetrando em seguida, de uma só vez. Pude senti-lo batendo fundo e gritei, e Théo me encorajou ainda mais.

— Isso, grita, grita, meu amor, grita porque você está sendo bem comida. Grita que eu quero ouvir. — E foi mais fundo. — Grita, porra!

Obedeci, deixando-me levar pela sensação de plenitude que ele me proporcionava e por ouvi-lo gemer, extasiado, quando o apertava por dentro.

Théo me entorpeceu, tirou-me os sentidos ao me deitar de bruços, segurando minhas mãos acima da cabeça, mantendo um ritmo firme, uma, outra e outra estocada, em uma sequência impiedosa ao mesmo tempo em que me acariciava a alma com doces palavras sussurradas em meu ouvido...

Para ele, eu era linda, era importante, apaixonante.

— Estava ficando maluco por você, sabia?

E para um homem assim, como não atender seu pedido? "Goza pra mim... Goza no meu pau". E foi me conduzindo até que não pude mais evitar e me entreguei.

Com ele deitado em minhas costas... De lado, segurando minha perna no alto... Com meus calcanhares acima de seus ombros... De quatro... Com ele me olhando nos olhos...

Foram muitas as vezes que ele trocou o preservativo. Definitivamente, além de saber como fazer, ele tinha um apetite incrível.

Fui eu quem pediu um tempo, porque meu corpo não aguentava mais. Ele sorriu, implicando comigo...

— Fracote.

— Não posso mais, Théo, estou acabada...

— Vem aqui. — Me puxou em um abraço. Senti seu coração pulando feito louco no peito e o encarei de olhos semicerrados.

— Você também está morrendo.

— Que nada — respondeu antes de inspirar profundamente.

— Só uma dúvida... Você tentou recriar nossos momentos no chuveiro?

— Achei que te devia isso... — *Foi muito atencioso.*

— Théo... — Estava quase dormindo quando senti os dedos dele subindo e descendo preguiçosamente em minhas costas. — Podemos dormir aqui?

— Podemos, dorme um pouco... Depois a gente brinca mais.

Abraçou-me forte e sorriu, beijando meus cabelos. Adormeci.

Capítulo 21
Segundo ensaio de casamento

Carolina: *Está falando sério?*

Débora: Sim!

Carolina: *Finalmente! Crê em Deus Pai! E aí? Bom?*

Débora: Incrível. O melhor até hoje!

Carolina: *Pica Doce, então?*

Débora: Pica das Galáxias!

— Bom dia. — O som da voz de Théo me assustou. Virei o rosto em sua direção, retribuindo o seu "bom dia". — O que está fazendo?

— Trocando mensagem com a Carol.

Théo se espreguiçou e me puxou para seu peito, tirando o celular das minhas mãos. Digitou alguma coisa e me devolveu o aparelho.

"Depois ela conta."

— Como assim, depois ela conta?

— Pica das galáxias, é? Gostei disso...

As comparações foram inevitáveis.

Não adianta fingir que não, porque sempre comparamos.

João sempre acordava com um humor péssimo. Nas vezes que quis transar pela manhã, era sempre depois de escovarmos os dentes ou aquela coisa rapidinha e sem graça, que só ele se satisfazia. O Théo não era assim, não ficamos conversando cara a cara, e nem poderia. Ele, eu não sei, mas eu com certeza estava com o típico hálito matinal.

Théo acordou de ótimo humor.

Fez amor comigo como se aquela manhã fosse a nossa primeira vez. Confesso que, ao sair da cama, estava andando com dificuldade, não consegui fechar as pernas de imediato e precisei de uma ajudinha. Foi constrangedor...

— Théo, estou sofrendo aqui! — choraminguei.

— Sofrendo? Como assim? — Théo ficou me olhando da porta do banheiro.

Conforme a água batia, eu me arrepiava inteira! Fiquei na ponta dos pés, de olhos fechados, e, quando os abri, encontrei Théo tentando esconder o espanto e suas risadas inutilmente.

— Débora... Dé... — Ele tentava falar, mas estava ocupado demais rindo da minha situação. — Meu amor, desculpe, não fui gentil o bastante...

— Gentil? Théo, estou pegando fogo! Seu cavalo! Tá ardendo demais... — Ele riu mais um pouco antes de pegar um tubinho no armário embaixo do lavatório.

— Aqui, querida, use isso... — Ele me entregou... Ele me entregou creme vaginal?

— Théo, por que... Como... O que esse... — Não sabia o que dizer, como formular a frase. — Esquece, prefiro ficar na ignorância. E tá doendo pra cacete!

— Melhor transarmos mais um pouco para anestesiar.

— Hã?

— Brincadeira! Vou deixar você tomar seu banho em paz. — Ele ainda ria quando saiu do banheiro.

Théo não ficou me apressando, foi preparar o café da manhã: ovos mexidos, suco de laranja, café e iogurte natural sobre morangos picados. Simplesmente maravilhoso. Até esqueci o incômodo que estava sentindo. Na verdade, a pomada deu um alívio rápido na assadura que ele me causou...

Tornando a compará-los... Assim que saí do banho, foi a vez de Théo, e ele não se demorou. João, além de ir primeiro ao banheiro, demorava muito e nunca se dignou em fazer mais do que um café preto.

Francamente, já estava começando a ficar feliz da vida por Letícia e João.

— O ensaio é antes do almoço, não é? — perguntou, passando por mim na cozinha com a toalha branca enrolada no quadril e outra secando o cabelo. Abriu a geladeira e bebeu direto do gargalo um líquido transparente e aparentemente viscoso.

— Meu Deus, Théo! É daqui a pouco! A hora voou!

— A hora sempre passa rápido quando estamos nos divertindo e demora muito quando a coisa é chata.

— Tem razão — concordei. — O que é isso que está bebendo? — perguntei, curiosa.

— Colágeno, quer um pouco? — Neguei, franzindo o nariz, e ele sorriu.

Daquela vez, fomos nós os atrasados. Ainda precisei passar em casa para trocar de roupa e voltar, pois o local do ensaio era próximo de onde estávamos, mas foi ótimo chegar com o cabelo ainda úmido, com cara de quem passou a noite trepando. Cara e corpo... Já que ainda estava andando estranho, mas não muito.

Também pude prestar atenção nas caretas que João fazia; acho que ele se sentiria melhor se me visse em um desses namoricos sem futuro, com um cara feio ou com um idiota qualquer, mas o Théo era perfeito para o serviço. E era perfeito para mim... Mais ou menos perfeito para mim.

Foi tudo bem marcadinho: a entrada, a cerimônia, os votos e a troca de alianças. Casamento em casa era mais complicado. Primeiro, falou o pastor, depois, seria o juiz de paz, mas o juiz não foi, porque ele cobrava por diligência e nunca que o Junior pagaria quatrocentos reais para o homem fingir que o estava casando.

O pastor da igreja que Luíza frequentava participou de tudo, e, para não dizer que foi gratuito, ele pediu aos noivos que organizassem, juntamente com os presentes de casamento, uma doação de alimentos não perecíveis para as vítimas do desabamento das enxurradas serranas no mês de junho. Achei isso perfeito.

A parte que mais gostei daquela manhã foi João se aproximando para nos cumprimentar. Foi épico.

— Oi, Dé, que bom que está tudo bem... — *Puxando assunto bem na hora que estava abraçada com Théo.*

— Oi, João, tudo bem, sim. E você?

— Tudo...

— A Letícia não veio hoje... — Sentia-me na obrigação de lembrá-lo de que havia uma Letícia entre nós muito antes de existir um Théo.

— Ela foi fazer essas coisas de mulher, cabelo, unha... Essas coisas.

— Que bom pra ela, arrumar tempo para manter a beleza.

— Você também está muito bonita. — Essa foi a deixa que esperávamos.

— Eu sei. Conheceu o Théo? — Fiz questão de dizer apenas o nome dele, sem aquela constrangedora entonação que precederia o "meu noivo".

— Sim, da outra vez... Seu namorado, não é? Tudo bem, cara?

— Noivo. Tudo bem. Cara. — Théo não foi simpático nem deu muita atenção para João, continuou me abraçando, mas olhando para o outro lado. Achei isso o máximo.

— Pensei que fossem apenas namorados... Por causa da aliança... Você sempre me falava da aliança...

Verdade! De tudo o que havíamos nos lembrado, foi do mais óbvio que esquecemos.

— Mandamos gravar — Théo respondeu, rápido e inteligente.

— A gente se vê... No casamento... — João enfiou as mãos nos bolsos antes de sair.

— Tchau, João.

Ele foi, no mínimo, corajoso em vir falar conosco e questionar nossas alianças para um homem mais alto do que ele uns dois palmos, aproximadamente, e com pelo menos dez centímetros a mais de bíceps.

— É, eu sei. — Não precisei falar nada. — Vamos resolver as alianças.

— Pode ser depois do almoço? Estou azul de fome, Théo.

— O que você quer comer?

— Sei lá, alguma coisa diferente...

— Alguma coisa diferente... — Ficou pensativo, mordendo o canto da boca. — Vamos resolver as alianças primeiro, depois preparo algo diferente pra você comer, pode ser?

Meus olhos percorreram a vitrine da joalheria. Escolhi a aliança mais simples, fina e dourada. Théo não gostou, disse que era muito... modesta.

Mas é claro que seria modesta! A de menor preço, afinal, era eu quem pagaria. Pedi que gravassem nossos nomes e, enquanto o vendedor preenchia o papelzinho da garantia, Théo se antecipou e pagou. Se soubesse que pagaria, teria escolhido uma mais cara. Honestamente.

Voltamos para a tal casa no Joá e Théo nos serviu um filé de cordeiro e tomates assados.

— Théo, você deveria trabalhar como chef de cozinha, isso aqui está dos deuses!

— Querida, ficar enfiado em uma cozinha todos os dias... — Parecia ponderar. — Não, obrigado, não me imagino com dedos de cebola.

— Posso perguntar uma coisa? — Precisava perguntar.

— Pode perguntar o que quiser, se eu puder responder...

— O que... O que você faz quando não está... Você sabe...

— Eu... Dirijo.

— Dirige? O quê?

— Frete.

— Jura?

— Juro. Isso é ruim pra você? — Neguei com o cenho cerrado. E estava sendo verdadeira, não tive preconceito, por mim tudo bem que ele fosse motorista. Théo olhou meu prato vazio. — Sobremesa?

Capítulo 22
Decepções

— Como é que é? Frete?

— Foi o que ele disse. Fiquei até imaginando o Théo naquelas Kombis de carroceria... O que me dá certa pena, porque sei que ele tem nível superior. Se aqui não fosse tão... sei lá, indicaria o currículo dele.

— Aqui? Coitado... Mas olha, esse lance aí... isso acontece muito, a pessoa se forma, entretanto, não consegue uma colocação no mercado de trabalho. Agora, você já pensou que ele pode gostar da vida que tem? — Fiquei pensativa, o que Carol dizia fazia sentido.

— Não sei, ele parece seguro, mas ao mesmo tempo se mantém misterioso.

— E a tal casa? Será que era mesmo de um amigo? Talvez fosse de um cliente.

— A casa era espetacular, não fiquei vasculhando o local. Pra dizer a verdade, não houve tempo pra isso, mas conheci a cozinha... ampla, toda em pastilha de vidro cor *burgundy*, sabe? — Carol assentiu. — Não é aquele tipo de vermelho chinês que você pintou os banquinhos da sala, não. — Carol tornou a assentir. — Os móveis eram de madeira, do tipo daquele armário da sua mãe, da sala...

— Cristaleira — corrigiu-me.

— É, isso. E na bancada tinha um cooktop em inox e a geladeira era enorme, também em inox.

— E o que mais?

— A sala era clara, com uma porta de correr de vidro com vista para um jardim. O quarto era simples, cama de casal, paredes brancas, uma cômoda alta... Uma porta ao lado do banheiro, talvez fosse um closet, mas eu não abri.

— Mas é burra, hein?!

— Ei!

— Deveria ter aberto o closet!

— Pare de me tratar mal...

— Ok, tem razão, afinal, vocês finalmente transaram! E isso foi muito, muito positivo. Finalmente.

— Carol... Estou tão feliz e ao mesmo tempo... tão em pânico.

— Pânico? Por quê? — Carol sabia mesmo como me deixar com uma expressão exasperada. — Olha pelo lado bom, amiga, seu relacionamento com Théo nunca será monótono. — Caiu na gargalhada. — E o que vocês fizeram no domingo? Liguei muito e você não atendeu.

— Se eu te disser, você não vai acreditar.

— Eu acredito, sim, pode contar.

— Théo e eu fomos andar de pedalinho na Lagoa, comer cachorro-quente de rua, depois ficamos no meu apartamento, passamos o final do dia, como ele gosta de dizer... brincando.

— Já estava melhorzinha, não é, taradinha?! E hoje de manhã? Deixou o príncipe dormindo?

— Pra dizer a verdade, foi ele quem me deixou dormindo. Saiu bem cedo.

— Pra dirigir um frete?

— Acho que sim. Espero que sim. — Respirei fundo, empurrando para um canto da memória a conversa que ouvi sobre a mulher do carro vermelho. — E aí? Vamos almoçar?

— Com certeza.

Com certeza, não. Nosso chefe nos chamou na sala dele e exigiu inúmeras consultas. Ele estava impossível e a cada dia pior. Saímos da sala dele dispostas a mandar currículos para Deus e o mundo.

Assim que terminamos uma parte do nosso trabalho, já sentindo náuseas pela falta de comida, deixamos o escritório.

Meu celular tocou e finalmente sorri.

— Alô. Oi, Théo.

— Oi. Que voz é essa?

— De quem foi pisoteada.

— O corno do seu chefe...

— É.

— Déb, por que não procura outro lugar para trabalhar? O que esse cara faz é assédio moral.

— Eu sei, mas é a portas fechadas... Não posso nem mesmo processá-lo.

— Tenho certeza de que com o seu perfil vai ser chamada logo em um lugar melhor, com um patrão decente.

— Tomara. E estou aceitando qualquer área.

— Vai dar tudo certo. Liguei pra saber como está, mas, pelo que percebi, não está muito bem.

— Vai passar, estou indo almoçar com a Carol.

— Três da tarde?

— Pra você ver. Vamos comer um hambúrguer.

— Hum, pena que não vou poder te dar uma comida melhor hoje. — Ele me fez rir.

— Estamos falando de algo que se digere pelo estômago?

— Estamos falando do que você quiser, baby. Também liguei pra avisar que... — Théo deu uma parada e então retomou depois de limpar a garganta de um falso pigarro. — Meu celular vai ficar fora de área por uns dias, mas estará tudo bem, tenho umas coisas pra fazer e...

— Você não vai parar, não é? — Acho que minha voz soou decepcionada.

— Fica calma, não surta, as coisas não são simples assim, preciso que mantenha a mente aberta. Quando eu voltar, conversaremos.

— E quando você volta? — Ele respondeu tão baixo que precisei perguntar novamente.

— Dia seis.

— Como é que é?

— Não surta!

— Como não surtar? Seu louco! Viajaremos no dia seis! Théo, se você não aparecer, eu vou te matar!

Carol, assustada, parou de andar, estalando os dedos na frente do meu rosto, e só então percebi que estava gritando no meio da rua da Alfândega.

— Théo, Théo — eu falava entredentes —, preste atenção, é bom você parar essas suas putarias e me levar no dia seis pra Penedo!

— Relaxa, mulher. É trabalho.

Sem me despedir, desliguei o telefone. Carol parecia chocada e preocupada.

— Que foi isso, Jesus? Está possuída?

— Possuída vou ficar se aquele prostituto não aparecer no dia seis!

— Como assim?

— Disse ele que tinha coisas a fazer, que voltaria... Quando? No dia *seis*!

— Calma, garota, o casamento é no dia sete à tarde, qual o estresse?

— Cara, o Théo...

— Você está mais indignada pelo fato de ele estar fazendo o que faz do que propriamente pela viagem que vai atrasar, não é?

Eu só balançava a cabeça em negativa. Estava furiosa!

— Sabe do que mais? Você é muito romântica. Achou que assim que dormissem juntos ele iria descobrir que só você existia no mundo e *puft*! Iria mudar de vida. A realidade é outra, chuchu.

— Decepcionada...

— Só se decepciona quem espera alguma coisa. Você não deveria esperar nada de um homem como o Théo, apenas aproveitar.

Na segunda mordida em meu sanduiche, o celular apitou. "Como queira, senhora, vamos no dia seis, mas à noite!". Carol sugava o refrigerante, espiando a tela do celular junto comigo.

— Começou com isso de "senhora" novamente — comentei, ainda com a boca cheia, jogando a comida para um canto da bochecha. — Vamos pegar um baita engarrafamento!

— Ei, seja amigável, pelo menos, você está jogando bem pesado com ele.

— Como ser amigável?

— Assim. — Puxou o celular da minha mão enquanto eu despejava molho na batata frita.

Carol digitou por um bom tempo: "obrigada, só fico preocupada... Não quero que se canse no trânsito, gosto muito de você e queria aproveitar mais o tempo juntos". Fiquei olhando a mensagem enquanto diminuía, a dentadas, o tamanho da batata frita que segurava.

Dessa vez, ela não fez nada de mais e a mensagem que veio a seguir foi ótima: "Linda. Também gosto muito de você, não se preocupe. Beijos".

Nos dias que se sucederam, tudo perdeu a graça de repente. Comecei a duvidar do que ele realmente sentia por mim. Foram poucas ligações e poucas mensagens. Refiz mentalmente tudo o que aconteceu e...

— Carol. — Pelo meu tom de voz, ela me olhou preocupada. — Ele está me enrolando.

— Hum, começou a paranoia...

— Carol, acho que ele não sente nada por mim, só queria se divertir.

— Divertir? Como assim? Ele foi pago, pelo amor de Deus — respondeu casualmente.

— Você pagou a ele?

— Paguei, oras, assim que o mês virou. Foi esse o combinado. Além do mais, fiz depósito programado, e outra, você não me disse nada que não era pra pagar.

— Vou te dizer o que vai acontecer: assim que voltarmos, ele vai receber a última parte e vai sumir.

— Pessimismo. Assim que voltarmos do casamento, vocês vão sentar e conversar.

— Não vamos. Assim que eu der as costas, ele vai se mandar. Estou sentindo isso.

— Hum... começaram as previsões catastróficas da Mãe Dé.

— Ele só queria brincar comigo, Carol, de repente, até por pena mesmo, me seduzindo com todo aquele joguinho de "não posso", mas depois pôde... É tudo igual...

Carol podia falar o quanto quisesse, mas para mim, estava claro o que aconteceria. Primeiro de tudo: ele nunca disse que me amava. Segundo: nunca disse que largaria aquela vida. Nem nunca me disse seu nome completo, onde morava, nada. Não sabia coisa alguma sobre ele. Sempre que estivemos juntos, ele me enredava de tal maneira que eu me distraía de tudo e só via aquele homem lindo na minha frente e nada mais.

Capítulo 23
Momento particular

— Tenta não pensar nessas coisas, deixa o barco correr.

— Carolina, você reparou que cada hora você me diz algo diferente?

— Eu? Eu não!

— Uma hora, diz que devo me atirar, em outra, que não deveria esperar nada, depois, retorna à ideia inicial de que deveria aproveitar, então, me adverte que o cara foi pago. Pra completar, diz que ele e eu precisamos conversar... Decida-se! — Sabia que meu tom de voz era exasperado, mas Carol pareceu não se importar, ficou limpando das unhas uma sujeirinha imaginária.

— O que estou tentando aconselhar é que deve aproveitar o momento, não se apegar demais, não esperar demais e sentar com ele pra conversar. Faço votos de que se entendam de uma vez por todas, porque essa indefinição mata qualquer um.

Fazia um tempo que não me exercitava além das peripécias horizontais com Théo.

O sábado estava perfeito, o sol entre nuvens refletia bastante meu estado de espírito. Calcei meus tênis de corrida de uma coleção ultrapassada, encaixei os fones e prendi meu *iPod* no bolso da camiseta. Logo a voz de Avril Lavigne acariciou meus ouvidos com *Complicated*. Justamente o que eu precisava ouvir.

O Parque Eduardo Guinle estava localizado praticamente no final da rua em que eu morava; uma caminhada acelerada até o Parque e estaria parcialmente aquecida. Após o alongamento, na primeira árvore centenária, estava pronta para expurgar todos os meus fantasmas durante uma hora de corrida.

Quanto mais eu corria, menos pensava em Théo e no que ele estaria fazendo. Comecei a repensar todas as coisas que estava negligenciando por me preocupar com um garoto de programa, como as aulas de francês que me propus a começar no início do semestre e até então, nada; a pós-graduação em gestão de pessoas; e todas as viagens que queria fazer e nem ao menos havia começado a me programar.

Lembrei da manicure e de que estava na hora de hidratar os fios do meu cabelo, as pontas duplas começavam a me assombrar...

Minha mente voou e, de repente, voltei a pensar no Théo, dessa vez, tecendo elogios aos meus cabelos. Ele sabia o que dizer a uma mulher.

"Adoro a maneira como seu cabelo fica espalhado no travesseiro."

"Não seja boba, seu cabelo é perfeito. Ainda mais entre os meus dedos."

Uma pena que nem todo homem se preocupava com isso e justo o que se preocupava com flores, mensagens casuais e elogios, costumava cobrar pelo sexo. E cobrar caro.

Tudo parecia tão simples no início. Contratar um michê como acompanhante, aparecer com ele em alguns eventos, no casamento e fim. De repente, a coisa se complicou absurdamente. E o que deveria ser um namoro de fachada virou um noivado de mentira e um caso de verdade.

Constantemente, fazia as coisas que ele gostaria que fizesse, como usar as roupas que sabia que ele gostava, abastecer a geladeira com "comida de homem" — sorri diante da lembrança de sua pseudomudança. Théo era gentil na maior parte das vezes, evitava os péssimos comportamentos que alguns espécimes masculinos julgam necessários para reafirmar sua macheza, como arrotar alto, preferencialmente em público, ser um companheiro flatulento para estabelecer a intimidade e a pior coisa que um namorado meu experimentou fazer até hoje: comer apressadamente para que eu levasse seu prato para a cozinha.

Não me incomodava tanto com os gases, fossem eles expelidos por cima ou por baixo, acho que isso estava mais ligado à educação do que ao machismo, mas o pior era a mensagem subliminar em se levar um prato para a cozinha. Era como se placas luminosas piscassem incessantemente com as mensagens "submissão", "escrava" e "aproveite e lave". Meu rosto torceu diante daquele pensamento e tentei me concentrar em algo importante, como o carro que gostaria de comprar quando virasse o ano, porque falar sobre carros, ou desejá-los, não era um assunto exclusivo para homens.

Corri um pouco mais rápido quando percebi que estava pensando em um certo carro preto de mais de oitenta mil e no tanto que ele precisou transar para pagar o carro, as roupas, os perfumes.

De repente, comecei a desconfiar de que talvez a mulher do carro vermelho fosse a amante fixa do Théo, dessas ricaças que pagam bem por um tratamento VIP, e isso ele sabia oferecer. Era um amante atencioso, com uma pegada incrível, sabia conversar sobre tudo, se expressava bem... Talvez ele cobrasse muito mais caro para qualquer outra, ou outro, ou... Outros e outras, sem dúvida mais de cento e cinquenta por hora, que, diante das circunstâncias, parecia um valor irrisório.

Então eu corri e a semana correu também.

Capítulo 24
Penedo

Sexta-feira, seis de setembro de 2002, vinte e uma horas e oito minutos.

Théo abriu a porta do meu apartamento com um jeito de tanto faz, desejando boa noite, lançando as chaves em cima da mesa e se jogando no sofá, ao meu lado. Ignorando minha raiva e meus braços cruzados.

Virando apenas o rosto, deu-me um beijo, que não foi correspondido.

— Podemos ir? — perguntei, me levantando.

— Será que posso beber uma água antes? — ele inquiriu. Gesticulei, dando-lhe passagem. No rosto, os lábios tortos para o lado indicavam minha insatisfação.

— Vou esperar lá embaixo, por favor, traga minha mala.

— Mala? Serão quatro dias!

— E você quer que eu leve minhas roupas, sapatos, calcinhas, vestido de festa, shampoo, condicionador, chinelo, biquíni, chapéu de sol, cremes hidratantes onde? Na bunda?

— Nossa, você tá pilhada... Pode ir, eu levo suas coisas.

Soltei o ar pela boca de uma só vez e desci.

Théo fechou o porta-malas pensativo. Fingi não notar seus olhos em mim e entrei no carro.

— Qual o problema, meu anjo? Estou aqui, não estou? — Sua voz era serena e complacente.

— São nove da noite, Théo, a que horas vamos chegar lá?

— Na pior das hipóteses, meia-noite. Por quê? Saudades de ver o João? — Havia uma irritação disfarçada por sua ironia. Olhei para o Théo, incrédula.

Ele falou mesmo isso?

— Como é?

— Não entendo esse desespero para chegar cedo.

— João não tem nada a ver com isso! Estava preocupada com você, passei o dia todo sem notícias suas!

— Desculpe! Mas não podia ligar, só isso!

— Théo, o que tanto você faz, hein?!

— Trabalho pra ganhar dinheiro, ou você acha que amor enche barriga? E não estou gostando do seu tom de voz, você está falando com quem? Com seu contratado ou com o seu namorado? — Isso me pegou de surpresa. *Namorado?* Ele achava que estávamos namorando?

— Namorado. — Escolhi uma das opções e esperei para ver o que ele diria.

— Então pare de falar comigo como se fosse minha patroa, eu não gosto. Além disso, chegaremos na melhor hora do dia. — Théo retomou o tom de voz mais brando.

— Melhor hora?

— Claro. — Seu olhar libertino me alcançou, quebrando-me por completo, e sorrir foi inevitável. — E aí? Como foi a sua semana?

— Mediana... Mandei uns currículos...

— Alguma coisa?

— Tenho uma entrevista na semana que vem, esqueci o nome da empresa. Um nome diferente... Mas é para cuidar de contratos, então está tudo certo.

— E a Carol?

— Sei lá. Ela cismou que quer abrir uma loja de bolinho de chuva.

— Tá falando sério? — perguntou com ar divertido.

— Sério! Disse que não existe loja de bolinho de chuva e ela vai abrir uma.

— Ela é doidinha...

— Somos todos, não é, Théo?

Ele parou um pouco para pensar e me olhou de cenho franzido.

— Está falando isso por quê?

— Nada. — Um silêncio incômodo surgiu. Prossegui, para dar fim a ele. — Então, somos namorados?

— Bom, tenho pensado muito em você desse jeito, como minha namorada. Você quer ser?

Caí na gargalhada, e ele ficou ofendido.

— Desculpe, Théo. É que... — *Mais um pouco de risadas* — parece que voltei para a escola, mas esse seu pedido foi... fofo.

— Estou confuso. Isso foi um sim... Um não?

— Ah, Théo, também estou bem confusa em relação a você.

Ele se fez de desentendido, mas ambos sabíamos do que estávamos falando.

— Como assim?

— Como assim? Qual seu nome completo? Local em que reside? Seu estado civil? O que você sabe de mim, Théo? Tudo. E o que sei sobre você? Nada.

— Você se prende a cada detalhe...

— Essa é a sua resposta? Que isso é detalhe?

— Detalhe. Você sabe quem sou e isso é o mais importante, sabe que pode contar comigo quando precisar confirmar uma mentira para a sua família ou para os seus amigos, por exemplo. Sabe que faço comida pra você não ficar se entupindo de biscoito recheado. Sabe que te fodo com vontade. Sabe que conseguimos conversar, que sou capaz de te ouvir. Isso é o importante.

— Diga-me, essas viagens que você faz... Não são ilegais, são?

— Não são ilegais. Está achando que sou traficante? — Fiquei encabulada e foi a vez dele de cair na gargalhada.

— Nem sei mais o que pensar!

— Olha, façamos o seguinte: vamos nos concentrar na festa, e, assim que voltarmos desse casamento, eu conto os detalhes da minha vida pra você sossegar essa sua imaginação.

— Tudo bem, mas pelo menos me diz se o seu nome é mesmo esse.

— Sim. Talvez. Sim.

— Isso foi ridículo, Théo.

Não fizemos nenhuma parada no caminho, seguimos direto. Eu estava tão cansada que dormi ao nos aproximarmos da entrada de Itatiaia.

Nem percebi o carro parar. Olhei para o lado e nada do Théo. Pela janela, pude vê-lo conversando com um homem, próximo a um restaurante. Cheguei a pensar que pedia informação, mas, reparando bem no entorno, estávamos tão próximos da pousada que era impossível se perder.

O homem que conversava com ele era de meia-idade, e eles falavam tranquilamente. Por fim, o homem lhe puxou pelo aperto de mão e encerrou o cumprimento com um abraço. Eles se conheciam.

Nossa! Alguém que conhece o Théo! Preciso voltar neste restaurante!

Assim que se afastaram, Théo olhou para o carro e eu fechei os olhos com a cabeça pendendo para o lado. Achei melhor fingir que ainda dormia; o fato de o vidro do carro ser escuro ajudou bastante.

Théo passou em frente ao carro e entrou, mas continuei paradinha.

— Déb. — Não respondi. Ele suspirou e seguiu para a pousada.

Voltou a me chamar quando entramos pelo portão ainda aberto. Abri os olhos, fazendo de conta que havia acabado de ser acordada. Olhei para o relógio do painel: quase meia-noite. Espreguicei-me e abri a porta do carro.

Théo já estava tirando minha mala.

— Ei, acordou de vez ou te levo no colo?

— Acordei. — Isso foi uma mentira, mas não contaria que já estava acordada.

Assim que desci do carro, minha tia apareceu na varanda com um baita sorriso. Daí foi aquilo de família...

"Sumida", "só assim pra gente se ver", "tá sabendo que seu tio vai operar a próstata?", "menina, seu cabelo está grande, está bonito", "soube que a Dona Jaciara morreu? Não? Morreu, coitada", "mas você arrumou um tipão, hein, minha filha?!".

Apresentei o Théo e os constrangimentos seguiram conforme o protocolo familiar...

"E vocês casam quando?", "está se cuidando, não é?!", "não, porque bebê tem que planejar", "se bem que você está ficando velha, não pode também passar muito...".

Apesar de ser apenas minha tia que estava acordada, ainda teríamos de encarar meu tio, primos, meus padrinhos e amigos, mas... Nada a fazer quanto a isso.

— Do seu chalé. — Tia Ana me deu as chaves do meu cantinho preferido sempre que ficava em Penedo.

— Obrigada, tia, estou realmente cansada, amanhã de manhã conversaremos mais, ok?

— Sim, vão descansar que essa viagem quebra a coluna da gente. Te contei que seu tio foi daqui até Mauá e ficou cheio de dor na lombar?

— É mesmo, tia? Contou não... E ele está melhor?

— É, tive que passar um remédio, mas... Sabe como é velho, né?

Olhei para a cara do Théo, que parecia se divertir muito com a situação.

Finalmente conseguimos ir para o chalé. Meu cantinho, meu quartinho, minha...

— Ué, cadê a minha lareira?

— Como assim? Olha a lareira aí.

— Não, Théo! Essa aqui é a gás! Quero saber cadê a minha lareira de pedra e lenha!

— Quer voltar lá e perguntar pra sua tia? — inquiriu, tentando segurar o riso, debochado.

— Melhor não — respondi desanimada.

— Deixe de ser boba, você acha mesmo que vou deixar você com frio?

Incrível. Um abraço perfeitamente colocado, no melhor momento, com as falas certas, na hora certa. E um celular apitando. Carol. Théo se afastou para colocar sua bolsa de viagem sobre a cadeira.

— Chegamos agora, sim, mas não posso falar. (...) Adivinha? É falta de educação falar de boca cheia. (...) Tchau.

Théo me olhou segurando o lábio entre os dentes, aproximando-se lentamente.

— Boca cheia? Cheia de quê?

— Disso. — Segurei seu membro sobre o jeans e Théo me beijou.

— Acho que não vamos precisar de lareira esta noite...

Capítulo 25

Até o amanhecer

Théo seria minha perdição com aqueles beijos ritmados, com seu toque possessivo e lascivo. Théo beijava com o corpo inteiro, nunca era um simples toque de lábios. Ele tinha o poder de esvaziar minha mente. Com ele, eu me sentia uma grande mulher e necessitava mostrar-lhe isso.

Interrompi nosso beijo e o empurrei devagarzinho, com o dedo indicador em seu peito, observando o sorriso sexy que ele deu ao perceber que cairia de costas na cama.

Desabotoei sua camisa de linho cinza. Obtive meu acesso livre ao peitoral trabalhado e seu abdome bem marcado. Deslizei meus dedos, calmamente, de seu pescoço até o umbigo, e desci mais um pouco para abrir a calça jeans escura. Até então, nenhuma resistência, só expectativa.

Ele me ajudou com a calça e arrancou o tênis para facilitar. Tirei suas meias. Não me cansava de olhar seus pés; eram bonitos. Voltei minha atenção para a cueca, que ainda permanecia cobrindo seu membro. Mordi levemente por cima da cueca, e foi bom ouvir um gemido curto fugir de seus lábios, mas eu precisava de mais.

Tirei minha jaqueta jeans e o vestido longo em seguida. De pé, com as mãos na cintura, movi minhas sobrancelhas para cima e para baixo. Ele achou graça. Théo se apoiou sobre os cotovelos, levantando o dorso para me olhar.

— Vai me caçar? — Ele se referia ao meu conjunto ID Sarrieri.

— Você gostaria disso?

— Adoraria.

Deitei-me sobre Théo, tocando nossos lábios, deslizando a língua em seu maxilar, brincando com sua orelha do mesmo jeito que ele fazia comigo. Mordi seu pescoço para ouvi-lo arquejar em um falso protesto.

Pressionei nossos corpos, esfregando minha pélvis na dele, sentindo seu desejo crescente por mim. Beijei seu abdome e o libertei da cueca. Observei sua expectativa, suas expressões. A maneira como apertava os olhos quando o pressionava um pouco mais nas mãos. O toque da minha saliva em sua pele sensível. O jeito como seus lábios se entreabriam quando eu tentava engolir o máximo dele, ainda que eu não fosse capaz, e ele se divertia por isso.

Gostava de fazê-lo prender a respiração, sobretudo quando meus lábios tocavam-lhe um ponto em especial. Foi bom perceber que ele contraía o abdome sutilmente quando eu me demorava perto da glande, então eu soube que ali residia sua vulnerabilidade.

Ele gostava daqueles beijos íntimos, gostava de como eu fazia, da maneira como o segurava, vez e outra o forçando para a garganta e voltando a acariciá-lo. A respiração de Théo estava ainda mais irregular... Tentou me afastar, empurrando meu ombro, mas mantive-me firme sugando, massageando, gemendo...

Théo sussurrou avisando o que aconteceria e, por fim, xingou e se liberou, derramando seu prazer para que eu o recebesse em minha boca.

Queria agradá-lo, surpreendê-lo, também queria esquecer todas as amarras do passado. Queria me libertar, assim como ele era livre, esquecer os anos de um sexo morno e apático com João, dos envolvimentos casuais e insípidos que havia experimentado até aquele momento. Esperei que Théo abrisse os olhos para me ver brincar com o líquido em minha língua, uma parte escorrendo pelo canto da boca, a outra descendo alcalino e rápido garganta abaixo.

— Isso foi extremamente sensual. — Théo estava feliz e surpreso.

— Eu quero a camisinha...

— Ainda não vamos precisar dela. — Suspendeu-me pela cintura, deitando-me em seguida. Tentei tirar as sandálias de salto, mas ele não permitiu. — Minha vez de retribuir.

E foi muito melhor do que da primeira vez, como se me conhecesse já em um segundo encontro. Sua boca se fechando em meu sexo, sua língua explorando cada pedacinho da minha intimidade. Beijou-me em um ritmo calmo e intenso. Ele sabia exatamente o que estava fazendo.

Algo novo e intenso começava a se formar em meu sexo e irradiava pelo corpo inteiro. Era inexplicável a forma como me atingiu, tirando-me a lucidez. Cada vez mais crescente e crescente...

Théo não parou mesmo quando meu corpo entrou em combustão, convulsionando em suas mãos. Ele não acelerava ou diminuía, apenas se mantinha naquele ritmo, soltando pequenos gemidos. Não havia mais nada a ser feito, a não ser me deixar levar. Explodi e gemi alto. Théo me soltou aos poucos, com a boca, queixo e peito molhados. Tentei assimilar o que acontecera.

Naquele instante, vi Théo se afastar e buscar algo em seu jeans, no chão.

Quando finalmente consegui coordenar meus pensamentos, tudo parou novamente. Théo se arremeteu de uma só vez, penetrando-me com força, tapando minha boca para que eu não gritasse.

Excitou-me ainda mais vê-lo em cima de mim, meneando a cabeça em negativa, de seus lábios um estalar de língua... *tsu, tsu, tsu*.

E se lançou mais uma vez sem dó, fundo. Senti um pequeno incômodo. Ele arremeteu novamente, mais forte. Apertei os olhos. Era gostoso e doloroso ao mesmo tempo. E me manteve um bom tempo com a boca cerrada entre seus dedos enquanto entrava mais e mais, até que eu me acostumasse com aquele ritmo.

— Olhe para mim! Quero que me veja te foder — disse entre os dentes.

Abri os olhos, obedecendo ao seu comando.

Apoiado no antebraço, beijou-me, recebendo meus gemidos em sua boca, abafando-os no beijo tão intenso quanto suas estocadas fortes, selvagens, e eu gozei mais uma vez, menos louco que antes, mas igualmente bom.

Théo desceu uma das mãos para o meu quadril, puxando-me cada vez mais para ele. Com a outra, segurou meu cabelo. Foram coisas completamente ambíguas: a carícia suave em meus cabelos e o beijo amoroso contrastando com a força com que me penetrava e me puxava para ele cada vez mais.

Aumentou o ritmo de repente. Seus lábios já não estavam sobre os meus. Manteve nossos rostos colados. Meus dedos lhe arranhavam as costas e Théo gemia em meu ouvido. Era incrível saber que estava se deliciando comigo, em mim, um homem que já teve inúmeras mulheres sob seu corpo e era comigo que ele sentia prazer.

Seu carinho era meu e meu coração era dele.

Théo parou, um *Oh* que nunca seria pronunciado, mudo, e um cenho cerrado. Senti seu abdome se contraindo bruscamente, uma e duas vezes. Estava gozando tão gostoso, lindo e sincero.

— *Cazzo! Solo tu mi fai venire così. Penso di aver trovato la donna della mia vita...*

Achei romântico que ele falasse em italiano no meu ouvido logo depois de gozar, ainda que eu não entendesse nenhuma palavra. Pensei saber o significado de "Donna della mia vita".

— "Dona da sua vida"?

— Dona da minha vida? Não, *amore mio, la donna*, a mulher.

Pela primeira vez, senti medo daquelas palavras. Talvez estivéssemos indo longe demais e com muita intensidade. Temi sair chamuscada daquela relação quente, mas ignorei o sentimento.

Nos aninhamos um nos braços do outro e adormeci com suas carícias.

Em algum momento da madrugada, acordei com muito frio. O chalé era o mais afastado e os edredons não estavam ajudando muito. Théo acordou quando me encolhi junto a ele.

— Quer de novo?

— Théo, estou morrendo de frio!

Ainda nu, ele se levantou para tentar acender a lareira. Tentou algumas vezes e nada.

— Quebrada.

— Ah! Tia Ana! Se eu não morrer congelada, vou matar aquela velha!

— Morrer congelada? Comigo aqui? Não há nenhuma possibilidade de isso acontecer.

Théo entrou novamente debaixo do edredom, beijando-me a boca, o pescoço, falando baixinho.

— O jeito é brincarmos até o amanhecer...

Capítulo 26
Acho que te conheço

A primeira pessoa que vi foi justamente a que eu mais queria encontrar: Carolina.

— Vem cá, vem cá, vem cá!

— Ui! Bom dia pra você também, Déb.

— Ah, Carol! Ele disse que somos namorados, que, assim que voltarmos, vamos conversar sobre o que ele chama de detalhes, que vai me contar tudo! E... — Enquanto eu pulava e sacudia Carol, ela ficava rindo com a cara de tonta que fazia quando achava a maior graça da situação.

— Vocês passaram a noite toda trepando, não foi?

— Como você sabe?

— Seu andar está estranho e está com olheiras profundas...

— Ah! Pomada e maquiagem resolvem! Ah... Carol... — falei melosa, mas mudei para um tom mais agressivo. — O Théo é um cavalo!

— Cavalo? Do tipo... — Ela indicou o comprimento nas mãos e eu complementei com um círculo grande. — Hum, grande e grosso, parabéns, está em falta no mercado.

— Imagina uma cobra comendo um boi.

— Uma cobra comendo um boi? Estou imaginando...

— A mandíbula dela.

Carol deu uma risada alta.

— Nossa. Sofrido, hein?

— Por cima e por baixo.

— Não quero nem saber quando esse cara quiser comer sua bunda.

— Sem chance! Não estou a fim de sofrer intervenção cirúrgica.

— Hum, falemos de outra coisa que o *assunto* está vindo.

— Não conta isso que te disse! Ouviu? — Ela não respondeu, apenas continuou sorrindo.

Théo tinha umas roupas bem legais. A blusa branca com manga até o antebraço e gola V estava perfeita naquele peitoral largo. A bermuda jeans azul-marinho também lhe caía bem.

— Bom dia, Carol.

— Bom dia, Senhor Cavalo. — Carol deu as costas e andou na nossa frente. *Cretina*.

— Senhor Cavalo...? Débora... Débora...

— Não falei nada! Foi você quem postou uma foto parcialmente nu na internet.

— Sei... Tudo bem. Carol, só me diga se ela deu detalhes ou parou nas preliminares.

Carol se virou para nos olhar. Andávamos abraçados, a mão de Théo em meu ombro, a minha, no bolso de trás de sua bermuda.

— Vocês ficam lindos juntos. E não, ela não deu detalhes, não deu tempo, você chegou.

— Isso é constrangedor, sabia? — chamou minha atenção, mas, em seguida, me puxou para um beijo.

Sentamos os três para o café da manhã. A pousada estava lotada, mas o bom de ser herdeira de um dos donos e irmã do administrador era ter minha mesa reservada no canto, perto da piscina.

— Gente, cadê esse povo? — falei ao perceber que não havia ninguém da família por perto, apenas os empregados da pousada, que passavam por nós me cumprimentando sempre com um "Bom dia, Dona Débora".

— Acho que estão fazendo o que deveríamos estar fazendo.

— O quê?

— Arrumando o cabelo.

— Você nem tem cabelo! E nem morta vou me enfiar em um salão.

— Por que essa revolta toda? — Théo me perguntou.

— Ontem gastei uma grana para escovar os cabelos e você os destruiu em poucas horas.

— Hum... Querem que eu saia daqui? O papo está ficando um tanto... íntimo.

— Ah! Carol, que segredos temos nós três? Minha vida sexual é constantemente compartilhada com você, acho que conhece meu corpo melhor do que o meu médico.

Carol deu uma boa gargalhada e eles tocaram as mãos.

Finalmente, alguém da família apareceu: meu primo e o namorado. Veio andando todo sorridente e feliz da vida em me ver.

— Diva! Debby, minha linda!

— Oi, meu amor! — Levantei em um salto para abraçá-lo.

Estava com saudades de Alessandro, ou Sandro para nós (e Sandrico para o Guilherme, mas só quando meus tios não estavam por perto).

Ele era muito divertido! Muito alto astral! Sempre com um sorriso estampado no rosto e uma piada na ponta da língua.

Guilherme também era divertido, entretanto, mais reservado e másculo.

— Sandro, este é o meu noivo, Théo. Amor, esse é meu primo Alessandro e o namorado dele, Guilherme.

Ao se cumprimentarem, Sandro virou o rosto um tanto de lado, com aquela expressão de "eu conheço você".

— Prazer em conhecê-lo.

— Eu acho que te conheço — disse Alessandro.

Meu primo vivia em baladas amplamente frequentadas por garotos de programa. Boates, festinhas e um par de outros lugares. Ouvi-lo dizer que achava conhecer o Théo não foi nada positivo.

— É possível — respondeu Théo —, mas sou péssimo fisionomista, então não saberia dizer de onde ou se é impressão sua.

— É, de repente, é uma impressão mesmo.

O ar saiu dos meus pulmões de uma só vez. Fiquei boquiaberta com o Théo, como ele era louco e como conseguia sair dessas situações sem uma gota de suor na testa. Um verdadeiro perito.

Capítulo 27
Conselhos

Sentamos os cinco à mesa, conversamos amenidades e observamos o pessoal dos arranjos chegar, a van com a comida, o pessoal do serviço, mas nem sinal dos noivos.

Julguei que não havia perigo em deixar Théo e Sandro juntos. Com um só olhar, Carol entendeu tudo o que precisava ser feito e ficou por perto enquanto parti à procura do meu irmão.

Segui pelo corredor até o quarto dele, mas, no caminho, vindo na direção contrária, estava João.

— Bom dia, Déb.

— Bom dia, João. — Continuei andando, e ele continuou falando.

— É sério com aquele cara? — Inacreditável.

— Muito sério, e não é "aquele cara", o nome dele é Théo.

— Entendi... — Virando de costas, dei mais um passo e ele prosseguiu. — Você está gostando mesmo dele?

Então me aproximei do João, tirando uma coragem sabe Deus de onde para estar a um palmo de distância, e arrumei a gola de sua blusa polo — ele nunca conseguia manter a gola certinha, mas havia um *quê* de petulância no gesto que não passou despercebido por ele.

— Sabe, João, o Théo... Como posso explicar? É o homem que toda mulher sonha em ter. Além de ser um exímio amante, ele é carinhoso, educado e... sabe se vestir.

Afastei-me, contudo, João se mostrou interessado em discutir sobre uma relação que não existia há tempos.

— Você não pensa mais em mim?

— Está de brincadeira, não é?! — Dei uma gargalhada debochada. — João Vitor, penso em você todos os dias! — Ele começou a sorrir. — Penso que, se estivesse contigo, não teria encontrado o homem da minha vida. Obrigada, João, obrigada por ser assim... Um babaca, canalha, filho de uma puta. Se você fosse um cara decente, eu não saberia o que é gozar de verdade... com um homem de verdade. Com licença, não adianta eu entrar em detalhes, você não teria imaginação para registrar o que é um homem como o Théo.

Com isso, ele calou-se e pude seguir, deixando-o boquiaberto, pois nunca me ouvira falar ou reagir daquele jeito, o que me fez um bem enorme.

— Que cara é essa? — Junior perguntou com curiosidade.

— Bom dia, mano.

— Bom dia. Que cara é essa?

— Estou extasiada. Acabei de detonar o seu padrinho de casamento aí no corredor.

— João? Como assim?

— Disse umas verdades pra ele. Sabe, Junior, se você não fosse meu irmão, eu te odiaria.

— Me odiar? Abelhinha, você tem memória seletiva. Quando vocês começaram a sair, o que foi que eu disse? Débora... João não é cara para namorar... Você me ouviu? Não. E você foi o relacionamento mais longo que ele teve.

— Só me diz... Nunca tive coragem de perguntar antes, mas agora tenho... Você sabia que ele e Letícia...

— Enlouqueceu? Claro que não! Mas eu te avisei! *A-vi-sei!*

Joguei-me na cama e Junior se jogou por cima de mim, arrancando-me um suspiro de dor. Cretino. Odiava quando ele fazia isso. Então começou aquela porcaria de cosquinha que ele adorava fazer. Odiava quando se comportava como se ainda fôssemos crianças.

Quase mijei de tanto rir.

— Para, Junior! Cacete! — Mas, no final, estávamos os dois rindo muito. A realidade bateu e percebi que meu irmãozinho estava se casando, que seria um chefe de família, que se casaria com seu grande amor. — Estou feliz por você.

Junior me deu um beijo forte na bochecha, que chegou a doer, e o empurrei para o chão. Ele caiu sentado e lá estávamos nós, rindo novamente, mas logo comecei a chorar feito uma boba.

— Ei... Nós nunca perderemos isso, maninha. Nunca! Lembra? — Ele estendeu o dedo mínimo; eu, o meu, e os apertamos. — Amigos para sempre.

— Amigos para sempre. — Contudo, as lágrimas não paravam de cair e nós nos abraçamos.

— Você também vai casar logo, tenho certeza.

— Tem certeza, é?

— Tenho sim, o cara é gente boa, ele gosta de você.

— Acho que sim. — Precisava espantar aquela melancolia. — Junior, mostre suas mãos. — Pedi.

— Para quê? — Virou as mãos para mim e examinei suas unhas.

— Hum... Muito bem, fez as unhas... Ficou bom.

— A Carla fez pra mim, tirou só o excesso de cutícula e passou uma base fosca, ficou legal.

— É, gostei de ver. Se arrumando todo pra Lulu.

— Ela merece.

— Vocês se amam tanto... Serão muito felizes juntos, muito mesmo.

Junior mostrou a roupa arrumada, os sapatos e as alianças, estava tudo certinho. Senti muito orgulho dele, estava fazendo a coisa certa.

Tio Bento deu duas batidas curtas na porta, entrou no quarto, e finalmente nos vimos.

Ele abriu um sorrisão de dentadura que eu achava o máximo! Aquele cabelo grisalho que adotara estava um charme e havia emagrecido bastante também.

— Tio Bento! Bom dia!

— Bom dia, Debrinha, minha boneca. Você está linda. Acabei de conhecer seu noivo!

— Théo.

— Théo é diminutivo de Theodoro? Não quis perguntar... Ele pode não gostar do nome de batismo...

— Tio, o Théo é Théo, né?! Já tá bom assim... Théo! Simples, rápido, quando começamos a falar o nome... *Pah!* O nome já acabou. Estamos até... Pensando em colocar o nome da nossa filha, se for menina, claro, de Mel... porque... começa e acaba em uma sílaba só... — inventei.

Esse é aquele momento que a pessoa fica confusa com as coisas que vai dizendo e que, provavelmente, também não faz muita ideia do que está falando...

— E se for menino pode ser Léo... Para rimar com o nome do pai. Ou Joel, ou Abel ou, sei lá... Noel...

— Ho, Ho, Ho — Junior fez graça, e resolvi pôr fim a ela.

— Ou podemos "inovar". — Fiz questão das aspas entre os dedos. — Quem sabe Eliomárcio Neto... Ou Eliomárcio Sobrinho... Que acha, Junior?

Ele parou de rir em um piscar de olhos.

— Já disse que isso foi um erro do nosso pai. — Ficou sério.

— Graças aos avós de vocês. — Tio Bento sempre ria do nome do meu pai, ria com ele vivo, continuou rindo com ele morto.

Muito bizarro, mas aconteceu... Vovó Márcia, Vovô Eli, primeiro filho, mais porre de cachaça, igual a Eliomárcio.

Papai bêbado, *um filho homem, porra*! Mamãe Alice no hospital... igual a Eliomárcio Junior. Difícil foi explicar para minha mãe que ela deveria refazer todos os bordados com o nome de Davi. Isso me fazia sorrir sempre. Também era uma boa arma contra um irmão abusado, mimado e caçula.

— Tio Bento, tia Ana disse que o senhor vai operar... Como está se sentindo?

— Uma coisinha à toa, parece que é uma cirurgia sem grandes traumas. E espero não voltar traumatizado da sala cirúrgica, porque brocha tenho certeza de que vou, a coisa já não anda boa mesmo.

Era ótimo que meu tio tivesse um temperamento tão bom mesmo diante das adversidades.

— Também espero que não fique traumatizado, tio. — Junior deu um tapinha no ombro de nosso tio, que sorriu em resposta.

— Hmm... Só falou da parte do trauma, não é? Sua tia não vai gostar de saber que... Ah! Mas não foi para falar disso que vim aqui, foi para avisar que o pastor chegou.

— Ah, que ótimo! Vou cumprimentá-lo.

Junior saiu do quarto, e tio Bento e eu fomos logo em seguida.

— Debrinha, gostei muito do Théo.

— Ele é legal.

— É, melhor que aquele *escrotinho* do João Vitor.

— Ai, tio... — Ele me fez rir.

Alcançamos o pátio de entrada. Ainda conversávamos trivialidades quando senti um par de olhos em mim.

Meu mundo sempre parava repentinamente quando cruzava meu olhar com o de Théo. Não ouvi nada do que dizia meu tio. Eu só enxergava o Théo — cotovelos sobre a mesa, mãos de dedos entrelaçados que cobriam parcialmente os lábios, olhos semicerrados, cenho franzido. Já o conhecia o suficiente; sempre que pensava sobre algo que eu havia dito, fazia aquela carinha. De repente, suas sobrancelhas subiram e desceram muito rapidamente e ele soltou um longo suspiro. Ficou sério, sério demais, eu diria. Eu me virei para ouvir o que tanto meu tio falava e, ao retornar o olhar para Théo, ele parecia distante, segurando o dedo anelar que sustentava aquela nossa aliança falsa. Daria qualquer coisa por seus pensamentos.

Mais uma vez, seus olhos me alcançaram, e ele sorriu, um sorriso simples, sincero.

Théo me deixava confusa, na maioria das vezes, depois oferecia um sorriso de "tudo bem" e meu coração se apaziguava, muito embora minha mente estivesse emitindo luzes intermitentes e ecoando a sirene para evacuação imediata.

Tio Bento percebeu que eu não estava atenta a nada do que ele dizia. Um senhor muito perspicaz, não tinha a mesma necessidade de matraquear que a tia Ana. Tio Bento gostava de conversar, não de falar com estátuas.

— Sabe, minha querida, você precisa ter cuidado com esses bichinhos.

— Bichinhos? Que bichinhos? — perguntei enquanto verificava minha roupa.

— Esses bichinhos que se instalam em nossos cérebros, corroem nossos melhores pensamentos e colocam ovos que chocam rápido e então sobram apenas as dúvidas e os medos.

— Está falando de quê, tio?

— Das malditas caraminholas. São bichinhos tão nocivos, capazes de destruir até a alma de uma pessoa.

— Tio Bento, o senhor tem cada uma...

— Fiquei velho, Débora, não fiquei burro nem cego.

— Está muito na cara?

— Dos dois. — Isso me surpreendeu, e Tio Bento sorriu. — Há tantas dúvidas em você quanto há nele.

— De vez em quando, questionamos se o caminho escolhido é a melhor opção.

— É. Isso é saudável... Desde que seja de vez em quando, não o tempo todo... Viva um pouco, minha filha, você parece mais velha do que eu... De vez em quando — destacou a última parte, sutilmente.

Andei em direção ao jardim de braços cruzados, pensava no conselho do tio Bento; ele tinha razão em muitas coisas. Todavia, ele não sabia exatamente o que estava acontecendo e talvez Théo estivesse em dúvida entre tentar me dar um golpe ou não... Entre me dizer o que ele chama de detalhe ou não.

Sentei-me na grama, olhando as carpas no lago. Estava com o pensamento longe, e não percebi Théo se agachar atrás de mim. Sentou e me acomodou entre suas pernas abertas, abraçou-me, beijou meus cabelos e permanecemos em silêncio.

Capítulo 28
O casamento

O silêncio acalmava minha alma e concedia-me o tempo necessário para que pudesse pensar, sem interrupções. Certamente, Théo também pensava assim, caso contrário, teria quebrado aquele momento de paz que se estendia entre nós.

Infelizmente, nem todos compreendiam o conceito. Carolina surgiu e se jogou ao nosso lado.

— Nossa, que animação de vocês!

Continuamos em silêncio.

— Vocês vão ficar mudos? — Silêncio. — Estão me ignorando?! Seus porras! — Silêncio e sorriso. — Ah! Vão se foder!

Carol se levantou, indignada, e saiu batendo pé. Começamos a rir, abraçados. Inclinei meu rosto e nos beijamos.

— Sacanagem... Vamos falar com ela. — Théo apenas assentiu, estalando mais um beijo em meus lábios antes de nos levantarmos.

Alcançamos uma Carol bastante irritada. Pulei em suas costas e ela quase me derrubou de raiva, mas depois começou a rir.

— Vocês são dois ridículos, sabia? — disse antes de nos abraçarmos.

Enquanto eu modelava a ponta dos cabelos, Théo me observava encostado à parede, ainda de toalha, com a expressão de quem pensava em algo sério.

— O que foi? Por que está me olhando assim?

— Assim como?

— Assim... — Imitei os olhos semicerrados e a boca levemente torcida em um bico.

— Desculpe, não percebi que estava fazendo isso.

— Hum... E no que está pensando?

— Francamente, pensava que é a primeira vez que passo tempo bastante com uma mulher para vê-la se arrumando.

— Estou demorando? Você quer usar o espelho?

— Não. Para as duas perguntas. É só que você é tão... normal. E nem por isso é menos interessante.

— Acho que você é a primeira pessoa que me acha normal... — Eu sorri, mas Théo não. — Gostei de saber que me acha interessante.

— Você é linda. A mulher mais linda que eu já conheci.

— Uau! Obrigada. Isso foi lisonjeiro da sua parte, sobretudo porque você deve conhecer muita gente.

— Não se trata de lisonja.

Théo me encarou tão intensamente que não consegui sustentar aquele olhar.

— Você conhece meu primo, não é? — Mudei de assunto.

— Acho que o vi uma ou duas vezes.

— Seria ruim se ele lembrasse de onde?

— Não seria o ideal neste momento.

— Neste momento, acho que nada referente a você seria ideal ser exposto. — Sorri e ele entendeu.

— Tem razão. — Théo resolveu se vestir.

Eu não disse nada, mas também gostava de vê-lo se arrumar. A maneira como se vestia, como esfregava os cabelos, como passava perfume e a maneira como calçava as meias... Era tão lindo... Quantas mulheres já não teriam se jogado aos pés dele?

— O que foi? Agora é você quem está me olhando pensativa.

— Nada de mais. Estava pensando que você deve fazer muito sucesso no seu... trabalho com as mulheres.

— Hum... Estava pensando no meu trabalho. Isso consome muito dos seus pensamentos, tenha cuidado. Mas admito que não tenho do que reclamar das mulheres que encontro no meu... trabalho. Gosto de todas elas. — Vestiu a camisa com o semblante carregado, talvez tanto quanto o meu.

— Alguma de sua preferência?

Théo, surpreendido pela pergunta, parou de abotoar a camisa, levantou os olhos e me encarou.

— E você? Algum homem de sua preferência no trabalho?

— Não tenho a mesma sorte que você, em sua maioria são arrogantes, mentirosos ou velhos babões. É um ambiente hostil, já te disse isso.

— Sim, disse... — Théo terminou de fechar a camisa e sentou-se para amarrar os sapatos. — Mas não compreendo o motivo de sua permanência em um ambiente tão inóspito.

— Sou covarde.

— Como?

— Não tenho coragem de sair de lá e ficar em casa esperando que um emprego caia do céu. Também não teria coragem de me aventurar em qualquer outro tipo de trabalho que não fosse convencional, entende?

— Perfeitamente.

— Administrar contratos de seguro não é fácil, eu me empenho para ser boa no que faço, não quero aceitar qualquer proposta só para sair de lá. Às vezes, penso e digo que aceitaria qualquer coisa, mas isso não é verdade. Estudei muito, não seria justo.

Théo ficou em silêncio, talvez ponderando sobre o que eu disse.

— Desculpe, não quis soar ofensiva.

— Não foi, não se preocupe.

Terminei com a escova modeladora e pedi para que Théo me ajudasse com o fecho do vestido.

— Você sabe que está belíssima, não sabe?

— São seus olhos.

Théo beijou meu ombro, inalando o perfume da minha pele.

Tantos pensamentos atravessaram a minha mente e não verbalizei nenhum deles porque sentia que, momentos antes do casamento do meu irmão, não era o ideal.

Luíza estava linda em seu vestido branco: um modelo simples e justo com um bonito decote inspirado na década de trinta. Não usou véu e, no lugar da grinalda, colocou uma faixa de tecido. O buquê de lírios brancos foi escolhido por causa de uma passagem bíblica.

Junior estava muito elegante em seu meio fraque de gravata na cor creme. Estava nervoso, não parava de massacrar os dedos nas palmas das mãos. Ao avistar sua linda noiva, abriu um sorriso enorme e seus olhos marejaram. Confesso que os meus também, meu irmãozinho estava se casando.

Olhei para Théo, sentado ao lado da Carol. Ele piscou para mim e meu coração se apertou mais uma vez. Sentia que nosso tempo juntos estava se esvaindo como areia escorregando na ampulheta, e aquele pensamento me doeu tanto quanto uma punhalada.

Théo piscou para mim mais uma vez. Estava com um semblante piedoso, contudo, a ideia de ele me deixar para seguir seu caminho persistia, insistia, machucava.

Carol, fazendo mímica, mandou que eu sorrisse. Disse algo no ouvido de Théo, que franziu o cenho e me olhou sério em seguida.

O que aquela louca poderia estar lhe dizendo?

Logo ele baixou a cabeça e prendeu os lábios nos dentes, parecendo pensativo, e voltou a me fitar, como se não fosse nada.

Letícia e João não se olhavam. Estava claro que aquele amor da vida toda estava chegando ao fim, não parecia um simples problema. Surpreendi João me olhando duas vezes.

Se, por um lado, eu ficaria imensamente satisfeita em vê-los separados, por outro, toda aquela motivação inicial havia ficado no passado. Naquele momento, estava mais interessada em saber se o recheio do bem-casado era de doce de leite ou nozes.

O discurso do pastor foi mais bonito do que nos ensaios; ele incrementou de última hora, emocionando a todos. Tive certeza de que meus pais estariam orgulhosos. Junior estava fazendo a coisa certa, sabíamos que sim. Luíza e ele foram feitos um para o outro, eram almas gêmeas.

Gostaria que Théo fosse minha alma gêmea.

Quando a cerimônia terminou e a festa começou, todos os pensamentos de outrora foram desaparecendo à medida que comíamos, dançávamos e ríamos.

Queria aproveitar ao máximo o sorriso de Théo contra meus lábios, interrompendo o beijo por duas vezes para nos rodopiar, segurando-me em seu colo como se fôssemos os únicos na festa.

Todos estavam encantados com meu *noivo* e com seu amor por mim.

Luíza nos chamou para jogar o buquê. Carol e eu não fomos, ficamos observando, afastadas.

— Não vai tentar o buquê? — Tia Ana surgiu ao meu lado. Olhei para Théo, que chegava com duas taças de prosecco.

— Não... Com certeza um buquê não vai me fazer casar.

— Pessimismo, oi, tudo bem...? — Carol resmungou, mas a ouvi claramente.

Luíza jogou o arranjo floral e acompanhamos aqueles lindos lírios brancos voando alto sob o pôr do sol.

"Se o fotógrafo for bom...", lembro de ter pensado exatamente isso antes de as flores aterrissarem em meus braços cruzados.

A mulherada gritou enlouquecida. Por pouco, as flores não foram para o chão.

Théo parou a mão com a taça estendida no ar. Instintivamente, olhei para ele, que, apesar da expressão surpresa, sorriu e me passou a bebida. Tilintamos um discreto brinde e bebemos.

— A mira da Luíza está perfeita. Não acha, tia Ana? — Carol foi puxando minha tia para longe de nós. Théo e eu ficamos sozinhos.

— Você é a próxima, querida.

As palavras dele não me fizeram bem. Meu peito doeu, pedi licença, tirando sua mão da minha cintura, e me afastei aos poucos.

Voltei para o chalé. Precisava de um minuto, um minuto meu, um pouco de paz, uma tentativa de colocar aquela confusão em ordem.

Iluminada apenas pelo abajur ao lado da poltrona de leitura, permaneci na penumbra, o buquê no colo, Théo lá fora e eu tentando desmanchar aquele nó na garganta com os goles de prosecco.

Capítulo 29
Morena

Bateram à porta. Não respondi. Se fosse o Théo, ele apenas entraria, pensei.

— Debby. — Sua voz grave me despertou daquele momento letárgico. — Posso entrar? — perguntou-me ao abrir a porta.

— Sim, claro.

Ele entrou, fechando a porta atrás de si. Não esbocei nenhuma reação à sua presença. Théo andou até mim e se agachou, apoiando as mãos em meus joelhos.

— Ei, o que anda te perturbando tanto, minha morena? — Minha morena, foi a primeira vez que me chamou assim.

— Adoraria mentir e dizer que é por culpa da emoção do casamento, mas...

— Mas é por minha causa. — Ele parecia chateado.

— Não. Eu que... Quando... quando... — Respirei para tentar coordenar os pensamentos. — Quando você disse que eu seria a próxima, apenas me senti mal com isso.

— Certo. E o que mais?

Suspirei. Ele não deixaria o assunto de lado. Iria escarafunchar até me desnudar por completo.

— No carro, ontem, você disse que tem pensado em mim como sua namorada.

— Sim, é verdade.

— Théo, eu não sei... Não sei se estou pronta para...

Théo apoiou a cabeça em meu colo antes de me olhar novamente.

— Voltamos à estaca zero? — Théo sentou-se na cadeira de frente para mim.

— Não é isso. Mas tente me entender, ainda hoje, enquanto nos vestíamos, você disse que gostava de todas as mulheres com quem...

— Não foi isso que eu disse — advertiu-me.

— Então foi o quê? Théo, pelo amor de Deus! Será que eu tenho estrutura pra tudo isso? Que espécie de namoro espera manter se tem vergonha de compartilhar sua vida comigo? Eu não entendo!

— Então o problema é esse? Mesmo?

— Sim. É esse.

— O que eu quero conversar com você não será nada fácil, nada que possamos discutir durante uma festa. Hoje é o casamento do seu irmão, ele está lá fora, sua família inteira está, e logo notarão a sua ausência. Eu preciso de tempo. Tudo o que peço é que confie em mim.

Puxei mais fundo o ar para meus pulmões. Tentei ao máximo não derramar lágrimas diante dele, mas foi em vão.

— Não gosto de te ver chorando sem motivo. Você está tão linda.

— Vir aqui... foi gentil.

— Não foi questão de gentileza, estava fugindo da sua tia Ana. — Isso me fez rir. — Vamos voltar pra festa, morena.

— Preciso refazer a maquiagem.

— Eu espero, não volto para lá sem você de jeito nenhum.

— Bobo.

Luíza e Junior saíram sem que os convidados percebessem. Achei romântico.

Théo e eu também tivemos nosso momento romântico. Dançamos de rosto colado, abraçadinhos, sem nem ao menos mover os pés. Apenas nos embalávamos em uma música lenta, sem nos importarmos que todos os outros estivessem pulando e gritando enquanto nossos pés estavam grudados no chão, nossos olhos, fechados, a mão de Théo, em minhas costas e as minhas, acariciando sua nuca.

— Quer fazer amor comigo? — Uma simples pergunta e meu corpo já reagia àquela voz que sussurrava em meu ouvido.

— Quero.

Théo me levou pela mão e fomos andando lentamente do salão de festas ao chalé. Olhando a lua, as estrelas, ouvindo o barulhinho da cigarra competindo com o som alto da festa.

— Quando eu era criança, adorava caçar cigarras aqui mesmo, nesse gramado — comentei.

— Você devia ser uma garotinha linda.

— Que nada. — Os elogios dele sempre me provocavam sorrisos involuntários. — Eu era uma moleca, sempre pulando, descabelada, com o rosto sujo de terra e grama. Daí um dos meus apelidos: "Debrita Cabrita". Foi meu padrinho quem me chamou assim pela primeira vez e todos copiaram.

— *Dio*, pensei que fosse apenas Debrita, não sabia que tinha uma rima para o apelido. — Théo me puxou para um abraço. — Hoje à noite, você pode ser minha cabritinha e pular em mim o quanto quiser. — A expressão dele era suja e eu gostei daquele olhar quente.

— Ah... eu quero, quero muito.

Assim que entramos no chalé, Théo me encurralou contra a parede, beijou-me até certificar-se de tirar todo o ar de meus pulmões, obrigando-me a afastá-lo para que eu pudesse respirar. Ele me afogava em seus beijos. E eu gostava.

Théo me ajudou com o vestido de fecho lateral, deixando-o aberto enquanto eu me desfazia de sua gravata e o puxava para mais um beijo, um desses em que quase não se beija porque está sorrindo, a pessoa também, os dentes quase batem e dali surgem mais risadas.

— Espere um minuto.

Théo se afastou, tirando o restante da roupa. Livrei-me de uma vez do vestido. Do meio de seus pertences, ele tirou um *iPod*, e logo o som de guitarras preencheu o quarto, era *Disease*, da banda Matchbox Twenty. Théo deixou o aparelho na mesinha e me puxou para mais um beijo de tirar o fôlego.

— Hum... Por que essa música agora, Théo?

— Quero fazer amor nesse ritmo. Agora.

— Você me deixa louca, sabia?

— Não fazia ideia...

— Com esse ritmo, nós não vamos fazer amor, vamos trepar.

— Eu não vou trepar com você, mas você pode trepar em mim. — E novamente aquela expressão cafajeste surgiu.

— Posso, é...?

— Uhum...

— Uhum...?

Os movimentos de Théo eram harmônicos, mãos e boca trabalhando em conjunto. Apertando-me, mordiscando, segurando meus cabelos, chupando, puxando-me de encontro a ele, lambendo, arfando, tocando, penetrando.

— Quero chupar você até que goze outra vez na minha boca.

— Théo... Podemos pular as preliminares? Estou pegando fogo...

Eu era inteira quando Théo me tocou pela primeira vez e fui feita em pedaços sob seus lábios, língua e mãos. A insanidade acenava para mim sempre que Théo tocava meu corpo. Ele invadia meu sistema e destruía minhas defesas. Render-me a ele não era negociável. Com Théo, eu abandonava qualquer conceito de pudor. Ele arrancava o controle das minhas mãos. Fazia-me saltar em queda livre, ansiando pela queda. Théo era a punição e a redenção em forma de homem. Sua saliva era psicotrópica e seu cheiro, inebriante. Um pujante soberano na arte da luxúria.

A lascívia em seu olhar era hipnotizante, sentia-me uma devassa sob seu toque.

Théo me penetrou até quase tocar nossas pélvis. Apertei os olhos. Ele parou e se afastou.

— Senta em mim. O controle é seu.

Na beirada da cama, de costas para ele enquanto suas mãos seguravam em meu quadril, Théo gemia e eu também. Em seu colo, pulsando vigorosamente, arranquei dele palavras desconexas. De mim, ele tirou sensações inimagináveis, até então.

O controle nunca foi meu.

Não conseguia raciocinar, Théo sabia. Colou a boca em meu ouvido, gemendo rouco, puxando o ar entre os dentes, gemendo mais uma e outra vez. "Molha meu pau, morena, quero sentir...". Deixei-me levar por aquela tormenta deliciosa que era o Théo dentro de mim, apertando-o entre minhas pernas mais e mais e...

— Isso, vem pra mim, deixa vir...

Théo não se moveu depois que gozei, tampouco deixou que eu me mexesse.

— Shhhh... Fique quietinha, espere um pouco, estamos sem cami...

A voz dele era sôfrega, mas não tive piedade.

Contraí-me internamente, embora ele tenha pedido que não o fizesse. Tracei círculos com os quadris com força uma, duas... Tornei a contrair a musculatura pélvica e quicar em seu colo. Théo permaneceu imóvel. Respiração irregular. Suor. Respiração ainda mais descontrolada. Finalmente segurou em minha cintura, sem saber se ficava ou se me arrancava de cima dele. Não deu tempo. Théo gemeu alto e optou por meu corpo de encontro ao dele, apertando minha carne nos dedos.

— Porra! Você é muito gostosa e... muito louca!

— Está tudo bem, eu quis isso — respondi enquanto deitávamos na cama.

Esperei até que sua respiração se acalmasse e me aninhei em seu peito. A música permaneceu em *loop*, mas nenhum de nós se importava com isso. Nunca mais eu ouviria *Disease* da mesma maneira. Théo me abraçou, beijando meus cabelos seguidas vezes.

"Eu te amo" veio tão claro em minha mente, quase saltando para fora da boca.

Eu o amava e isso era uma tortura.

— *Parece que você está fazendo uma bagunça.*

— O quê?

— Você é um inferno andante, me levou ao fogo e me deixou lá para queimar.

— Está citando a música? — Sorri e Théo nos virou para ficar sobre mim.

— Você está sexy pra caralho só de meia-calça e esse... colar de pérolas. Dois minutos para o segundo round?

— Dois minutos? Nada disso, seu amigo ainda está bastante animadinho — respondi, remexendo o corpo contra seu membro.

— Morena, morena... Quanta fome. Já que é assim, ponha um calcanhar em meu ombro, quero te ensinar uma coisinha... Você vai gostar.

Capítulo 30
Incerteza

Eu o amava.

Fosse ele michê, motorista de Kombi fazendo frete ou motorista do carro da tapioca. Eu o amava e sabia que precisava enfrentar minha insegurança para que ficássemos juntos. Amava a presença dele em minha vida, independentemente do que fazia para viver. Amava o carinho que demonstrava, a atenção a mim dispensada. Não queria acreditar que tudo aquilo fora comprado. Mas... Em momento algum ele falou sobre o dinheiro.

Minha mente dava voltas e voltas e sempre chegava ao mesmo ponto: a incerteza de que toda aquela dedicação era fruto dos dezoito mil reais. Ainda que aqueles olhos amendoados destruíssem a privacidade da minha alma, perscrutando minha íris em busca de... só Deus sabe o quê... ainda assim, eu desejava intensamente apagar aqueles pensamentos insalubres. Estava desesperada, queria me agarrar a qualquer fio de esperança de que aquele homem era meu.

Não poderia ser obra do acaso, ele era perfeito demais. Com ele, havia desejo, cumplicidade, ardência. Ele era sob medida. Théo tinha o dom de embaralhar minhas convicções e eu sofria com toda aquela intemperança.

Eu era sua prisioneira.

Sua voz gemendo baixinho, seus dedos entrelaçando os meus, lábios entreabertos, cenho cerrado. Sexy. Tudo nele era um elo em minhas amarras.

Um gemido curto e rouco para cada estocada. Desolador.

Toques cada vez mais urgentes. Beijos desesperados. Suor. Calor. Sobe, desce. Tremores. Entrar, sair. Mais rápido, mais forte, mais intenso, mais... mais...

Espasmos.

Novamente, Théo deixou sua assinatura em meu corpo.

Exaustão.

A cabeça não assimilava nada mais complexo do que um simples "incrível".

Théo estendeu a mão e desligou o som.

— Tudo bem? — perguntei.

— Tudo bem — sussurrou. — Vem aqui.

Estar nos braços dele, ouvir sua respiração, deitar a cabeça em seu peito, receber os carinhos preguiçosos em minhas costas... devia ser pecado, nada poderia ser tão bom sem que fosse condenável de alguma forma.

Não demorou até que o sono viesse.

— Debby... — Ouvi a voz do Théo distante, e ouvi mais algumas vezes.

Senti sua respiração em minha orelha e uma mordida leve que me fez sorrir, um braço forte que me puxava de encontro ao seu corpo, um nariz perfeito inspirando o aroma dos meus cabelos, roçando meu pescoço e nuca.

Falou com o hálito mentolado, sussurrando em meu ouvido seu desejo de bom dia.

Esfreguei os olhos para me acostumar com a luz do sol que invadia o chalé.

— Esquecemos de fechar o quebra-luz... — constatei, me sentando na cama.

Théo me olhava com o rosto apoiado na mão e um sorriso idiota.

Nua, levantei-me e fui para o banheiro. Abri a torneira e vi meu reflexo: cabelos desgrenhados, olhos borrados de rímel.

Filho da mãe, estava rindo de mim.

Demorei no banho. Quando cheguei ao quarto, Théo estava ao telefone, levantou os olhos em minha direção e sorriu entre um "aham" e outro.

— Eu sei, não tem problema, nos falamos quando eu voltar... Tchau.

Vesti meu biquíni e pedi para que ele me ajudasse com o laço.

— Perdemos o café da manhã, são onze horas...

— Não perdemos nada.

Ele fechou um dos olhos, apertando-o em uma careta.

— Tem razão, por um instante, esqueci que aqui você é a Dona Débora.

— Sim, sim... Vamos? — Coloquei um vestido quase transparente, amassando meus cabelos para tomarem volume nas pontas.

O telefone de Théo tocou mais uma vez, ele me olhou, esperando que eu falasse algo, mas coloquei os óculos escuros e saí. Théo veio logo atrás, mantendo uma pequena distância que não me impedia em nada de ouvi-lo falar em italiano. Ele falava rápido, as palavras tropeçando em meus ouvidos em um tanto de erres e tes.

Estava curiosa, tentei manter a ansiedade sob controle, apenas um dia e ele me contaria tudo. Mas e se não contasse? E se ele simplesmente partisse? De que maneira eu poderia encontrá-lo? Sem um endereço fixo, nome, nada.

O homem do restaurante poderia me fornecer informações valiosas, pareciam tão íntimos. Talvez ele soubesse algum dado concreto sobre o Théo.

Estava decidida, não esperaria. Iria até a entrada de Penedo em busca de respostas.

Capítulo 31
Reconhecido

Théo não se despediu, desligou, enfiou o telefone no bolso da bermuda jeans e, com três passadas largas, me alcançou. Eu estava de braços cruzados e ele me abraçou por trás, beijando e beijando minha bochecha.

— Desculpe, minha morena linda.

— Tudo bem. — Théo nos parou e virou-me para ele, tocando minha testa com as costas da sua mão direita.

— Eu sabia que não deveríamos ter adormecido sobre os lençóis molhados. Você ficou doente? Sem perguntas?

— Não estou doente nem vou perguntar nada.

— Fico satisfeito que esteja confiando em mim.

— Só mais um dia, não é?

— Sim, só mais um dia. Só nós dois, daí conversamos, ok? — Aquiesci.

Entramos na cozinha pelos fundos. Tia Ana e as ajudantes preparavam o almoço. Ela nos serviu de café, bolo, pão doce e iogurte. Ficamos à mesa ali mesmo, na cozinha. Por algum milagre, tia Ana não sentou-se conosco para... trocar informações.

Francamente, ela reclamava um bocado por não acertar parte de uma receita nova.

— Tia Ana, viu a Carol?

— Saiu cedo, estava com a Duda.

A prima de Luíza e a Carol tinham muitas coisas em comum, a começar pela bissexualidade.

— E meus primos? Meus tios?

— Alan ainda não saiu do quarto com a namorada, Alessandro está na piscina com Guilherme, Rosane foi na rua. Seu tio Bento, não sei, e Emília está arrumando a tela para sombrear a horta.

— Hum...

— Mas que droga! — tia Ana vociferou, assustando ao Théo e a mim.

— Tia, que tanto a senhora tenta fazer?

— É o molho da caçarola de frutos do mar. Não está ficando bom!

Théo esticou os olhos na direção dela e sorriu, balançando a cabeça.

— Que foi, Théo? — perguntei.

— A pimenta está errada.

— O que disse? — Tia Ana ouvia muito bem.

Théo levantou-se, ainda mastigando o bolo de laranja, e parou ao lado da tia Ana. Ela era muito pequena perto dele. Théo empurrou o bolo para o canto da boca.

— Dona Ana, a pimenta branca é muito branda para esse prato.

— Muito branda?

— Precisa estar... — Théo pensava, estalando o dedo. — *Più caldo!*... Bastante... bastante ardente! Ardente no final da colherada, *capisce*?

Que inferno. Sempre que aquele homem abria a boca para se expressar em italiano, eu quase molhava a calcinha.

— Estou "capiscando". — Tia Ana me arrancou uma gargalhada de mim e do Théo. — Mas a receita diz pimenta branca!

— Esta receita não está bem traduzida. Veja, tia Ana, isso é Caldeirada Mediterrânea, é um prato muito comum na Toscana, lá chamamos de Caldo... — *"Lá chamamos" de caldo.*

Enquanto Théo explicava a receita para minha tia, eu saí.

Sandro fez cara feia, mas não abriu os olhos.

— Está bloqueando o meu sol!

— Bom dia, meninos. Me empresta a moto? — Alessandro deu uma risada debochada.

— Mas é claro... que não!

— Rapidinho, preciso ir antes que o Théo dê pela minha falta.

— Cadê seu deus grego? Está segura quanto a deixá-lo sozinho?

— Ele está na cozinha com sua mãe. Me empresta, Sandro. Por favor... — Ele torceu a boca e revirou os olhos, finalmente concordando. — Show! Cadê as chaves?

— Guilherme, onde estão as chaves da CB?

— No bolso da minha calça, em cima da mesa.

— Obrigada, rapazes, já volto.

O restaurante era logo o primeiro. Entrei para perguntar, descrevi o tal homem que vi no primeiro dia, o que conversou com o Théo aparentando conhecê-lo. Soube se tratar de um dos donos, que não estava naquele momento. Perguntei sobre o Théo, descrevendo-o com detalhes, mas ninguém ali parecia saber quem era. Frustrada, resolvi voltar para a pousada.

Antes de dar partida na moto, um dos garçons veio em minha direção.

— Oi... Acho que sei quem está procurando.

— Sério? — Meu coração disparou.

— Não sei se é esse o nome dele, mas, pela sua descrição, alto, cabelos claros, com sotaque... acho que é um cara que trabalhou aqui... — O que fazia sentido, Théo sabia muito sobre culinária, poderia ter aprendido muito enquanto trabalhava no restaurante.

— E você pode me contar?

— Bem... — ele iniciou.

Dizer que fiquei decepcionada seria eufemismo. Ouvir a história do tal garçom não foi fácil, voltei para a pousada com um peso enorme no peito.

Contudo, a cena que vi ao estacionar foi digna de aplausos.

Letícia discutia com João enquanto colocava sua bagagem no carro. Ela o xingava de todos os palavrões conhecidos, mas, ao me ver, se calaram. Passei por eles, fingindo total desinteresse pela conversa nada amigável.

— Mentira que você já voltou! — disse Guilherme.

— Falei que era rápido.

— Que sorrisinho é esse? — Alessandro perguntou.

— O casal de traíras estava aos berros no estacionamento, como não sorrir?

— Ainda? Você perdeu. O circo começou lá dentro, tia Emília se meteu... Uma vergonha.

— Conta tudo! — pedi.

— Letícia já saiu de lá de dentro aos gritos, xingando o João, uma cena deplorável. Não sei o motivo, embora desconfie, mas acho que esse romance já é pretérito.

— Desconfia de quê? — inquiri.

— De que tenha sido por sua causa, meu bem.

— Por minha causa? Depois de um ano?

— Debby, acorda pra vida, princesa. Você arrumou outro muito melhor do que o João. Ele está se mordendo! Se rasgando! E, segundo a Letícia, brochando... — A voz de Sandro foi sumindo.

Embora meu primo fizesse uma careta estranha, ignorei o bico que fazia. Estava empolgada. Finalmente, a justiça.

— Apesar de querer que ele se dane... Não nego que estou muito contente! Sabe muito? Muito!

— Contente pelo quê? — Théo me assustou e dei um pulo.

— Oi. — Envergonhada, olhei de Théo para Sandro, que virou a cara.

— Letícia foi embora, largou o João — Guilherme respondeu e Sandro lhe deu um beliscão.

Théo não reagiu bem.

— E você está *muito contente* por isso? — ele imitou o jeito como falei. Estava furioso.

— E o tal prato? — Mudei de assunto.

— Tudo certo, ficou do jeito que ela esperava — respondeu sério.

Théo tirou a bermuda, a camisa e mergulhou; precisava esfriar a cabeça, afinal.

— Esse homem é tudo, prima. — Olhei para Gui, que olhou para Théo e concordou com a cabeça. Ao menos não eram ciumentos. — Que equipamento...

— Ele é tudo, sim...

— Um tanto possessivo — Guilherme comentou —, mas gostoso até o último fio de cabelo. — Olhei para meu primo, que olhou para Théo e concordou com a cabeça.

Théo saiu da piscina. Charmoso até embaixo d'água, qualquer um diria que ele estava gravando um comercial de perfume importado. Passou as mãos nos cabelos, jogando-os para trás, os lábios entreabertos, a água descendo em cascata por seu corpo. Ele veio em minha direção, e eu não conseguia desgrudar os olhos, tampouco piscar. Taquicardia e respiração suspensa: sintomas claros da presença de Théo.

Ele, visivelmente mais calmo, inclinou-se sobre mim na espreguiçadeira, e nós nos beijamos; ele me molhou.

— Vou pegar alguma coisa para bebermos... Vocês aceitam? — perguntou para Sandro e Gui, que negaram com a cabeça sem dizer uma só palavra.

E lá foi ele com sua sunga boxer preta...

Sandro franziu as sobrancelhas e levantou um dedo indicador, recuou o dedo, levando-o à boca, olhou para Guilherme e apontou para o Théo...

— Eu conheço aquela tatuagem. — Sandro apontou para as costas de Théo.

Oh, não.

— Tatuagem é uma coisa tão comum, primo... Eu mesma tenho vontade de fazer uma borboleta no tornozelo, mas dizem que dói... Uma estilizada, de repente...

— Acho que já sei de onde!... Ah! — *Oh, não. Oh, não, não, não.*

— Vadia! — Sandro exclamou em um fio de voz. — Inacreditável! Como assim que você está noiva *desse* homem?

— Por favor, Alessandro, não comenta isso com ninguém! — pedi, desesperada.

— Lembrou de onde, amor? — Gui perguntou casualmente.

— Daquele voo pra Milão! Não sei como não reparei antes!

— Cristo! Ele estava sem camisa? — questionei, apavorada.

Que tipo de pervertido eu tinha nas mãos?

— Ah! Não seja palhaça! Você sabe muito bem do que estou falando.

Carol e Duda juntaram-se a nós, rindo bastante. Carol ficou séria quando nossos olhares se cruzaram.

— Que cara é essa, Debby?

Antes que eu pudesse falar, Sandro vangloriou-se.

— Descobri de onde conheço o "Théo". — Fez questão de pôr o nome dele entre aspas.

— Oh, é...? Que coisa... — Carol respondeu. — Debby, vem aqui comigo rapidinho. Duda, só um segundo...

Nós nos afastamos e Carol coçou o queixo, disfarçando.

— Ferrou, amiga. — Assenti.

— Já estava tudo ferrado antes disso.

— Como assim? O que aconteceu?

— Fui até o restaurante. Um garçom disse coisas horríveis sobre o Théo.

— Coisas? Que coisas?

— A começar pelo nome: Oscar. Morava em um quartinho nos fundos do restaurante, foi acolhido por um dos donos quando foi expulso da casa do pai. Segundo o garçom, isso aconteceu por ele ter tentado abusar sexualmente da madrasta. O dono do restaurante se cansou de vê-lo mendigar comida e lhe deu abrigo em troca de trabalho. Isso aconteceu há bastante tempo, e o tal Oscar foi embora com um gringo, levando joias e dinheiro que roubou da família, da tal madrasta molestada. E tem mais...

— Não, espera! Para! — Carol me interrompeu, visivelmente irritada. — Tudo errado! Aquele Théo que conhecemos não me parece capaz disso, não! Abusar de uma mulher... Nossa, ele poderia ter te estuprado! Você sabe disso! Calma lá! Com certeza o Théo e esse Oscar não são a mesma pessoa!

— Não sei... Não sei... Estou tão confusa!

— Confusa? Débora! É o Théo! Lembra? Que fez comidinha pra você por quase três meses, entrou e saiu do seu apartamento diversas vezes, nunca tirou de lá um mísero alfinete, nem tentou nada com você, muito pelo contrário. Acho que qualquer outro no lugar dele já teria transado com você desde a primeira vez, no bar.

— Ah! Não sei o que está acontecendo comigo, estou apavorada com o que ele tem para me dizer. E se ele quiser que eu aceite essa vida que ele leva?

— Um passo de cada vez, agora você deve focar em manter seu primo de bico calado.

Capítulo 32
Desavenças

Voltamos tensas, e meu querido primo nos olhava confuso.

— Olha, Debyzinha, você pescou um tubarão com isca pra sardinha. Não se preocupe, o segredo de vocês está seguro, afinal, é muito louco estar com um homem como ele, não é mesmo? Não vou contar para ninguém, fique tranquila. — Sandro arrumou os óculos escuros estalando a língua no céu da boca. — Excêntricos... — Então se levantou, puxando Guilherme pela mão, e foram para a piscina.

Estava sem chão. Duda, sem entender nada daquela conversa, amarrou os cabelos cacheados em um coque apertado, deu um beijo rápido em Carol e também foi para a piscina.

Carol sentou ao meu lado, a boca envergada para baixo.

— Deu merda.

— Deu merda — concordei.

— Espero que o Sandro fique mesmo de boca fechada.

— Eu também... Pelo visto, ele sabe das atividades do Théo como garoto de programa.

— Estou mais preocupada com você considerar as atividades dele, antes. Tenha calma, Debby, esse é um terreno desconhecido.

Sandro manteve sua palavra e foi discreto. Théo ficou bastante surpreso quando soube que fora reconhecido pela tatuagem. Quando perguntei se ele havia feito algum *strip tease* no avião, além de não responder, gargalhou.

Quando suas risadas acabaram, fitou-me demoradamente.

— Minha morena, vamos parar de fantasiar... Além do mais, não tenho culpa de ser um cara atraente. — Passou a mão no cabelo com um semblante convencido. Apesar de falar em tom divertido, achei aquele um jogo muito perigoso.

— E se eu disser que posso esclarecer tudo isso ainda hoje?

— É mesmo? É isso que tem vontade de fazer? — Théo se aproximou sem me tocar e baixou a cabeça, me olhando nos olhos. — Você precisa reaprender a confiar. Confie em mim. Estou pedindo um dia.

Théo desfez meus braços cruzados, segurando em minhas mãos, e me puxou para um abraço.

— Você é curiosa e impaciente — prosseguiu —, não mereço o benefício da dúvida? Posso ter uma boa explicação.

Théo me apertou em seus braços. O olhar sempre intenso, sempre faminto.

Não se importou de estarmos no jardim, apertou minha bunda, levantando-me um tanto do chão e levando-me de encontro ao seu corpo, e esmagou meus lábios nos seus.

— Você me faz pensar em uma vida nova. Eu quero você. — As palavras de Théo me entorpeceram, eu não soube o que dizer, então, calei-me.

Pouco depois do meio-dia, nos sentamos à mesa para o almoço. Como sempre, havia três opções de pratos principais no cardápio da pousada. Entretanto, o Caldo Mediterrâneo foi o que acabou primeiro. Como entrada, polvo lagareiro. De fato, Théo cozinhava divinamente, caindo nas graças de tia Ana e tio Bento.

— Como é que um homem tão bonito sabe tanto sobre cozinha? — Tia Ana se desmanchava quando falava com Théo.

— Dona Ana, eu passei muito tempo com minha avó, e o passatempo preferido dela era cozinhar. Passei a infância e boa parte da adolescência na cozinha. — Théo me olhou de esguelha, e senti que ele me dava pequenas pistas sobre sua vida.

Ele sabia perfeitamente bem conduzir os assuntos, detalhando algumas coisas e contornando com maestria o que não queria falar. Na certa, seria leviano afirmar que todo aquele charme era espontâneo, ou se era mais uma de suas táticas para desviar dos assuntos mais complicados, ocupação e família. Tudo nele encantava, não apenas a mim, mas outras mulheres também. O olhar de uma timidez fingida, o sorriso que sempre terminava com uma mordida no lábio inferior. Ele fazia questão de olhar todos nos olhos.

— Por favor, pare com isso — sussurrei em seu ouvido sutilmente.

— Parar com o quê? — respondeu de forma cínica.

— Seduzir as mulheres à mesa — disse entredentes.

— Não estou *seduzindo* ninguém.

— Que tanto vocês cochicham? — Rosane, filha de tia Emília, perguntou.

— Assunto de casal! — respondi com azedume.

— Ok, desculpe... — Rosane levantou as mãos em rendição. — Não queria atrapalhar. Hum... Théo, vocês estão praticamente casados, afinal, moram juntos e tal... Hum... Você pensa em casar de papel passado ou vai enrolar a minha *prima* no melhor estilo "eterno enquanto dure"?

— Como? Não entendi a pergunta — ele inquiriu enquanto eu estava chocada.

— É que, no geral... os relacionamentos da minha *prima* não duram apenas tempo suficiente pra ela fazer uma festa de casamento. Desculpe, prima, é a sua fama.

— Antes de qualquer coisa, deixe-me esclarecer dois pontos, Rosane. — Aquela garota me tirou do sério. — Primeiramente, não sou sua prima, você é filha da irmã da esposa do meu tio. Portanto, pare de me chamar de prima, soa falso. Segundo, você completou dezoito anos agora, não sabe nada da vida, menos ainda dos meus relacionamentos. Aliás, você não sabe nada sobre coisa alguma, e, se a minha fama é essa, a sua é muito, mas muito pior.

— Ok! — tio Bento, da outra ponta da mesa, interrompeu sua conversa paralela ao perceber que os ânimos estavam exaltados daquele lado da mesa. — Vamos falar de outro assunto! Ei, Théo, você que torce para a Itália, o que achou da Copa, uh? A Coreia derrubou vocês, não foi?! — Tio Bento gargalhou.

— Não, não, não! — Théo também sorria quando voltou sua atenção para meu tio. — Claramente roubado! Claramente! Aquele gol do Tommasi foi válido! Culpa daquele maldito árbitro equatoriano!

— Ah! Mas e as outras partidas? — o irmão de Rosane, Alan, que estava sentado ao lado do tio Bento, comentou.

— Não, não, não... Eu insisto, tudo começou quando fizemos 2x0 no Equador!

Até que para quem não gostava de futebol, como havia dito, Théo falou muito bem sobre o mundial. E eu me perguntava até que ponto ele foi sincero comigo. Havia alguma realidade em tudo aquilo? Dá-lhe... *América*?

— Ah, mas ganhando ou perdendo, eles são lindos! Aquele... Cristiano *Zanétti*, então... Pra ser bonito tem que nascer italiano... — O jeito afetado com que Rosane falava me enlouquecia e não era de um jeito bom.

Enquanto Théo corrigia a pronúncia de Rosane, ela mexia e remexia nos cabelos. O sangue ferveu em minhas veias, então levantei-me abruptamente, a cadeira escorregando ruidosamente no piso cerâmico. Carol, que até aquele momento conversava distraidamente com Duda, segurou meu pulso. De repente, eu era o centro das atenções.

— Com licença, vou buscar mais suco. — Apesar do súbito descontrole, minha voz soou branda.

— Débora, o que foi aquilo? — Théo fechou a porta do chalé.

Eu estava transtornada. Os dois flertaram descaradamente.

— Que ódio! Quanto tempo levei para buscar aquele bendito suco? Três minutos? Três minutos e vocês já estavam pegando na mão um do outro? Ela mal completou dezoito anos, Théo! Que inferno!

— Você está equivocada. Posso explicar ou vai passar a tarde toda me evitando?

— Você é movido a isso! A... A... Essa coisa de... de... ter de ser o senhor da luxúria! O sexy, o irresistível, Théo!

— Pare com isso. — Théo modificou sua postura, com um dedo indicador erguido em minha direção.

— Não vou! Porque é a verdade! Você tem o ego tão ou mais ferido que o meu! Não, pior, com certeza pior, pois precisa se reafirmar com uma pirralha que mal saiu das fraldas!

— Pare.

— Estou falando o que você não quer ouvir e que, provavelmente, ninguém foi corajoso o bastante pra falar na sua cara! Mas preste bastante atenção no que estou dizendo. Se quiser ficar com ela, vai ser apenas sexo, porque o pai dela não deixou nenhum centavo. — Mudei o tom de voz de irritado para irônico; estava descontrolada. — Ah! Quanta ignorância a minha. Basta que você agencie a garota, tino para o negócio ela tem e você será um excelente gigolô!

Théo ficou em silêncio. Primeiro, boquiaberto, depois, tenso. Inalou o ar com força, prendeu a respiração e soltou de uma só vez pelas narinas.

— Não vou perder a cabeça com você — respondeu irritado. Os olhos se semicerraram e a mandíbula tensionou.

Deu-me as costas para sair do chalé, mas eu não permitiria que a última palavra fosse dele, não enquanto a razão fosse minha.

— Eu não disse que podia sair!

— Como é? — perguntou-me pausadamente. Furioso, virou apenas o rosto na minha direção.

— Você ainda trabalha pra mim. Não admito que vá se esfregar naquela cadela bem debaixo do meu nariz!

— E se eu sair? Vai desfazer a transferência do meu dinheiro? — Ele estava muito sério.

— Dinheiro... Sempre foi pelo maldito dinheiro. É por isso que eu não poderia te amar nunca. Você não consegue ser nada diferente disso, de um prostituto.

Théo cerrou os olhos com força e saiu do chalé batendo a porta.

— Você fez sua escolha! — gritei para que me ouvisse. Aquele, definitivamente, não foi um bom dia.

Théo se manteve distante durante toda a tarde e, antes de o sol desaparecer de vez no horizonte, fui caminhar fora da pousada.

Ao cair da noite, dispensei o jogo de baralho e aproveitei que o salão da piscina aquecida estava vazio para relaxar, liguei meu *iPod*, que ecoou pelo salão a voz de Sade. A primeira música a tocar foi *By your Side*. Enrolei uma toalha e usei como apoio para minha cabeça, na borda da piscina. Precisava pensar em tudo que estava acontecendo entre mim e Théo. Por mais esforço que fizesse para manter o foco, nada parecia dar certo com ele. Eu sempre me atrapalhava e nunca dizia o que estava em meu coração.

Não sabia se deveria confiar no Théo, ao mesmo tempo em que compreendia que aqueles beijos e abraços não poderiam ser encenação. Estava morrendo de medo que me trocasse por outra pessoa que pagasse o dobro. Obviamente, não era o caso da Rosane, mas, aos trinta anos, como competiria com uma garota que estava desabrochando a cada dia?

Ouvi e senti a água se agitando, mas não me dei ao trabalho de abrir os olhos. Não estava pronta para me desculpar com Théo. Ainda que eu estivesse certa sobre muitos pontos em nossa discussão, sabia que estava errada em expor tudo com palavras tão ofensivas.

Primeiro, foi o toque de suas mãos em meu rosto, ainda que de maneira mais possessiva. Levantou minha cabeça da borda para que o encarasse, mas eu me recusava, não queria ter de olhá-lo nos olhos depois daquela discussão horrível. Depois, senti sua respiração em meu rosto. Eu não queria beijá-lo, mas ele tocou meus lábios.

Franzi o cenho, aquele toque...

Abri os olhos, assustada.

João?

Capítulo 33
Descontrole

Meu coração parecia querer pular do peito. Arregalei os olhos, incrédula com a ousadia de João. Como ele pôde nos desrespeitar, ao Théo e a mim, daquele jeito?

Empurrei João, afastando-o de mim. Enquanto me encarava com seus olhos verdes, notei a mesma expressão que fazia quando nos reconciliávamos. Algo cresceu em mim. João era muito bonito e, ainda assim, eu não conseguia enxergar beleza alguma em tudo aquilo. A sensação de repulsa aumentava a cada segundo, até que não pude suportar.

— Que nojo! Você é um porco! — Mergulhei para fugir da proximidade com ele.

Rapidamente, saí da piscina. Eu cuspia e limpava os lábios com as costas das mãos; estava tão enojada que achei que fosse vomitar.

Não imaginava que me sentiria assim com aquele toque. Sentia-me suja, queria arrancar a impressão nauseante de mim.

— Débora, vamos conversar, espera!

— Conversar? Você é imundo, João Vitor! Eu te odeio! — Aquilo foi sincero. Eu o odiava. Até aquele momento, não sabia que aquela mágoa que ele me causou se transformara em ódio.

— Não é possível que tudo o que sentia por mim tenha acabado! Não restou nada?

João saiu da água, caminhando em minha direção. Enrolei-me no roupão branco e felpudo e já me dirigia à entrada quando ele me segurou pelo braço.

— Por favor, me escute, eu errei muito! Muito! A Letícia é uma cópia malfeita de você, Dé! Eu fiquei rodando em vazio, no fundo, quem eu sempre quis estava ao meu lado!

— Larga o meu braço! — Inspirei profundamente, tentando me acalmar, e puxei meu braço de sua mão. — Você não entendeu o que eu disse? Eu te odeio! Eu a odeio! Vocês me humilharam na frente da minha família, dos nossos amigos! Vocês me destruíram sem piedade!

— Estou aqui te pedindo perdão! Me deixei levar e me enredar pela vagabunda da Letícia!

— Um ano e três meses depois... — Minha voz era quase um sussurro. Meneei a cabeça em negativa. — Você é mesmo um grande homem, João. Responsabilizar a Letícia... É realmente a atitude de um homem de verdade.

— Não precisamos de ironia, estou sendo sincero! Vai me dizer que em tão pouco tempo você sente mais por aquele cara do que sentiu por mim em quase quatro anos?

— O quê? Eu não estou ouvindo isso... João! Você quer discutir uma relação que não existe! E não fale do Théo! O que eu sinto por "aquele cara" em menos de quatro meses é mais forte do que você jamais conseguiria me fazer sentir em uma vida inteira!

— Aquele cara é um idiota narcisista!

— Você é o idiota aqui! Não ouse falar do homem que eu amo!

Sim, eu admiti em voz alta que amava o Théo e aquela confissão veio do fundo do meu coração. Ali, naquele exato instante, eu soube que deveria dar uma chance aos meus sentimentos. Sem medo.

João segurou-me uma vez mais. Fechou os dedos de ambas as mãos em meus braços, machucando-me, tentando me beijar. Virei a cabeça de um lado a outro, evitando a qualquer custo que seus lábios tocassem os meus. Empurrei-o com toda a força, conseguindo me soltar. Espalmei seu rosto violentamente, fazendo-o virar a cabeça para o lado.

Finalmente ele entenderia.

João puxou o ar para dentro de seus pulmões de olhos fechados e esfregou a vermelhidão que se destacava na bochecha esquerda.

Os olhos verdes de João se estreitaram.

— Quando acabar de brincar de casinha com aquele italiano, eu vou estar aqui. Esperando.

João saiu do salão da piscina.

Sentei-me na espreguiçadeira e escondi o rosto nas mãos, abafando a horrível sensação que me sufocava. As lágrimas caíam copiosamente. A voz de *Sade* ainda ecoava pelo salão, *No Ordinary Love* me lembrando quão importante era o que eu sentia por Théo.

Antes de a música terminar, ouvi passos apressados. Levantei os olhos e vi Carolina correndo em minha direção.

— Débora! O que aconteceu? O Théo... — Carol gaguejou. Em seu semblante, havia angústia.

— Théo?

— Por que ele está indo embora? Acabou? Aquilo tudo...

— Quê? — Minha voz saiu aguda e nervosa.

Deixei Carol de lado e corri atrás do Théo. Aquilo não fazia nenhum sentido.

Por que iria embora? Por que estava me deixando? Por que...

Merda!

Corri o mais rápido que pude. Cheguei a tempo de ver o carro se afastando pelo portão da pousada.

Meu peito doeu tanto, levei minhas mãos à cabeça e andei de um lado para o outro sem saber o que fazer. Não conseguia pensar em mais nada. Ele estava me deixando.

— Théo!

Todo o ar se esvaiu dos meus pulmões e deixei um grito desesperado ganhar liberdade.

Carol me segurou, tentava me abraçar e eu a repelia. Não queria ser consolada. Queria o meu Théo. Queria o meu amor.

— As chaves! As chaves do carro! Me empresta seu carro, preciso ir atrás dele! Preciso alcançá-lo!

— Você enlouqueceu? Você não vai sair daqui nesse estado!

— Porra, Carolina! Me empresta a merda da chave do carro!

— Não vou! Foda-se! Olha como você está! Calma!

— Então me leva! Por favor! Por favor...

Por mais que Carolina quisesse, ela não tinha forças para me levantar do chão. Ajoelhou-se ao meu lado, pedindo para que eu me acalmasse, mas eu não podia.

Ela não entendia? Aquele homem era o amor da minha vida!

Eu o queria de volta, eu queria... Queria matar o João.

Levantei-me em um salto. Com isso, Carol se desequilibrou, caindo sentada. Então eu corri ainda mais. Atravessei o estacionamento, o pátio de entrada, jardins e a piscina comum. As pessoas na recepção eram apenas borrões, e desviei de mais dois hóspedes no corredor interno.

Quando fechei a porta do quarto, devo tê-la empurrado atrás de mim com tanta força que ela tornou a abrir. João se assustou. Eu estava completamente descontrolada. Descontei todo aquele ódio em cima dele. Foram quase quatro anos da minha vida jogados no lixo. Foram muitas piadas infames que tive de ouvir. Mesmo assim, ele insistia em estragar a minha vida.

Ele se defendia como podia e eu não parei de atacá-lo nem quando seu nariz sangrou, depois do soco que lhe dei. Eu tremia, simplesmente não conseguia parar, pouco me importando com a dor em meus dedos. A joelhada entre suas pernas foi precisa e desferi outro e outro golpe, até que ele caiu em posição fetal. Eu seguia com pontapés, não me importando onde o atingia, desde que o acertasse.

Quatro braços me seguraram, arrastando-me para longe. Ainda assim, eu tentava atingir João com mais chutes e pontapés. Eu gritava para quem quisesse ouvir que o odiava, o odiava com todas as minhas forças.

Alguém tentou me dar água com açúcar, mas joguei o copo longe.

Nem mil silos de açúcar seriam capazes de adoçar minha vida naquele momento. Nem toda a água adoçada seria capaz de amenizar meu desespero.

Capítulo 34
Vazio

Passei boa parte da noite trancada no chalé, sozinha. Por mais que Carol insistisse para que a deixasse entrar, eu não queria falar com ninguém, nem mesmo com ela. Especialmente ela. Ruminei a decepção que sentia por ter me impedido de ir atrás do Théo. Carol avisou que deixaria meu *iPod* na soleira e que esperaria eu me acalmar para conversarmos. Ela falou alto, sem saber que eu estava do outro lado da porta, no chão, abraçando minhas pernas.

Passei a noite em claro, fitando o branco da parede, sem nenhuma sombra para me distrair, nenhuma figura formada, nenhum som. A temperatura externa beirava os vinte e seis graus e dentro de mim era glacial.

O travesseiro ficou molhado pelas lágrimas que insistiam em rolar. A dor se intensificava. Apertei o celular nas mãos. Foram tantas as mensagens que deixei, tantas chamadas... Todas ignoradas.

O dia clareou, mas não fazia a menor diferença. Eu estava no escuro.

Recolhi roupas, sapatos, cremes e perfumes. Joguei tudo na mala sem me preocupar com arrumações. Usados ou não, todos misturados.

Antes que a movimentação na pousada começasse, liguei para um serviço de táxi. Queria ir embora o quanto antes, queria sumir.

O carro parou na entrada da pousada. Eu desci, arrastando a mala pesada do jeito que pude. O taxista me ajudou quando me aproximei, abriu o porta-malas e, antes que terminasse, ela interrompeu. Carol.

— Sério que vai embora de táxi?

— Já estou indo.

— Vamos juntas. — O pedido ficou no ar. Eu neguei. — Uma vez, nós brigamos por uma bola de vôlei oficial, lembra? Ficamos dias sem nos falar...

Desviei o olhar para o chão. Carol prosseguiu.

— Da outra vez, acho que tínhamos o quê? Dez, onze anos. Discutimos feio, nem sei se foi por culpa de uma boneca ou se foi porque ri daquele seu pôster ridículo do...

— Do Ritchie, *Menina Veneno*. Foi por isso. — Eu me lembrei perfeitamente do caso.

— É... Foi sim. Você ficou furiosa! Não olhou na minha cara por... sei lá, duas semanas. — Carol sorriu, meneando a cabeça em negativa antes de continuar. — Mas nunca, nunca brigamos por causa de um homem. Nunca, irmã. Essa vai ser a primeira vez?

A pergunta de Carol ficou sem resposta. O taxista olhava de mim para ela. Com os olhos marejados, fui até Carol e nos abraçamos apertado. O taxista foi embora um tanto contrariado, mas desejou-me sorte.

— Pensou que sairia à francesa?

— Quero ir embora. Não quero olhar minha família depois de ontem.

— Então vamos agora. Vou buscar minhas coisas.

Carol se apressou para que saíssemos sem despedidas ou perguntas, ela sabia que por "minha família" referia-me à tia Ana. Tia Ana e suas arguições desmedidas.

No carro, cobri as orelhas com fones e fechei os olhos, um sinal claro de que preferia o silêncio de uma viagem tranquila.

O carro de Carol recebeu uma fechada na serra e por pouco não nos acidentamos. Abri os olhos, assustada. Carol xingou e socou o volante.

— Esse filho da puta quase nos jogou lá embaixo!

— O que aconteceu?

— Ele tirou carteira em Paquetá! Desgraçado! Filho da puta!

Eu ri, Carol irritada desandava a xingar com seu sotaque capixaba. Era engraçado.

— Acalme-se. O babaca já foi.

— Ele vai bater! Você vai ver se a gente ainda não vai passar pelo carro dele todo fodido em uma árvore!

— Isso pode acontecer...

— Você está legal? Sua cabeça foi de um lado para o outro... Sacudiu os parafusos todos aí, uh?

— Eu vou sobreviver, não se preocupe.

Ficamos em silêncio por um curto instante, o suficiente para que Carol ponderasse entre iniciar o assunto ou não.

— Debby, *ele* deixou escapar que você disse umas coisas nada bacanas...

Permaneci em silêncio, esperando que Carol concluísse.

— E... Eu disse que vocês precisavam conversar de cabeça fria, isso foi um pouco antes de ele sair para caminhar. Francamente, não sei o que pensar.

Virei o rosto para observar a paisagem e fiquei calada.

Estava certa de que ele havia visto alguma coisa na piscina. Théo não romperia nosso acordo tão intempestivamente.

As lembranças me torturavam sempre que eu pensava no assunto. Tão claras. O discreto sinalzinho acima do lábio que praticamente sumia quando ele sorria. O jeito como ele partia o pão em pequenos pedaços e os levava à boca. Seu abraço apertado. O jeito hábil com que dava um nó de gravata. A voz dele. O cheiro. O gosto dele.

— Posso te falar uma coisa que ouvi do seu tio? — Virei o rosto na direção da Carol. — Ele disse que nunca antes te viu querer tanto uma coisa.

Não foi nada fácil entrar no meu apartamento, tão vazio quanto meu coração, sem o Théo. Andei com medo dos meus próprios passos, minha respiração em desalinho enquanto me aproximava do quarto. Parei diante da porta aberta do banheiro. Sobre a pia, somente os meus pertences.

No quarto, nada nas gavetas, nem no guarda-roupa. Levou até mesmo as roupas lavadas, ainda amassadas.

Meu coração martelava no peito da maneira mais dolorosa possível.

Sentei-me no corredor frio e apoiei a cabeça nos joelhos, enlaçando minhas pernas em um abraço. Nada mais importava.

Nada.

Comecei a questionar minhas atitudes, ali, sentada no corredor do meu apartamento vazio.

Sabia que mais uma vez um relacionamento meu estava sendo comentado entre uns e outros como a mais nova fofoca. Sem dúvida estariam questionando a traição que cometi contra o Théo.

Sempre afirmei que não me importava com a opinião alheia, mas, no fundo, a realidade era outra. Quando ouvia alguns comentários sobre mim, eram sempre de maneira pejorativa. Eram sobre a incapacidade de manter um namoro, a maneira como conduzia minha vida, o fato de ter quase trinta e um anos e nenhuma perspectiva de formar uma família.

Em quase todas as vezes que terminei um relacionamento pensava na importância que a sociedade, não eu, dava para o estado civil de uma pessoa. Ter filhos ou não também era um tabu. Ouvia quase sempre: "Como assim, você não quer ter filhos?". O modo como pronunciavam a frase era praticamente uma acusação. Acusavam-me de negar a mim mesma como mulher.

Ninguém se preocupou em saber que eu não os amei o suficiente para me casar. Dizia para mim mesma todos os dias que o mais importante era minha vida profissional, que jamais seria refém de um homem, no entanto, minha vida profissional ia de mal a pior, e minha vida sentimental não estava diferente.

Carolina era a única que me apoiava em praticamente todas as loucuras em que me metia, quando não era ela mesma quem as começava. Ligou-me inúmeras vezes naquele dia, mandou mensagem oferecendo seu apartamento, comida e cafuné. Nunca soube ao certo se estava falando sério sobre contratar alguém para dar uma surra em João.

Não era para ser assim.

Capítulo 35
O fim de um ciclo

Após uma noite mal dormida, assombrada por pesadelos e lágrimas involuntárias, eu não queria levantar.

O celular avisou a chegada de uma nova mensagem. Agarrada a um fio de esperança, alcancei o aparelho sobre a mesa de cabeceira. Carol estava preocupada comigo, avisou sobre os problemas no escritório e sobre nosso chefe. Eu não me importava.

Levantei quando foi inevitável.

No banheiro, enquanto lavava as mãos, olhei meu reflexo no espelho. Percebi que estava no fundo do poço. Rosto inchado, olheiras profundas e nariz vermelho.

Fechei os olhos, precisava me concentrar, precisava tirar forças para resgatar a mim mesma daquele inferno. Praguejei por estar me comportando como uma adolescente, coisa que não era há muito tempo.

Diante de qualquer situação extrema que foge ao nosso controle, primeiro negamos, não acreditamos no que aconteceu. Depois nos culpamos e, em seguida, culpamos o mundo inteiro por cada passo mal dado. Momentos antes de pararmos de culpar o mundo, sentimos raiva de quem não nos deu ao menos a chance de explicar.

E então vem a autopiedade misturada com indignação, raiva de si mesmo e uma coragem fingida de querer seguir em frente.

Foi exatamente durante a fase da coragem fingida que pensei: talvez ele tenha sentido a mesma coisa quando não dei a ele a chance de se explicar. Eu só sabia agredi-lo.

Contudo, o fato de Théo ter apenas ido embora indicava que ele pulou todas as etapas e foi direto para o "seguir em frente".

Voltei para a cama na companhia de Nina Simone, uma garrafa de uísque e dois comprimidos mágicos. A névoa me abraçou, e quando tornei a abrir os olhos era dia. Um outro dia.

As palavras de tio Bento ecoavam em meus pensamentos na voz de Carol.

"Ele disse que nunca antes te viu querer tanto uma coisa."

Não era questão de querer, era necessidade, eu tinha necessidade do Théo.

Entrei na internet, precisava encontrá-lo. Precisava ouvir dele que acabou. Ou nunca viraria aquela página. Ele marcara a minha alma. A impressão dele em meu corpo ainda era forte demais para que eu simplesmente esquecesse.

Não havia mais nada dele na internet. O número de telefone que eu tinha já não caía em caixa postal, fora desativado. Tive medo de não poder dizer a ele o que eu sentia. Medo de perdê-lo em definitivo.

Ainda com meu pijama de flanela, passei a mão nas chaves do carro, em minha bolsa carteiro e segui para o Joá. Parei em frente à casa do tal amigo. Entardeceu, anoiteceu e nenhuma movimentação. Tomei coragem, toquei o interfone. Nada. Gritei. Nada. Silêncio. Sentei na calçada e esperei, até que os mosquitos me obrigaram a voltar para o carro.

A madrugada avançou e nada do Théo ou do tal amigo. Adormeci.

Acordei assustada, bati o joelho no volante e desesperei-me ao notar que meu celular estava descarregando. Ele poderia ligar e achar que eu não queria atendê-lo.

Liguei o carro, eu tinha que voltar para casa.

Fui pela orla, a segunda pista estava no Leblon.

O porteiro me atendeu com o cenho cerrado, confuso.

— Bom dia, o senhor lembra de mim? — O homem negou, balançando lentamente a cabeça de um lado a outro.

— O que deseja?

— Eu procuro por um morador, acho que é morador, o nome dele é Théo, é alto, tem 1,90m, aproximadamente, olhos amendoados, mais pra mel do que pra castanho... Cabelos por aqui, mais ou menos, na altura do pescoço, repicado. Parece que ele mesmo cortou com uma navalha, é meio bagunçado, mas é sexy pra caramba. Ele é branquinho, tem sotaque europeu. O senhor sabe quem é? Do terceiro ou quarto andar, não lembro.

— Qual bloco?

— Qual bloco? Não sei, moço, eu entrei com ele, pela garagem.

— Desculpe, mas não sei de quem a senhora está falando.

— Tem certeza? Nenhum Théo ou Theodoro, ou sei lá... Theodorico?! Qualquer coisa parecida.

— Não que eu me lembre, senhora.

— Não acredito... — resmunguei.

— A senhora está bem? Precisa de ajuda?

Levantei a mão, dispensando o homem e interrompendo aquela conversa inútil. Talvez ele tivesse ordens para não dizer nada ou era um completo imbecil. Como alguém poderia não perceber a existência de um homem como o Théo?

Andei até a banca de jornal, na esquina adiante. Precisava de café, jornal e cigarro.

O homem da banca ficou me encarando. Pedi a ele um maço de Camel e um isqueiro. Comecei a folhear alguns classificados.

— A senhora vai comprar o jornal também? — Ele pareceu irritado.

— Quero um de cada — respondi, levantando o queixo.

— A senhora está bem? — perguntou enquanto estendia o troco para que eu pegasse.

— Estou ótima, por quê?

— Por nada...

Com os cinco exemplares dos jornais de maior circulação presos embaixo do braço, entrei na padaria e pedi para a mocinha no balcão um café forte. Mais uma a me olhar de cenho cerrado. Entregou-me o café e comecei a folhear um jornal, página por página, rápida e impacientemente.

O café esfriou o suficiente para que o bebesse em um gole. Paguei pela bebida fumegante. A garota ainda me olhava. Encarei de volta.

— A senhora está...

— Se estou bem? Estou ótima!

Juntei os exemplares do balcão e fui para fora. Acendi o primeiro cigarro depois de cinco anos sem fumar. A fumaça massageou minha língua, o cheiro de canela invadiu minhas narinas, o som do papel queimando, o brilho da brasa. Traguei novamente. Respirei fundo. As pessoas já se exercitavam na orla, o sol se deslocava sem pressa. Pendurei o cigarro nos lábios, puxei, soltei a fumaça pelas narinas. Ardeu um pouco, era uma sensação conhecida. Escolhi um exemplar e deixei a pequena pilha de jornais restantes no chão.

— Mamãe! Por que eu não posso sair de pijama também?

A voz da garotinha que passava ao meu lado fez com que eu me virasse para vê-la. A mãe me olhou com jeito de poucos amigos e puxou a filha para o outro lado. Com o cigarro ainda pendurado nos lábios, pijama estampado com patinhos amarelos em um fundo azul e cabelos desgrenhados, levantei meu dedo médio na direção daquela mulher que se achava acima do bem e do mal só por ser mãe.

Foda-se.

Nos anúncios de classificados, nada.

A ausência de Théo me consumiria por completo.

No dia seguinte, Carol arregalou os olhos ao me ver chegando no trabalho.

— Mas que porra é essa? — Arrastou-me para a copa antes mesmo que eu colocasse a bolsa sobre a mesa. — Caramba, liguei tanto pra você, fui ao seu apartamento... Onde você se meteu? Minha nossa, que estrago! Tio Bento me ligou, Sandro me ligou, até o Alan me ligou! Sua família está louca atrás de você! E que roupa horrível é essa? Escolheu aleatoriamente calça amarela e blusa xadrez? Garota, eu tive que matar a sua avó pra justificar seu desaparecimento!

— Agora estou aqui.

— Otílio está uma fera! E que... Que cheiro é esse? Você está fumando?

— Não!

Carol puxou minha mão e cheirou antes que eu a impedisse.

— Está fumando Camel!

— Ih, me deixa, Carol!

A recepcionista abriu a porta da copa, avisou que havia uma entrega para mim na recepção e saiu.

Pensei que fossem flores do Théo e um pedido de desculpas, ou qualquer outra forma de reaproximação.

Era um envelope pardo com meu nome escrito à mão. Durante um tempo, fiquei olhando a escrita no envelope. A força empregada na letra inicial marcou a folha, afundando o papel. Outra marca na última letra encerrava a caligrafia com um ponto que por pouco não furou o envelope.

Dentro dele estava a cópia da chave do meu apartamento.

Afundei na cadeira com o envelope nas mãos.

Não havia um contrato que fizesse sentido, as letras se misturavam e me confundiam ainda mais. Não conseguia ouvir nada que Carol falava, não conseguia pensar em nada.

Otílio apareceu ao meu lado, sarcástico, mencionando o falecimento da minha avó. Riu com deboche e continuou provocando.

— A senhora pede dispensa na segunda-feira para um casamento e retorna na quinta-feira à tarde, por culpa de um enterro. Não se esqueça da cópia da certidão de óbito para abonar suas faltas.

— Eu não vou trazer atestado algum.

— Como é?

— Isso não vai mudar em nada sua insatisfação! — O setor estava em silêncio. Carol segurou meu braço quando eu me levantei, mas não pude parar. — Não é de hoje que vive arrumando motivos contra mim. Por que não me manda embora logo de uma vez? Fica forçando para que eu me demita! Se quer tanto a minha vaga pra enfiar um dos seus comparsas ou uma dessas suas amantes, pelo menos me deixe ficar com meus quarenta por cento e resgatar o fundo de garantia! Que puta sacanagem!

— Ok, está demitida.

— Qual é, Otílio, ela está fragilizada... — Carol se levantou, tentando interceder.

— Não se meta, Ana Carolina, ou será a próxima.

— Fica na sua, Carol! — Espalmei a mão direita no peito de Carol, não era uma briga dela, não seria justo que ficasse desempregada por minha causa.

Comecei a juntar minhas coisas, ignorando o burburinho que se iniciou depois que Otílio deu as costas e bateu a porta de sua sala.

— Você comeu merda? — Carol parecia verdadeiramente chocada.

— Foda-se.

— O que você vai fazer?

— Relaxa, Carol, tenho cinquenta e quatro mil de fundo de garantia. Até aparecer alguma coisa, eu vou vivendo. Não preciso pagar aluguel e as despesas não passam de mil reais por mês. Eu vou sobreviver.

— Não acredito. — Carol coçou a cabeça, tentando disfarçar sua tristeza e seu choro contido enquanto eu organizava meus pertences em uma sacola.

Apesar de tudo que estava acontecendo, eu me sentia leve com relação ao fim do meu contrato de trabalho. Com toda a dor que a ausência de Théo me causava, pôr um ponto final em uma tormenta profissional foi o que poderia ter acontecido de melhor.

Apenas uma situação me incomodava...

O homem baixinho e barrigudo que atendia pelo nome de Paulo abriu a porta. Os ombros despencaram assim que me viu.

— A senhorita...

— Lembra de mim?

— Lembro sim... Como conseguiu entrar?

— Deixaram o portão aberto.

— Sei... O que você quer? Ver minha identidade novamente?

— Não. Quero que, por favor, Paulo, diga a ele que o amo. Que foi um engano e que o amo.

— Ama? Do que está falando? — Parecia confuso.

— Todo mês entra uma soma em dinheiro na conta da sua empresa. Diga ao homem que faz com que as somas apareçam que eu o amo, mesmo que ele não queira acreditar que foi um mal-entendido, apenas... Diga que o amo, por favor. — Respirei fundo, não queria mais chorar.

Ele me olhou com piedade e suspirou, balançou a cabeça em negativa e eu fui embora.

Capítulo 36
Recomeço

A campainha tocou, tocou e tocou. O sábado estava perfeito até Carol começar a esmurrar a porta do meu apartamento, ameaçando chamar os bombeiros se eu não a deixasse entrar.

Assim que Carol atravessou a porta, desviou de algumas folhas de jornal espalhadas pelo chão. Arregalou os olhos para as xícaras sujas sobre a mesa e as muitas guimbas de cigarro no cinzeiro. Desviou da caixa de pizza ao lado do sofá e empurrou o lençol para um canto. Sentou sem sequer uma palavra. O som estava alto, mas Carol não se importou. Apoiou os cotovelos nos joelhos e segurou o queixo enquanto ouvia atentamente o que dizia *On Bended Knee*, do Boyz II Men.

— É uma puta letra — ela disse finalmente, ainda na mesma posição. — É o que você gostaria de dizer a ele? — Assenti, e ela assentiu junto. — Então diz. Canta.

"Você pode me dizer como um amor perfeito dá errado? Alguém pode me dizer como se faz para trazer as coisas de volta? Do jeito que elas costumavam ser. Oh, Deus, dê-me um motivo. Estou humilhado, de joelhos. Nunca mais andarei, até que você volte para mim. Estou humilhado, de joelhos. Tantas noites eu sonho com você. Segurando forte meu travesseiro. Sei que não preciso ficar sozinho. Quando abro meus olhos para encarar a realidade, cada momento sem você parece uma eternidade. Estou te implorando, volte para mim."

Primeiro a voz saiu timidamente, mas, ao terminar a canção, eu estava aos prantos. Carol se levantou, colocou a música para repetir, puxou-me pela mão e me abraçou.

— Vamos cantar juntas. Grite, se for necessário, mas não deixe esse sentimento te asfixiar.

"Vou engolir meu orgulho. Pedir desculpas. Parar de apontar dedos, a culpa é minha. Quero uma vida nova. E quero isso com você."

A semana passou em um piscar de olhos, ou era eu que não estava disposta a passar muito tempo acordada. Em meus sonhos, eu idealizava como tudo poderia ter sido diferente. Nunca tivemos verdadeiramente uma chance, afinal.

Na tarde de quinta-feira, Carol e eu almoçamos juntas, depois que ela insistiu muito. Eu estava com um plano maluco de contratar um detetive particular, mas ela me lembrou dos valores para o serviço e da minha situação no momento: desempregada. Ainda assim, eu precisava encontrar o Théo.

Enquanto nos despedíamos, recebi o telefonema sobre uma vaga disponível na minha área, o começo era imediato e eu deveria comparecer à entrevista no dia seguinte. Carol ouviu atenta e me deu um sorriso de aprovação, feliz por eu tentar me reerguer. Entretanto, eu via a possibilidade de eliminar o fator "desempregada" e contratar um detetive. Finalmente o destino conspirava a meu favor.

A mãe de Carol desmarcou uma cliente para cuidar dos meus cabelos. Com aquela aparência, eu não conseguiria uma entrevista nem no lixão.

Em Copacabana, parei no sinal vermelho e fui tomada por uma estranha sensação, um aperto no peito, como um aviso.

Olhei distraidamente para a esquerda. Minha boca se abriu, e fiquei imóvel. Ignorei o apelo das buzinas, um carro cortou o meu, o motorista gritou algum xingamento, mas eu fiquei ali, paralisada, boquiaberta.

Théo.

Tão próximo, atrás do vidro de um restaurante caro, sorrindo tranquilamente enquanto entrelaçava seus dedos aos da mulher de cabelos negros e longos. Pareciam felizes, ela sorria ainda mais do que ele. Meus olhos se estreitaram quando ele beijou a mão dela. Ainda precisei de um tempo para decidir se largaria o carro no meio da rua e se iria atrás dele para acabar com aquele encontro.

Quando dei por mim, meu pé afundou no pedal, furando o sinal amarelo. Por um segundo, perdi a noção do meu destino e soltei todos os palavrões que conhecia. Furiosa, só pensava no quanto eu havia sofrido por ele; nada poderia apagar de mim aquele inferno.

Théo era um falso. Apostaria tudo como para ele foi providencial o modo como tudo aconteceu. Ele livrou-se de uma conversa desgastante com uma mulher ridícula, carente, insegura e amargurada o suficiente para pagar por um homem que fizesse o papel de noivo.

E, mais uma vez, a dança das sombras no teto do meu quarto me distraiu, o ir e vir dos carros... Uns dando sombras mais rápidas, outras mais lentas.

Abracei o travesseiro e tentei dormir.

A entrevista de emprego foi em uma sala alugada no centro do Rio. O homem que conversou comigo chamava-se Ricardo, elegante, bonito, educado. Elogiou bastante minha aparência. Meus cabelos estavam mais bonitos com o corte reto na altura do ombro. Usei maquiagem leve em tons suaves. Vestido tubinho em cetim cinza-grafite e o scarpin vermelho Stuart Weitzman.

Ricardo era só elogios, pensei que fosse gay quando perguntou se meus óculos eram Prada. Homens geralmente não prestavam atenção a esses detalhes. Contudo, o jeito como me olhou enquanto conversávamos desfez qualquer impressão errônea.

Fechamos um salário muito próximo ao que eu recebia anteriormente, mais os benefícios e um cargo muito superior ao que tinha.

Ricardo, o homem magro de cabelos castanhos e olhos esverdeados, parecia satisfeito com minha desenvoltura e meus conhecimentos, e não pestanejou em me contratar, ressaltando que seria melhor fecharmos antes que outro o fizesse. Gostei daquilo.

Um novo ciclo se iniciava.

Estava feliz por recomeçar. Seria um novo desafio trabalhar em uma multinacional de *courrier*.

Ocuparia meus pensamentos ao invés de arrastar corrente por um michê. A cena de Théo com uma outra mulher não saía da minha cabeça. E o trajeto para o novo emprego não ajudou em nada a esquecer Théo. Teria de aprender a encarar a Estrada do Joá sem que as lembranças de nossa primeira vez me assombrassem.

A Battlestar Shipping S/A estava localizada na Barra da Tijuca. Assim que cheguei, na segunda-feira, deparei-me com uma enorme reforma. Segundo a moça da recepção, o logotipo da empresa seria substituído por outro, em aço escovado.

Ricardo me recebeu e logo me levou para conhecer as instalações da empresa. A sala onde trabalharia era cercada por vidro, como um aquário. Perto da entrada do prédio, tinha visão privilegiada para um dos jardins, caso as persianas estivessem abertas. Em contrapartida, ficaria exposta, mas eu estava feliz em ter uma sala.

Os funcionários eram, na grande maioria, pessoas simpáticas e o ambiente me pareceu descontraído e casual.

A edificação plana era simetricamente dividida em quatro alas. As laterais eram menores, com um terço do tamanho das alas perpendiculares. Dois grandes jardins descobertos e cercados por uma cortina de vidro pivotante estavam exatamente dispostos no centro da construção, com um corredor coberto entre eles, interligando as alas maiores. Uma área gramada com vegetação tropical com palmeiras-anãs, hibiscos vermelhos, pequenos arbustos, antúrios brancos e estrelícias dividiam espaço de maneira harmônica. Curiosamente, a planta baixa do local, exposta em um quadro no corredor entre os jardins, era a letra B. Provavelmente, aquele prédio fora cuidadosamente planejado.

Duas pessoas conversavam no jardim enquanto bebiam café e fumavam, e observaram com curiosidade quando passamos. Ricardo acenou, e eles cumprimentaram de volta.

Ricardo enfatizou o trabalho em equipe como fundamental para o funcionamento da empresa. Na B. S/A, tudo era mais simples, menos burocrático. Enquanto configuravam meu computador e e-mail, tomei nota de tudo que Ricardo assinalava como imprescindível. A empresa estava em processo de crescimento, o que me deu esperanças de realizar um bom trabalho e crescer com ela.

Ricardo e eu passamos bastante tempo juntos no meu primeiro dia. Almoçamos juntos, discutimos algumas expectativas em relação a mim e as minhas para com a empresa.

Gostei dele, era um homem inteligente, bem-humorado. Falamos sobre trabalho e experiências de trabalho. Não queria me abrir e dar abertura para uma conversa sobre minha vida pessoal, então, desviei de todos os assuntos pessoais.

Ao retornarmos para a empresa, uma confusão de fios e escadas impediram minha passagem para a sala nova. Novos pontos de tomada seriam instalados e, com isso, não havia jeito de eu trabalhar naquele dia.

Assim que pisei no meu apartamento, liguei para Carol, conversamos por quase uma hora sobre a empresa; os funcionários; sobre minha sala nova, que havia descoberto ser realmente nova. Carolina falou dos problemas de sempre, das pessoas de sempre, nada havia mudado no escritório. Contou que os encontros com Duda estavam cada vez mais frequentes e que ela era também uma boa amiga e cúmplice. Não senti ciúmes, desejava a felicidade de Carol, ela merecia e muito.

Capítulo 37
A verdade

A gerente comercial mal conseguia andar com sua barriga gigante, teria um bebê em poucas semanas e Ricardo a substituiria na função. O diretor comercial, Anghelo Di Piazzi, um dos donos da empresa, daria uma rápida palestra sobre os novos desafios. Tudo o que eu sabia sobre o assunto era que a empresa ampliaria o campo de atuação em mais de um país da América Latina.

A Battlestar atuava no transporte multimodal de cargas e equipamentos diversos.

Havia também um braço da Battlestar que atuava na área da aviação com o aluguel de jatos executivos. A frota da Battlestar era modesta, segundo Ricardo, com cinco jatos modelo Falcon 2000.

Tamara, a gerente comercial, iniciou a reunião com um vídeo e avisou sobre o atraso do diretor, que acabara de chegar ao país depois de mais uma viagem. Tamara comentou os slides, mostrando as conquistas realizadas pela companhia, aproveitou também para apresentar a mim, oficialmente, como nova supervisora comercial, cargo até então de Ricardo. Reiterou que os contratos estariam sob meus cuidados e que a equipe passaria a se reportar a mim. Ricardo assumiria as suas funções como gerente, tratando diretamente com o Sr. Di Piazzi. Todos na reunião eram do setor comercial, alguns eu já conhecia, outros não, mas a receptividade foi incrível.

A luz diminuiu para um segundo vídeo que tratava dos novos desafios. Ricardo me dirigiu um olhar encorajador e um sorriso simpático.

Foi um vídeo rápido, de cinco minutos. Assim que as luzes se acenderam, puxei o bloquinho de papel que havia levado e comecei a escrever o mais rápido possível para não esquecer nenhuma informação.

Tamara conversava baixinho com algumas pessoas no canto da sala. Supus que o diretor, que não estava presente desde o início da reunião, finalmente entrara no local.

Um deslocamento de ar, ocasionado por algumas pessoas que transitavam pelo corredor, a fim de tomarem assento, fez com que eu me lembrasse do perfume dele.

Então o diretor Anghelo nos desejou *Buongiorno,* já iniciando sua fala.

Meu sangue gelou, deixei a caneta e o bloco escorregarem do meu colo e caírem ruidosamente no chão. Estava trêmula e assustada. Minha respiração, suspensa. Meu coração sofria com a arritmia.

O senhor Anghelo se calou. Eu não queria olhar para frente, mas me obriguei a encará-lo. O incômodo silêncio foi quebrado pelo meu salto que estalava seguidamente no piso frio.

Théo?

Nossos olhares se encontraram. Eu estava prestes a desmaiar.

Imóvel, ele parecia tão surpreso quanto eu. Permaneceu sério, as sobrancelhas levemente arqueadas.

Sentia o olhar dos vinte funcionários reunidos na sala caindo sobre mim.

Abaixei-me de repente, quebrando o contato visual, peguei o bloco e a caneta, levantei com um fraco e embargado "com licença" e saí da reunião.

Atravessei o corredor andando tão rápido quanto a saia justa do meu vestido permitia.

Fechei a porta da minha sala atrás de mim, soltei o ar dos pulmões e as lágrimas contidas. Estava com medo e confusa, não fazia sentido que Théo estivesse naquela reunião. Não fazia sentido que tivesse tomado o lugar do diretor da empresa.

Que loucura! Meu Deus, meu Deus, meu Deus!

Sem pensar direito, puxei o telefone, discando rapidamente para meu primo, Alessandro, que atendeu depois do que pareceu uma eternidade.

— Sandro, é Débora, me diz uma coisa, de onde você conhece o Théo?

— Debby! Como você está? Tem semanas que estamos enviando recados e você nada!

— Sandro! O Théo! De onde vocês se conhecem?

— Do voo! Eu te disse isso. Ele estava no voo fretado pelo meu grupo, pegando uma carona para Milão.

— Mas como assim "estava"?

— Estava lá, todo gostoso como é, ao lado de um copiloto ainda mais delicioso, mas ele não se "misturou", ficou lá na cabine deles. Eu lembrei pela tatuagem, era a mesma pintada no jato.

— Você não disse que era um jatinho!

— E fazia diferença?

— Ok, Sandro. Obrigada, depois a gente se fala...

— Espera! Vocês se acertaram?

Não respondi. Desliguei. Precisava de ajuda da Carol.

Ela não atendeu ao meu chamado. Liguei para a empresa, mas ela estava em reunião. Então percebi que havia uma mensagem dela no celular: "precisamos conversar com urgência! Sobre o Théo".

Atabalhoada, abri arquivos e pastas em busca de qualquer contrato assinado. Lá estava, a tatuagem no papel timbrado e o nome no final da página, Anghelo Theodore Di Piazzi.

Théo.

Não havia jeito de voltar para a mesma sala que ele. Por mais importante que fosse a reunião e por mais estranha que fosse a minha atitude, não conseguiria fingir que encontrar o Théo, cara a cara, não havia me impactado.

Tentei me acalmar bebendo dois copos de água, pensei no que deveria fazer e não cheguei a nenhuma conclusão. Não havia posição confortável na cadeira, então andei de um lado a outro na sala e, após dez minutos, aproximadamente, meu telefone tocou. No visor, o ramal da secretária.

— Débora, o Sr. Anghelo pediu que fosse até a sala dele. — No fundo, eu sabia que isso aconteceria.

— E fica...? — Minha voz soou insegura.

— Atravesse o primeiro jardim interno e siga até a sala de reunião dois, vire à esquerda e chegará na sala dele. Na outra ponta do B. Também pode ir pelo corredor entre os jardins e virar à direita, que não tem como errar.

— Obrigada, Edna.

Retoquei a maquiagem, tentando pensar no que viria a seguir. Olhei-me no espelho umas cem vezes para confirmar se meu cabelo estava bom. Cuspi o chiclete, atual base da minha pirâmide alimentar, esfreguei as mãos no vestido umas outras cem vezes... Não sabia o que fazer ou o que falar.

Atravessei o lindo jardim interno até a sala de reunião dois, virei para um pequeno corredor à esquerda e vi gravado na placa metálica da porta dupla: Anghelo T. Di Piazzi, Diretor Comercial.

Eu era puro descompasso e joelhos em guerra um com o outro.

Como simplesmente entrar na sala dele e dizer tudo o que precisava ser dito?

Apenas um único pensamento parecia ser o mais coerente: ele não precisava se prostituir, talvez fosse um completo pervertido.

Capítulo 38
Théo

Théo

Estalar o clique da caneta seguidas vezes me fazia ordenar os pensamentos. Não acreditava ter me esquecido completamente de recomendar a contratação dela.

Naquele instante, ela estava a um minuto de distância da minha sala. Não poderia simplesmente mandá-la embora. Isso seria ridículo. Ainda que aquela traidora merecesse.

Inacreditável.

A cena da piscina não saía da minha cabeça. Deveria ter ido lá, arrancado aquela vadia da piscina, ter dito tudo o que pensava dela e quebrado a cara daquele... tampinha magricela.

Ela não prestava.

E eu era um tolo. Todos aqueles falsos sinais que me enviou... Tudo para assegurar-se de que eu não a abandonaria antes de conseguir ter o namoradinho de volta. Ela que fizesse bom proveito daquele filho da puta.

Queria ter feito e dito muita coisa, mas não fiz nada.

Ela só precisava esperar um dia, a porra de um dia!

Débora sempre dava um jeito de me lembrar que estava pagando por... mim.

Mas a grande culpada por toda aquela merda era outra mulher: Nádia.

Por mais que eu quisesse, aquela tarde não saía da minha memória...

Alguns meses antes...

Junho

Olhei meu reflexo no espelho pela décima vez, odiei aquele cabelo castanho, mas enfim, precisava fazer alguma coisa, Nádia estava me irritando profundamente com aquela história de fantasia sexual.

O cúmulo do absurdo foi colocar uma foto minha, parcialmente nu, na internet. Para dar mais realismo, disse ela.

Balancei a cabeça em negativa mais uma vez ao perceber que me comportava como um cordeirinho. Nosso relacionamento não estava dando certo e essa loucura de fantasia sexual seria minha última tentativa. Estávamos nos desgastando demais e, definitivamente, o que eu menos queria era que nos tornássemos inimigos.

Nádia era linda, não muito inteligente, era educada e sofisticada, embora fosse bastante mal-humorada. Nunca reclamava quando eu me ausentava, mas também não aceitava que falasse das viagens dela. Como assistente de uma produtora de vídeo, contratada da National Geo, Nádia viajava tanto quanto eu. Muito compreensível que, depois de um ano e meio, estivéssemos caindo em uma relação monótona, totalmente desinteressante.

Talvez ela tivesse razão, afinal.

Assim que os empresários responsáveis pela fabricação dos containers saíram da sala, Paulo escondeu a risada, mas meu primo Pietro não.

— *Dio Santo*, Anghelo! Que cabelo escroto é esse?

— Não ria. Estou em uma experiência nova com a Nádia.

— Meu amigo, você está... simplesmente ridículo. — Paulo afrouxou o cinto da barriga horrível que estava cultivando nos últimos anos e voltou a escrever em sua agenda.

— Vamos almoçar? — Pietro perguntou sem desviar os olhos do meu cabelo.

— São treze e trinta. Vocês querem mesmo almoçar? Comer comida remexida no centro do Rio? Não, obrigado. Prefiro um café e um bolinho aqui perto.

— Pois eu vou almoçar, a segunda rodada de negociações será mais dura. Vamos então, Pietro?

— Sim, que tal um restaurante aqui na rua Primeiro de Março?

Eles seguiram felizes, rindo do meu cabelo ridículo, e entrei na livraria da rua do Ouvidor. Repensei o bolinho, estava sem fome, queria apenas o café expresso com creme.

Terminei e segui pelos corredores da livraria. Procurava algum título interessante próximo da entrada quando ouvi uma gostosa risada. Não, estava mais para uma gargalhada. Fazia tanto tempo que não ouvia uma risada assim, limpa, sincera. Chamou minha atenção.

Levantei os olhos para ver a quem pertencia. *Uau!*

Eram duas mulheres. A que falava era bonita, magra, cabelos curtos e lisos. A outra, a dona da risada, tinha um corpo incrível, curvas e mais curvas. Passaram por mim e acompanhei o andar da moça de cabelos longos. Ela podia tentar esconder sua bunda perfeita por baixo da saia comportada, mas não estava conseguindo. A blusa clara, com a diferença da luz, me fez notar a silhueta de violão. *Veramente bella.*

Não pensei direito, comecei a segui-la pelos corredores. Enquanto a amiga foi para o café, ela se entreteve com um livro. Parei atrás dela, queria saber o que lia com tanto interesse, mas não deu tempo. Ela largou o livro na estante e se virou rapidamente, tentei me virar também para que não percebesse que estava bisbilhotando e acabamos nos esbarrando.

Pedimos desculpas um ao outro e ela me encarou por um longo tempo, desviou o olhar para minha boca e não pude evitar sorrir. Ela fez uma careta engraçada, como se apanhada em flagrante. Eu segurava um livro qualquer e, então, quando dei por mim, havia me afastado.

Já no caixa, percebi a inversão dos papéis. Era ela quem me seguia, mas, apesar de parecer interessada, ficou calada. Eu também não disse coisa alguma, tentei focar em Nádia quando o primeiro pensamento sobre beijar os lábios daquela linda mulher desconhecida passou em minha mente. Aquela mulher era diferente, havia algo incomum nela.

Considerei atender ao telefone, olhei novamente: número privado. Talvez fizesse parte da palhaçada da Nádia, então...

— Alô?

— Er... Oi... er... Eu... er...

— Quer marcar um programa.

— É.

— Mulher ou homem? — Segui o roteiro.

— Mu-mulher... Mulher!

Sorri ao perceber que não era a Nádia. Talvez alguém quisesse marcar um encontro, ou Nádia estivesse disfarçando a voz, então continuei com aquela bobagem.

— Certo. Uma mulher... Várias mulheres... Só mulher...

— Só eu.

— São cento e vinte a hora, vaginal, a posição que você escolher. Não faço chuva dourada, negra, de cor nenhuma e não aceito isso também. Nada com sangue, crianças, animais ou árvores...

A mulher me interrompeu.

— Moço. Moço! — Parei. — Sou só eu, sem vaginal, oral ou anal.

Foi então que caí na gargalhada. Por essa eu não esperava, Nádia estava se superando! Mas, de repente... Talvez não fosse a louca da minha namorada...

— Isso é trote, senhorita? Se for, não ligue, não posso ficar ocupando essa linha com besteiras e...

— É sério! Só preciso de um acompanhante.

Parei para pensar. Melhor verificar, se fosse Nádia e eu estragasse tudo, ela encheria o meu saco.

— Tudo bem... Onde podemos nos encontrar?

— Anote o endereço. — Ok, não reconheci o endereço, mas resolvi seguir com a brincadeira.

Cheguei rápido. Só não entendia por que ela arrumou um lugar tão longe da minha casa com tantos hotéis e motéis tão mais próximos.

Toquei a campainha duas vezes. Então ela abriu a porta e não consegui conter o sorriso que escapava. *Dio mio*, que merda! A morena gostosa.

Não resisti, a curiosidade era muito grande, e resolvi entrar.

Ouvi com atenção, fiz um esforço enorme para não rir e não desmentir, não naquele momento. Depois eu ligaria para ela e diria se tratar de um engano.

Aquela era a mais linda e maluca mulher que havia conhecido até então. Contratar um namorado falso? Ela? Qualquer um toparia namorar com ela na hora!

Saí do apartamento dela e, ao entrar no carro, recebi uma mensagem da Nádia.

"Esqueceu" de me avisar sobre um trabalho novo e sairia da cidade, conversaríamos quando voltasse. Simplesmente não podia acreditar nela. Nádia não seria tão idiota assim.

Passei a mão pelos cabelos e respirei profundamente, não poderia esperar até que voltasse.

Demorou até que atendesse minha chamada, e estava desconcertada ao falar comigo.

— Nádia, o que está acontecendo?

— Como assim, o que está acontecendo? Estou trabalhando.

— Eu sei, recebi sua mensagem, quero saber em que momento entre "deixe tirar uma foto sua para compor o personagem" e "pinte o cabelo" a viagem surgiu! — Nádia permaneceu calada. — Você já sabia que teria de viajar, não é? — Silêncio. — Nádia, você me fez pintar o cabelo.

— Anghelo, você é um homem adulto e inteligente, nem um pouco influenciável. Se você quis se adequar ao personagem, ótimo... — No instante em que disse aquelas palavras, entendi o que acontecia. Lembrei que semanas antes a havia deixado esperando no restaurante. Mulher vingativa.

— Nádia, não teve graça. Eu pedi desculpas pelo que aconteceu no restaurante.

— Anghelo, preciso embarcar, nos falamos quando eu voltar, está bem? Tchau.

Apenas tchau. Terminaríamos quando ela voltasse, estava certo disso.

Ainda assim, ligaria para Débora quando amanhecesse para desfazer aquela loucura. Quão surpreso fiquei quando ela ligou e me acordou.

Setembro

Não fosse minha propensão em conhecer mais um pouco sobre aquela mulher linda, louca e muito gostosa, não estaria com tanta raiva, uma puta dor de cabeça e totalmente despreparado para ficar perto dela.

Capítulo 39
Reencontro

Li e reli: ***Anghelo T. Di Piazzi – Diretor Comercial.***

A moça loirinha e miúda pigarreou e virei para encará-la.

As sobrancelhas estavam levemente arqueadas e ela tinha um sorriso sutil nos lábios rosados, esperando que eu dissesse algo.

— Ah! Débora Albuquerque, ele me mandou vir. — Consegui manter uma calma superficial.

— Ah, sim, Débora, a nova supervisora comercial... Sou Sabrine. Seja bem-vinda! — Sabrine era engraçadinha, a entonação de sua voz era a mesma de uma mocinha adolescente.

— Obrigada. — *Não por muito tempo, precisava ir embora o quanto antes.*

— Pode entrar, o senhor Di Piazzi a aguarda. — Senhor Di Piazzi... Tarado.

Entrei sem bater.

— Com licença, Théo, mand...

— Sente-se, Sra. Débora — interrompeu-me. Meu coração batia na garganta.

Ele estava atrás de sua mesa com um monte de papéis na mão, e não se parecia em nada com o Théo. Na verdade, aquele cara de terno preto e camisa grafite era o Sr. Anghelo, ainda que as roupas fossem as mesmas que ele usava comigo. Com a lembrança do nosso primeiro encontro no bar, no centro, um sorriso debochado escapou dos meus lábios.

Era tudo tão estranho, eu não conseguia acreditar.

Théo, ainda de cabeça baixa, levantou os olhos por um instante, encarando-me.

Meu peito ardia, meus joelhos tremiam e minha boca ficou seca. Depois do que pareceu um século, voltou sua atenção aos papéis. Respirou fundo e passou a mão nos olhos com o polegar e o indicador; parecia exausto.

— A senhora perdeu a reunião. — Merda. Ele podia ser um tarado, falso, maluco e traidor, mas... como eu sentia a falta da voz dele. Segurei o nó na garganta. — Estes são os documentos dos contratos que as empresas chilenas enviaram.

Estendeu as mãos para que eu pegasse os papéis, e segurou-os junto comigo por mais tempo que o necessário, então largou de repente.

— Como pode ver, são duas empresas sólidas. Entretanto, preciso que faça suas considerações sobre os riscos de assinarmos os contratos, assim como estão.

— Ok. — Não precisava ter me pedido isso pessoalmente.

— É só.

— Com licença. — Levantei-me em direção à saída, mas, antes de abrir a porta, lembrei de uma coisa e me virei. — Ah! Théo... — Engoli as palavras enquanto ele me observava, respirei fundo e prossegui: — Desculpe. Anghelo, precisa das informações para quando?

Ele olhou para o relógio em seu pulso e então para a janela, enquanto tamborilava o dedo no queixo.

— Quarenta minutos.

— Quarenta minutos?

— Isso. Tenho certeza da sua capacidade. Surpreenda-me. Positivamente, dessa vez.

Ele me indicou a porta com a mão, pondo fim a qualquer chance de protesto. "Surpreenda-me. Positivamente, dessa vez." Senti meu rosto queimar de raiva.

Engoli o choro idiota e andei apressada até minha sala. No caminho, chamei Ricardo e Gabriele, a funcionária mais antiga do setor.

Contei a eles que o *Sr. Anghelo* precisava de uma resposta rápida quanto aos riscos de cada contrato. Desculpei-me com Ricardo, para que não duvidasse das minhas intenções, não queria aparentar estar passando por cima dele, hierarquicamente. Trabalhamos rápido, e, em trinta minutos, estávamos com o mapeamento de risco completo.

Praticamente corri até a sala do Théo. Então, a adorável secretária avisou que ele havia saído para almoçar. Levei um tempo diante dela, tentando compreender a atitude de Théo. Voltei para a minha sala e achei que ele merecia mais de mim, então digitalizei os documentos, compactei os arquivos e os enviei por e-mail.

Toda aquela situação parecia uma piada sem graça. Por que um homem como ele se prostituía? Era um pervertido, fetichista. Não havia outra explicação.

Segui desnorteada durante todo o dia, tentando me concentrar no que fazia. A cada vez que lembrava de algo, era como montar um quebra-cabeça. Os compromissos inadiáveis, a viagem ao Chile, nossas conversas, os telefonemas que o deixavam tenso...

Ainda não conseguia entender. Seria tão mais simples contar a verdade de uma vez.

Carol finalmente atendeu meu telefonema.

— Débora, precisamos conversar!

— Carol! Também preciso falar com você, mas, pessoalmente, também é sobre o Théo — sussurrei a última parte, com medo de que pudessem me ouvir do outro lado do aquário.

— Não dá, estou indo a Curitiba. Também queria falar contigo pessoalmente, mas... Abra seu e-mail particular agora, por favor.

— Está aberto, espere, vou atualizar.

Ao abrir o e-mail da Carol, meus olhos saltaram para fora da órbita.

— Que é isso?

— Meu saldo. A "Galáctica" depositou dezoito mil de volta. Quer, por favor, dizer o que está acontecendo? — *Como se eu soubesse o que se passava na cabeça daquele tarado.*

— Bom, eu ia te falar sobre ele, mas... ainda não, Carol. Preciso descobrir algumas coisas primeiro. Quando você volta?

— Amanhã à noite. Vou direto do aeroporto para a sua casa, ok? Tive uma conversa com uma pessoa e preciso contar em detalhes.

— Perfeito. Mesmo morrendo de curiosidade, até amanhã, Carol.

— Até. Por favor, juízo!

Se Carol — *Carol!* — aconselhava-me a ter juízo, pedindo por favor. Sem dúvida, algo importante aconteceu.

Nós nos despedimos e resolvi tomar uma xícara de café, segundo item da minha dieta, depois do chiclete. Ao retornar da copa, perguntei para Edna se ela sabia se o Dr. Anghelo morava no Joá. Ela respondeu que sim.

Capítulo 40
Guerra Fria

Ele me levou à casa dele! A casa era dele! Dele! Por isso não havia problema em dormirmos lá, por isso ele sabia da bendita pomada no armário... Ver os cachorros coisa nenhuma! Estava escondendo os porta-retratos! Cretino!

Não percebi antes, mas o nome das duas empresas se correlacionavam. Era o nome de um seriado de TV. *Battlestar Galáctica*. Mais uma vez, as lembranças de nossas conversas... "Dirijo", "Dirige o quê? ", "Frete". Dirijo um frete.

Diretor de uma companhia de transporte multimodal. Ele realmente dirigia um frete. Pior foi perceber que todas as perguntas que me fizera não eram aleatórias, estava me entrevistando. Naquele momento, eu não sabia mais o que estava sentindo com relação a ele.

Ricardo bateu brevemente e abriu a porta.

— E aí? Anghelo recebeu os contratos?

— Mandei por e-mail, ele provavelmente passou o dia fora. — Percebi a mochila no ombro de Ricardo. — Está de saída?

— Sim, quer carona?

— Não, obrigada, estou de carro.

— Amanhã o pessoal costuma marcar um chopp. Quer ir conosco? É bom pra se enturmar. — Pensei em negar, mas ele esperava pela resposta com expectativa e simpatia.

— Posso responder amanhã? Talvez eu encontre com uma amiga e...

— Convide-a também, quanto mais melhor.

— Tudo bem, eu falo com ela.

— Vai ser legal. — Ricardo continuou parado, talvez esperando por mim.

O telefone tocou e reconheci o ramal da secretária do Senhor Anghelo.

— Acho que vou ter que ficar mais um pouco. — Balancei o telefone e Ricardo fez uma careta.

— Então até amanhã. Boa noite.

— Boa noite.

Arrumei os contratos encadernados. Respirei fundo e fui me encontrar com o Théo.

— Sente-se — iniciou antes que eu abrisse a boca. — A senhora não participou de toda a reunião e está horas atrasada com sua análise. — Fez questão de frisar a palavra "horas".

— Como é?

— Eu disse quarenta minutos, não o dia inteiro. — Estava sendo duro e inflexível.

— Ridículo — resmunguei.

— O que disse? — Ele parecia se divertir com a situação.

Recostei-me na cadeira, ele fez o mesmo e nos encaramos.

O que ele sentia eu jamais poderia afirmar, mas eu estava desesperada para pular sobre ele e arrancar-lhe o ar autoritário. Primeiro, queria estapear aquele traidor mentiroso, mas, quando os lábios dele se moveram com um bico contrariado, odiei a mim mesma por perceber que queria tirar dele todos os beijos possíveis.

Aquele homem mexia absurdamente comigo. Talvez a mulher do restaurante em Copacabana, assim como a mulher do carro vermelho, fosse mais uma a satisfazer seus fetiches. Ainda assim, minha vontade era de morder seus lábios. Queria matá-lo entre beijos ou morrer em seus braços. Théo me fazia abandonar o bom senso com um simples olhar.

Empurrei todo o desejo que sentia por ele para um canto do meu coração. Como dito por ele certa vez: "sem misturar as coisas". Apesar de estar sendo fuzilada com os olhos, desviei os meus para a caneta de inox na qual vez e outra ele iniciava uma sequência de cliques.

— O senhor estava ausente — por fim, retomei —, por isso lhe enviei a análise por e-mail, para que pudesse acessá-la em qualquer reunião em que estivesse. — Tentei parecer educada.

Théo arregalou os olhos sutilmente e desviou-os para a tela do computador. Desconfiado, franziu o cenho e me olhou sério.

— Como o senhor pode observar, a análise foi encaminhada em trinta e oito minutos. — Minha educação nada tinha a ver com a ironia.

— O que não significa que esteja correta. — Revirei os olhos.

Sabrine, a secretária, entrou na sala e avisou que estava de saída. Théo fez apenas um sinal com a mão, mandando que fosse de uma vez.

Por favor, Deus, que não fiquemos a sós, ou não conseguirei manter a compostura. Repetia a oração como um mantra.

Passei a ele os contratos encadernados, os mesmos que me foram entregues, anteriormente, em folhas soltas. Théo estreitou os olhos para as encadernações e suspirou.

Senti a necessidade de aproveitar o momento para tentar esclarecer as coisas. Ainda que não houvesse mais nada entre nós, também queria entender seus motivos, entender a razão para levar uma vida dupla.

— Théo, João e...

— Puta que pariu! Há algum João aqui nos contratos que te passei? — vociferou, assustando-me; nunca esteve tão bravo. — Quero mais é que o João se foda!

Pensei ter entendido o recado e levantei para ir embora.

— Eu disse que podia sair? — Parei com a mão na maçaneta, só então percebi que, mais uma vez, havia me esquecido de tirar aquela merda de aliança falsa. — *Você ainda trabalha pra mim*. Sente-se.

Ele repetiu minhas falas em nossa discussão no chalé. Respirei fundo, voltei e me sentei, queria ver até onde iria com aquilo.

Demorou-se lendo os rabiscos em silêncio.

— Não tem apenas a sua letra aqui. — Sorriu maliciosamente.

— Não, Sr. Anghelo — respondi naturalmente.

— A senhora não é confiável? — *Quem era ele para falar em confiança?* — Passou o trabalho que lhe dei a outra ou outras pessoas?

— Sim, Sr. Anghelo — respondi como se ele estivesse fazendo uma pergunta idiota.

— Por quê? — Parecia um tanto irritado e eu não estava gostando.

— Porque uma das diretrizes da companhia é que o trabalho em equipe seja valorizado, e você pediu urgência, "quarenta minutos". Ricardo e Gabriele estiveram presentes para o cumprimento da tarefa. Sou a supervisora, delegar faz parte das minhas atribuições — respondi com segurança.

Théo, boquiaberto, negava com a cabeça. Finalmente, passou a mão pelo cabelo, exasperado. Em um segundo, Théo, despenteado, foi de maravilhosamente gostoso para incrivelmente sexy.

Novamente, respirou fundo, soltando o ar de uma só vez.

— Eu... Vou precisar de mais tempo para ler suas considerações a respeito dos contratos — falou respeitosamente.

Levantei enquanto me observava.

— Se é tudo, com licença, Sr. Anghelo. — Ele não respondeu. Eu queria sair daquela sala, mas ao mesmo tempo queria ficar perto dele. — Apenas um adendo: na página final de cada contrato, encontrará informações extras, gráficos indicadores, cotação de reajuste anual, previsão dos meses críticos e uma cópia do contrato com as alterações consolidadas, caso necessário.

Théo se recostou na cadeira e folheou as páginas finais da encadernação que segurava. Se estava impressionado, procurou não demonstrar.

— Boa noite.

— Por que fez isso? — Ele não me deixava ir.

— O senhor disse "surpreenda-me positivamente". Agora, com licença.

— Débora!

— Sim, senhor... — disse em tom de voz descontente.

Théo foi o único homem que me ouviu de verdade, sem querer falar o tempo todo de si. Com ele, eu não precisava competir. Com Théo, experimentei a foda mais incrível da minha vida e o melhor macarrão com tomate.

Ficamos um tempo nos olhando, o que me machucou bastante. Ele queria falar, mas só me olhava fixamente. Parecia zangado e ao mesmo tempo confuso.

— Nada. Boa noite. — A voz era firme e autoritária.

— Boa noite.

Capítulo 41
Anghelo

Théo

Foi uma longa noite.

Não tão boa quanto ela desejou. Se bem que... Pelo tom de voz, sem dúvida desejava que eu tivesse pesadelos.

Insônia dos infernos!

Como poderia prever meu total descontrole quando ela entrou na minha sala com aquela merda de vestido? Por que não usava nada menos provocante? Tudo o que ela vestia ficava tão...

Sorte a minha que teria alguns dias longe. Mas que merda eu estava pensando? Quando já me acostumava com sua ausência, eis que ela surge na minha frente, na minha equipe. Com aquele vestido justo no quadril, o decote emoldurando os seios... que eu adorava ter em minhas mãos.

Dio! Além de gostosa, ela precisava ser tão inteligente? Minuciosa, detalhista... *Aposto que estava usando a calcinha fio dental branca... Não havia nenhuma marca de lingerie sob o vestido.*

Ela usou as diretrizes da empresa contra mim. Debochou da minha cara. E, para piorar as coisas, usou um salto alto o suficiente para deixar incrivelmente desejáveis aquele par de pernas.

Aquelas pernas macias... Apertavam tão gostoso, me empurrando mais fundo para dentro dela... Bruxa! Desgraçada! Puta que pariu! Eu me recuso a bater umazinha por causa dela! Me recuso!

Não conseguia parar de pensar que dormimos juntos na mesma cama em que estava deitado, que estivemos juntos no meu chuveiro, no meu sofá. Ela se entregou a mim, disso eu não tive dúvidas. Havia fome do corpo do outro. Não foi ilusão, tinha certeza de tê-la feito feliz.

Não podia ficar pensando nela o tempo todo. Precisava pôr minha cabeça no lugar. Débora me tirava do sério.

Ainda usava a nossa aliança, e isso me deixou confuso. Voltar a se relacionar com o ex e manter a aliança seria loucura demais até para ela.

Quando finalmente adormeci, o despertador tocou. As imagens dela não saíam do meu pensamento nem por um segundo.

— Não quero ser desagradável, Anghelo, mas você está um trapo.

— Obrigado, Pietro, não notei que depois de passar a noite sem dormir ficaria assim.

— Por causa da tal mulher? — Pietro deu tapinhas em minhas costas.

— E a Nádia? Acabou mesmo? Vocês sempre voltam, acho que você gosta de ser o tapete dela... — Paulo se manifestou, falando lentamente enquanto estacionava o carro no aeroporto. — Eu avisei que isso de bancar o Don Juan não daria certo...

— Cala a boca, Paulo — adverti.

— Pior, escuta essa, Pietro... — Paulo parou de falar de repente para puxar o freio de mão e me olhar com deboche. — O gênio aqui mandou contratar a moça. Começou ontem.

A gargalhada de Pietro me cortou os ouvidos.

— Diga, em nome de Deus, que ela pelo menos é boa profissional!

— Você leu as minutas do contrato?

— Claro que sim. — Fiquei em silêncio, escorregando os óculos escuros no nariz para olhá-lo nos olhos. — Jura?

— Cada projeção...

— Espere um minuto, ela chegou ontem e já pegou tudo? Cara, preciso conhecer essa mulher! Ela é tipo um gênio ou coisa assim?

— Vamos, por favor? — Como sempre, estavam sendo irritantes.

Seguimos para dentro do salão de embarque e, durante todo o trajeto desde que saímos do carro, Pietro simplesmente enlouqueceu-me. Paulo colocou bastante lenha na fogueira e eu estava a ponto de perder a paciência.

Paulo parou de andar pouco antes de entrarmos no jato e segurou meu braço.

— Lembrei de uma coisa importante. Ela esteve na minha casa mais uma vez. Disse que foi um mal-entendido e que te ama.

— Ela não fez isso, você está de sacanagem comigo.

— Ah, ela fez sim. Acho até que estava sendo honesta.

— Como pode ter tanta certeza?

— Depois que depositei o valor na conta da amiga, conforme você pediu... bem, você comentou sobre a viabilidade da tal loja de bolinhos...

— Você conversou com a Carol? — Não acreditei que tivesse feito isso. Apenas assentiu.

— Ela disse que o tal ex-namorado tentou agarrar a Débora, mas que ela o rechaçou veementemente depois que você foi embora. Até agressão física aconteceu.

— Ele bateu nela? — Senti o sangue subir.

— Pelo que entendi, foi ela quem bateu nele.

— E você só me conta isso agora? — gritei.

— Eu falei com a tal Carol e fui trabalhar! Queria o quê, Anghelo? Que eu perdesse a embarcação?

Torci a boca, não gostando nem um pouco. Paulo prosseguiu:

— E por acaso eu tenho teletransporte para vir do meio do Oceano Atlântico para cá em um piscar de olhos? — Entramos no jatinho. — Eu trabalho na Battlestar, não na Enterprise!

— Conhece rádio? Telefone? E-mail? Sinal de fumaça! — disse entredentes.

— Ela é bonita? — Pietro se interessou em perguntar e, antes que lhe dissesse que não, Paulo se intrometeu.

— Linda! Morena, pele bronzeada, corpão...

— Cala a boca, Paulo!

— *Santo Dio...*

— Carinha de falsa séria... Sabe como ela entrou lá no prédio? Disse que era do censo!

Pietro gargalhou mais uma vez!

— E você acreditou?

— Porra, por que não acreditaria? Nunca participei de um censo antes! A danada é esperta feito uma raposa. — Paulo sorria.

— Percebi... Embora você não more em um lugar muito bom. Por que não se muda? — Pietro questionou, desviando o assunto.

— Porque aquele apartamento foi da minha santa mãezinha e quero manter minhas raízes lá. Além disso, a garota entrou uma segunda vez e disse que o portão estava aberto. Deve ter esperado alguém subir e foi junto.

— Estou ainda mais ansioso para conhecê-la, afinal de contas... alguém amarrou o "Théo"! Ainda não acredito que usou nosso sobrenome. Você é uma piada, Anghelo. — Pietro gargalhou uma vez mais.

— Vocês estão me irritando.

— Sinceramente, primo, admita que foi a coisa mais idiota que já fez até agora.

— Com certeza não foi a mais idiota, Pietro... — retorqui.

Não deveria ter me precipitado tanto. Débora precisou da minha ajuda como homem e eu não estava lá. Deixei que aquele filho da puta tocasse nela e não quebrei a cara dele.

— E a causadora de tudo isso? Tem notícias da Nádia?

— Ligou assim que chegou no Cairo, ontem — respondi.

— Como ela reagiu quando vocês terminaram pela, sei lá... vigésima vez? — Pietro perguntou sem muito interesse.

— Desejou boa sorte — disse.

— Bem a cara dela... Se bem que desde que você começou essa farsa com a morena que a coisa entre vocês desandou de vez...

— Arrisco dizer que tudo acabou no mesmo dia em que conversei com a Débora.

Nádia não se preocupava com relacionamentos. Nós nos conhecemos pela coincidência de estarmos no mesmo bar do hotel em Lisboa, sentados lado a lado no balcão. Nádia parecia ser uma pessoa tranquila, mas, na verdade, aquela nômade era uma mulher totalmente alheia às convenções. Para ela, namorar era uma novidade, ainda que com idas e vindas.

Totalmente diferente da segurança que Débora me transmitia. Saber que ela sempre estaria por perto era apaziguador. O trabalho de Nádia era a vida dela, ela respirava aquela produtora. Ao contrário de Débora, que vivia coisas normais, preferia diversões casuais.

Dio, quando ela disse que era passista... Na mesma hora a imaginei com aqueles trajes deliciosamente minúsculos. Minha realização foi vê-la no chá de panelas. Débora exalava sensualidade e tenho certeza de que não fazia ideia do quanto me deixava maluco.

— Anghelo! — Pietro gritou. — *Caspita!* Pare de suspirar um minuto e aperte a merda do cinto! Parece um adolescente!

Quando o piloto iniciou os procedimentos para a decolagem, me dei conta de que cinco dias longe dela era muito.

Precisava voltar o quanto antes.

Capítulo 42
Happy hour

Carol tapava a boca, segurava a cabeça, andava de um lado a outro, coçava o rosto, juntava as mãos em prece... Ela reagia conforme eu contava a situação em que estava metida sem se importar com o olhar das pessoas.

— E agora?

— Não sei, até gostaria de esclarecer as coisas com ele, mas tenho medo das respostas.

— Vá com calma.

— Não sei nem mesmo como iniciar a conversa. Mandei recado pelo Paulo quando nem ao menos sabia que ele também trabalhava na empresa. Tentei explicar o que aconteceu na piscina, e Théo explodiu. Duvido muito que queira mais de mim do que uma profissional.

— Quando Paulo me procurou, conversamos um pouco, por telefone mesmo. Pedi que, caso soubesse como localizar o Théo, contasse a história como realmente aconteceu. Mas em nenhum momento ele revelou que o Théo era também um empresário.

— Duvido muito que não tenha contado. Tenho que colocar meus pés no chão de uma vez por todas. Théo, certamente, tem algum problema psicológico ou afetivo, não entendo dessas coisas, mas ele não tem necessidade, financeiramente falando, de se prostituir!

— E se ele quiser ter uma vida "normal" com você?

— Não sei, Carol. Estar mais uma vez com o Théo e depois perdê-lo... Acho que morreria.

— Com toda essa confusão, você descobriu os "detalhes". Que o nome completo é Anghelo Theodore Di Piazzi. Nome bonito. Empresário, michê nas horas vagas... Sinceramente, isso tudo é muito louco mesmo, parece até coisa da Madonna. E quem diria que o Paulo era, na verdade, contador do Théo. Digo, Anghelo. — Carol deu uma risadinha. — Déb, como se sente tendo dado para o seu chefe?

— Era pra ser piada? Conta de novo que eu prometo rir. — Carol fez beicinho, debochando.

— Será que alguém desconfia que ele tem essa tara? Cobrar pra fazer sexo casual.

— Não creio. Queria te pedir uma coisa, Ricardo nos convidou para um chopp, quer ir?

— Nos convidou como, se ele nem me conhece? Ah! Não me diga que está de olho nesse aí também?

— Apesar de ele ser bonito, cabelos castanhos e olhos verdes, não. Definitivamente, o que menos preciso é de confusão.

— De repente, fiquei curiosa. Vamos então ao tal *happy hour*. Você tem muita sorte, sabia? Só mesmo a sua amiga aqui pra sair do centro e vir encontrar com você. Sabe que odeio esse shopping.

— Não sabia, não. Odeia por quê?

— Tudo aqui é caro. E então, estão bebendo em que lugar?

— Logo ali.

— Tenho a ligeira sensação de que tomarei uma facada no final da noite.

— Não reclama, você teve reembolso de dezoito mil reais, recentemente.

Avistei Ricardo de longe, estava distraído, conversando com Gabriela e outras duas pessoas. Assim que nos avistou, sorriu e acenou para que não esperássemos na fila. Carol adorou isso. Nós nos cumprimentamos e apresentei minha melhor amiga para meus novos colegas de trabalho.

Carol se enturmou rápido, logo já conversava animadamente, como se todos fossem seus velhos conhecidos.

— Então, Ricardo, conta pra mim, como conseguiu mesa aqui tão rápido quando a espera é de quase uma hora?

— Conhecendo as pessoas certas. Jamais enfrentei fila aqui.

— Ele jamais enfrenta fila em qualquer lugar — comentou Gabriela.

— Jura? — Naquele instante, percebi o quanto Carolina deveria estar adorando Ricardo.

A garçonete deixou sobre a mesa os famosos anéis de cebola empanados. Todos se serviram enquanto eu permanecia apenas com um suco de laranja.

— Não vai comer? — Ricardo parecia incomodado com o fato de todos comerem menos eu.

— Estou de dieta.

— Dieta? Você vai sumir!

— Preciso perder uns quilos para o carnaval.

— Carnaval? Mas estamos em setembro. — Pela primeira vez, ouvi a voz do rapaz da TI.

— Exatamente por isso.

— Ela vai desfilar no próximo ano — explicou Carol.

— Você desfila em escola de samba? Sério? — Ricardo me olhou diferente.

— Sim, nos últimos dois anos, não desfilei, mas agora quero novamente.

— Isso é diferente, você é tão... — Percebi o receio de Ricardo.

— Tão...

— Séria.

— Séria? Eu? — Gabriela e os outros concordaram com a cabeça.

— Séria, ela? — Carolina gargalhou. — Vocês não a conhecem mesmo.

— Mas e você, Ricardo?

Ricardo Jordão era um homem agradável, transparente. Em poucos minutos, eu soube que era solteiro e morava no Arpoador. Brasileiro, criado pela mãe até os quinze anos. Quando começou a ser um adolescente rebelde, ela o mandou para viver com o pai, engenheiro, juntamente com a madrasta, em Abu Dhabi.

Capítulo 43
Ciúmes

Na tarde seguinte, Ricardo entrou na minha sala sem bater. No rosto, uma expressão indecifrável.

— Vamos almoçar?

— Almoçar?

— Sei que está de dieta, mas quero conversar com você. Não é possível que não sinta fome. — Fiquei tamborilando com a tampa da caneta na mesa, pensando em aceitar.

— Tudo bem, mas, por favor, que tenha salada verde.

— Conheço um lugar muito agradável onde servem quiche com salada. Que tal?

— Vamos, então.

No caminho, encontramos os grupos de colegas que almoçariam feijoada. Ricardo não comia feijão, o que ajudava bastante com a dieta que eu me impunha. Era politicamente incorreta e eu tinha plena consciência disso, mas, no fundo, estava me punindo. A dor de sentir fome me distraía da falta que Théo fazia.

— O motivo que me fez invadir sua sala e praticamente te arrastar para cá foi o relatório que você concluiu na quarta-feira e entregou ao Anghelo. Eles não alteraram nada!

— Nada? Tem certeza?

— Nada! Mandou-me um e-mail hoje parabenizando a equipe. Semana que vem ele deve voltar do Chile... — Então foi por isso que sumiu, estava no Chile.

Ricardo prosseguiu:

— Tive que abrir o arquivo para saber do que se tratava e... *Uau*... Você pegou rápido! Rápido mesmo. Achei que os comentários fossem um teste, mas ele não estava blefando. A ideia dos gráficos foi ótima! Devo admitir que fiquei fascinado, você é muito inteligente.

Isso não era algo comum. Os homens que encontrei sentiam-se pouco à vontade em admitir que uma mulher era tão ou mais inteligente do que eles. Isto é, com o Théo era diferente, ele sentia orgulho.

— Obrigada, Ricardo, desculpe não ter lhe mostrado, mas, quando fui procurá-lo, você já tinha saído.

— Sim, fui embora mais cedo, às quartas, estou fazendo um curso de especialização em *drawback*.

— Ah! Legal, eu fiz esse curso, é muito bom.

— Estou gostando bastante.

Eu simpatizava com Ricardo, suas piadas eram excelentes e ele não costumava se gabar, ainda que dominasse muito bem a área de Relações Internacionais. Infelizmente, eu não estava acostumada com gentilezas masculinas desinteressadas e, com isso, ficava insegura quando conversávamos e torcia muito para que ele não demonstrasse qualquer interesse além da amizade.

Após um almoço bastante agradável, Ricardo e eu voltamos para a empresa. Eu ria um bocado com as histórias dele, risadas que causavam dores abdominais e lágrimas involuntárias. Assim que passamos pela porta que separava a recepção da área interna, encontramos com o Senhor Di Piazzi. A risada de Ricardo morreu aos poucos e a minha, de imediato.

Anghelo Theodore Di Piazzi estava parado no corredor, entre a porta da minha sala e as baias da seção comercial, com um semblante sério. Olhou-me dos pés à cabeça. Fingi não dar importância ao seu olhar de reprovação. Fingi não estar nervosa por vê-lo uma vez mais com tamanha proximidade.

Ricardo e eu cumprimentamos o chefão e seguimos para a sala de Ricardo. Eu podia sentir o olhar dele sobre mim.

Théo, apesar da formalidade em suas palavras, deixou registrado por e-mail sua satisfação em quatro linhas.

A porta se abriu sem que se fizesse anunciar. Endireitei minha postura e ele fez uma cara feia, semicerrando os olhos.

— Ricardo, marquei uma reunião para o fim do dia, já viu o e-mail?

— Não, senhor, estava mostrando à Débora o...

— Débora, também enviei um e-mail pra senhora, preciso que resolva algumas coisas. Rápido.

— Claro, eu... — Antes que eu terminasse de falar, bateu a porta.

— Acho que algo deu errado nas negociações. Ele só deveria voltar na segunda-feira.

— Acho que ele não vai com a minha cara, isso sim.

— Não se precipite, ele é estranho mesmo.

— Estranho como?

— Estranho. Sempre de cara amarrada, tenso... Acho que é pela namorada... Mas eu não disse isso! Ok?

— Sem dúvida que não. Ele... Ele tem namorada?

— É difícil saber se a tem nesse momento, dizem no rádio corredor que eles terminam e voltam com frequência.

— E... Como é que ela é? Por curiosidade.

— Bonita, cabelo escuro liso e com franja, olhos verdes. Parece uma modelo, esteve na festa da empresa no fim de ano...

Pela descrição, se assemelhava muito com a mulher do restaurante. Fiquei me perguntando se ela fazia ideia de que ele se realizava como garoto de programa. Que estaria com ela e provavelmente com todas.

— Obrigada pelo ótimo almoço, Ricardo, até daqui a pouco. — Não conseguia esconder o desânimo em minha voz.

Escovei os dentes e retoquei a maquiagem antes de me sentar e apagar o incêndio anunciado por Théo. Quão grande foi minha surpresa ao me deparar com a caixa de e-mail vazia.

Com calma, redigi a mensagem:

"Caro senhor Di Piazzi,

Por alguma razão, o e-mail pelo senhor referido na tarde de hoje não consta em meus arquivos. Solicito gentilmente informar a natureza de tal e-mail e como poderei ser útil..."

Blá, blá, blá, atenciosamente e enviei.

Sua resposta chegou logo em seguida: "Apenas fique quietinha na sua sala."

Meia dúzia de palavras para me confundir. Estava me provocando ou morrendo de ciúmes.

Ricardo telefonou da sala ao lado.

— Débora, Edna acabou de me perguntar se estávamos namorando! Estou surpreso!

— Como assim? Não entendi. Não podemos almoçar? É isso?

— Também não entendi.

Não consegui ignorar o que Ricardo havia dito e fui até Edna. Ela contou que o senhor Anghelo perguntou se Ricardo e eu estávamos namorando. Falou sobre a política da empresa e outras coisas.

Voltei para minha sala contrariada, mas não queria mais uma vez agir impulsivamente e meter os pés pelas mãos, afinal, estava justamente naquela situação por não ter conseguido me controlar com Théo.

Trabalhei durante toda a tarde, e a reunião quase no fim do dia não era nada além de considerações sobre os anexos. Durante todo o tempo, mal nos olhamos. Senti o clima tenso, Théo não parecia tranquilo.

Mal havia entrado em minha sala e uma nova mensagem de e-mail, sinalizada como confidencial, surgiu na tela do computador. Li e reli, não conseguindo acreditar na seriedade daquela frase.

"Não venha mais para o escritório com esse vestido."

Um vestido social, na altura do joelho, um tubinho preto sem decote, com a frente idêntica ao modelo de Audrey Hepburn em Bonequinha de luxo.

"Qual o problema com meu vestido?", perguntei em um novo e-mail.

"Marca demais a sua bunda!"

Ele me fez sorrir com sua resposta. Seria possível que ainda sentisse alguma coisa por mim?

"Está falando com quem? Sua contratada ou sua namorada?", respondi. O e-mail de Théo demorou um pouco mais.

"Contratada", escreveu ele.

Tentei assimilar sua rejeição e responder à altura.

"Exatamente. E como tal, não pode interferir nas minhas roupas. Experimente isso com sua namorada de olhos verdes. Além disso, não creio que tenha tempo para ficar prestando atenção no meu guarda-roupa com sua vida dupla!"

Não houve resposta. Prossegui com minhas tarefas por quase duas horas até que Sabrine ligou, dizendo que eu deveria ir imediatamente até a sala do senhor Di Piazzi.

Capítulo 44

En ausencia de ti

Atravessei o jardim e segui pelo corredor. Sabrine, com uma expressão simpática e lábios entortados para um lado, indicou a porta dele com a caneta.

— Ele está bravo.

— Novidade...

— Não, é sério, ele está *mesmo* bravo. — Revirei os olhos, dei duas batidas rápidas na porta e entrei.

Théo estava de costas, olhando para a janela com os braços cruzados.

Pela primeira vez, reparei na sala dele. Espaçosa, talvez com uns vinte metros quadrados, tamanho suficiente para comportar um empresário e sua arrogância. Uma porta de madeira com setenta centímetros de largura de, provavelmente, um lavabo. Um sofá de dois lugares em couro ecológico preto. Interessante ter sofá e lavabo, talvez ele estendesse suas atividades lascivas para seu escritório, típico de um degenerado promíscuo. Destoando do ambiente, um par de jarros enormes com desenhos tribais, aparentemente africanos, ganhava destaque no chão, abaixo da janela.

— Eu trouxe os anexos — eu disse.

— Deixe em cima da mesa.

Para quem estava bravo, ele falou normalmente, mas sem me olhar.

Silêncio.

Aproximei-me um pouco mais, o suficiente para sentir seu perfume, então retrocedi um passo, todavia, era tarde demais, o cheiro dele me envolveu.

— Fiz as correções — complementei.

Ainda silêncio. Suspirou pesado, virando para me encarar, os braços ainda cruzados, a camisa com as mangas dobradas até a altura dos cotovelos. Sexy.

Os olhos dele estavam fixos nos meus, e eu me sentia nua diante daquele olhar.

— Não tinha tanta coisa assim, eu...

— Ricardo e você... — A voz baixa e controlada não concluiu sua dúvida.

— Você tem namorada — afirmei mais do que perguntei.

Théo desviou o olhar para minha mão, depois negou com a cabeça calmamente.

Silêncio mais uma vez. Descruzou os braços e eu rezava para que me abraçasse, mas os manteve rijos ao lado do corpo.

Meu coração estava dolorido com aquela situação. Ficamos nos encarando em um querer falar sem nada dizer. Nem um suspiro para denunciar, uma gota sequer de suor como prova de um nervosismo qualquer. Nada. Estáticos. Silêncio esmagador.

Droga. Dei as costas para Théo e deixei a sala dele. Não fui impedida.

Andei apressada pelos corredores da empresa, o que já estava virando um costume. Juntei as canetas, arrumei alguns papéis, tranquei a agenda na gaveta e, antes que eu desligasse o computador, o envelope, símbolo de um novo e-mail, piscava no canto da tela. Théo.

“Falei sério. Não quero que venha novamente com esse vestido, é provocante demais. Não condiz com o ambiente de trabalho.”

Prendi os lábios nos dentes, meus olhos desfocando as letras por culpa das lágrimas. Precisei de dois minutos inteiros para pensar na resposta.

“Pelo visto, você interage melhor com mensagens do que pessoalmente. Francamente, Théo, vai ser complicado continuarmos no mesmo ‘ambiente de trabalho’, meus vestidos e eu, com você a me controlar e agir como se tivesse algum direito. Você não faz ideia de como está sendo difícil para mim, Théo. Por favor, ouça a música que envio em anexo e aceite minha carta de demissão na segunda-feira pela manhã. Sinto muito.”

A música de Laura Pausini, *En Ausencia de Ti*, transmitiria em sua língua nativa meus sentimentos. Anghelo deveria saber de uma vez por todas o que nossos desencontros em Penedo resultaram em mim.

Não esperei por respostas.

Seria o fim de semana mais longo da minha vida.

Duas semanas sem o calor dos braços dele, sem o afeto de Théo, e ainda aquele maldito silêncio que se perpetuava entre nós.

Na manhã de sábado, recebi notícias do meu irmão e fiquei feliz em saber que estavam se divertindo em Fernando de Noronha. Ele merecia uma vida mais tranquila do que a minha.

Calcei os mesmos tênis surrados de sempre e parti para uma intensa corrida. A voz de Laura Pausini ainda martelava em minha cabeça. Tudo o que eu precisava dizer a ele estava naquela música, pois a dor que eu sentia era, definitivamente, um grande desafio, e viver sem ele não fazia sentido. Queria a chance de pôr as cartas na mesa. Ao negar a existência de uma namorada, deu-me esperanças de que pudesse deixar aquela estranha vida e ficar comigo.

Naquela manhã, corri até que minhas pernas não me obedeceram mais.

Capítulo 45
Falling into you

Théo não me procurou, muito embora soubesse exatamente como me encontrar. Estava cada vez mais difícil compreender o que ele queria de mim, o que poderia esperar dele ou se ainda haveria um *nós*.

— Oi, Dona Wanda, tudo bem? — Atendi ao telefone ainda com a esperança de que fosse ele.

— Minha filha, você vem pra feijoada amanhã?

Oh, céus... Esse prato estava me perseguindo...

— Vou sim, Dona Wanda, não perderia esse ensaio de jeito nenhum.

— Você é uma passista linda! As meninas ficarão felizes em te ver.

— Também sinto saudades... e papai sempre quis que eu desfilasse pela Beija-Flor, mas eu não faria uma coisa dessas com a mamãe.

— É... Sua mãe era Mocidade doente! Sinto falta dos meus velhos amigos... Mas a vida segue. Que bom que está voltando para nós. Preciso voltar aos trabalhos, minha florzinha, até amanhã!

— Até amanhã, Dona Wanda, e obrigada.

Assim que desliguei o telefone, Carol ligou. Sorri.

— *Transmimento de pensação*. — Carol riu. — Acabei de falar com sua mãe.

— Jura? Olha, não estou falando com ela. Se ela vier pra cima de você com um papinho qualquer pra tentar me convencer, esquece! Peteca morreu por culpa dela!

— Ainda esse assunto do gato?

— Chumbinho é ilegal, sabia?! E eu falei para ela contratar um serviço de desratização e levar o Peteca pra casa do tio Fernando.

— Ok, sossega, ela não falou nada sobre esse assunto. Era pra falar da feijoada na Beija-Flor, amanhã.

— Hum...

— Você vai?

— Não, vou sair com a Duda, aliás, foi por isso que te liguei. Tem como me emprestar sua raquete de tênis? A minha... já era.

— Vão jogar tênis, é? Hum...

— Vou ensiná-la a jogar, é um programa legal, não acha?

— Carol, qualquer coisa que você inventar vai ser legal, a companhia conta mais do que o programa.

O que eu disse para Carol aplicava-se perfeitamente a mim.

No domingo, revi antigos amigos, alguns desafetos, pessoas muito queridas, alguns conhecidos e um tanto de caras novas. Dancei bastante. Tive que comer um pouquinho para não fazer desfeita e o feijão estava delicioso. O carnaval de 2003 seria incrível, todos estavam muito animados! Tiramos muitas fotos, uma equipe de TV acompanhou parte do evento e nos filmou dançando na quadra.

Tudo estaria maravilhoso, se não fosse a falta de Théo em minha vida. Por mais que eu não quisesse pensar, aquela loucura estava indo longe demais. Quanto ao pedido de demissão... No momento do envio da mensagem, parecia ser o mais sensato, entretanto, só de pensar que eu não poderia vê-lo todos os dias, ainda que à distância... De qualquer maneira eu perderia. Minha situação era uma lâmina de dois gumes.

Na segunda-feira, enrolei o máximo que pude para sair da cama; teria de tomar uma decisão e não estava pronta para nenhuma das opções. Enquanto me arrumava, era nele que eu pensava.

Optei por um vestido tomara-que-caia balonê na cor marfim, um pouco acima dos joelhos, e sapatos meia-pata pretos com salto quinze. Se a conversa era inevitável, eu faria isso olhando-o nos olhos.

Encontrei com Ricardo no estacionamento, e ele fez sinal de positivo com o polegar pela janela do seu carro. Esperei por ele para que entrássemos juntos.

— Bom dia, Ricardo, como foi seu fim de semana?

— Bom dia. Foi bom, pelo visto o seu também, está muito bonita.

— Obrigada, mas as aparências enganam, meu fim de semana não foi lá essas coisas.

— E aquela sua amiga, Carol? Você não a encontrou, suponho.

— Supôs corretamente.

— Ela é muito divertida, dificilmente teria um fim de semana chato com ela. — O comentário dele me fez sorrir.

— Podemos marcar um novo encontro se quiser, ela gostou de você.

— Também gostei dela. O quê... Ela falou de mim?

— Nada, só que gostou de você. — Ricardo balançou a cabeça, pensativo.

Gabriela se aproximou e nos cumprimentamos.

— E aí? Pronta pra hoje? — perguntou Gabriela.

— O que tem hoje?

— Hoje está aqui o... — Gabriela forçou um suspiro dramático. — Pietro.

— O outro diretor — explicou Ricardo.

— Sim, acho que está perfeita para conhecê-lo. Queria eu poder usar um vestido assim. — Gabriela reclamava constantemente da forma reta de seu corpo.

Renata, uma outra funcionária, se aproximou para conversarmos. Ricardo sentiu-se deslocado.

— Já entendi o recado, estou de saída. Débora, vamos almoçar hoje?

— Pode ser.

Assim que Ricardo entrou em sua sala, Renata arregalou os olhos e Gabriela, disfarçadamente, seguiu para seu lugar. Imaginei que a súbita reação tinha a ver com Théo.

Olhei para trás, a fim de me certificar, e lá estava ele, nos observando. Nossos olhares se encontraram. Ele parecia estar de péssimo humor. As mãos na cintura, o terno aberto, o semblante sério.

Ao seu lado, um homem muito bonito, loiro e de olhos claros parecia se divertir com a cena, escondendo com a mão o sorriso em um falso bocejo. O homem, que aparentava ter pouco mais de trinta anos, deu-lhe dois tapinhas no ombro, disse alguma coisa para ele e seguiu na direção contrária.

Théo ergueu um dedo indicador em minha direção, chamando-me.

Aproximei-me e ele deu as costas, andando. Fiquei parada sem saber o que fazer.

— Venha, Dona Débora. — Continuou andando a passos largos.

Passou pela secretária dele sem falar nada. Olhei para Sabrine e ela fez que não com a cabeça.

— Feche a porta. — Obedeci.

Ficou me olhando de braços cruzados, pensativo, descontente.

— O que foi que falei sobre sua roupa?

Abri a boca para responder e ele prosseguiu:

— Sabe qual é o comentário dos seus colegas lá na copa? — Meneei a cabeça em negativa. — Que a supervisora é a maior gostosa! Estavam falando da sua bunda!

Segurei os lábios com força para não rir. Ele estava sendo ridículo.

— Não estou achando graça — falou sério —, eu digo pra você não vir de um jeito e você faz pior!

— Pior? Mas esse vestido é lindo!

Queria dizer que havia me arrumado para ele, mas não consegui.

— Esse vestido — disse pausadamente — marca a sua cintura, e, quando você anda, ele... quando... Você fez de sacanagem, não foi?

— Não, senhor.

— Você viu seus e-mails hoje?

— Não, senhor. — Ele passou a mão no rosto, visivelmente irritado.

— Se a sua casa não fosse tão longe, faria você voltar para trocar de roupa.

— Está exagerando. O que foi? Só você pode ter acesso? Não somos nada um do outro. Além disso, você é pervertido, deveria ficar até feliz em me ver com esse vestido.

Théo parecia confuso e surpreso com o que ouvia, e eu continuei:

— Não se preocupe, ninguém saberá o que não estou usando por baixo.

Arregalou os olhos e sua respiração falhou.

— Como é? — perguntou.

— Já que o senhor se interessa tanto pelas minhas roupas, talvez se interesse pela falta delas, também. — Théo abriu a boca e sua postura mudou um pouco. — Não me chame na sua sala para falar babaquices, Senhor Anghelo Theodore Di Piazzi. Com licença, ainda tenho que redigir uma carta ao senhor.

Saí apressada e retornei para a minha sala marchando. Os funcionários acompanhavam-me com os olhos.

Joguei-me na cadeira, respirando fundo, e só então abri meus e-mails. Havia algumas mensagens de Ricardo e uma do Théo.

O e-mail de Théo era lacônico:

"Não aceitarei que se demita, essa não é a questão, Débora. Ainda assim, quero que *ouça* a minha resposta. Se, ao final, ainda decidir ir embora, será uma decisão unicamente sua."

Em anexo, a música de Celine Dion, *Falling into you*. "Eu tinha medo de te deixar entrar aqui. Agora aprendi que o amor não pode ser feito com medo. As paredes começam a cair. E nem consigo ver o chão."

Ouvi atenta, segurando firme, mas o nó que se embolava em minha garganta era insuportável. Segurei os lábios enquanto as lágrimas caíam... Foi demais para mim. "Me pegue, não me deixe cair. Me ame, não pare". Meu coração deu um salto.

Eu temia me envolver com um garoto de programa, a música dizia que o amor não poderia ser feito com medo. Eu o queria e a música falava sobre um sonho que poderia se tornar realidade.

Era tudo tão intenso. Foi tudo tão intenso. Não pensei, simplesmente não pensei. Tirei a calcinha nude da Victoria's Secret de cetim e renda, coloquei em um envelope pardo e retornei para a sala do Théo.

Sabrine abriu a boca para protestar, mas a ignorei e entrei na sala sem bater. Théo apoiava a cabeça nas mãos e parecia ler alguma coisa. Levantou os olhos com o som da porta se fechando ruidosamente. Joguei o envelope sobre a mesa. Théo desviou os olhos de mim para o envelope e do envelope para trás de mim. Naquele instante, ouvi um pigarrear e um cumprimento.

Encabulada e assustada, senti a cor sumir do meu rosto.

— Bom dia — respondi ao homem loiro, que sorria, provavelmente divertindo-se com a cena.

— Pietro Theodore. — Estendeu a mão e eu o cumprimentei, tentando manter a calma que me fugia segundo a segundo.

— Débora Albuquerque.

— Pietro — Théo o chamou, a voz falhando. Limpou a garganta antes de prosseguir. — Pode nos dar licença um instante?

— Claro, continuamos depois. — Tentou segurar o sorriso e saiu.

Théo estava com o envelope aberto, olhando-o com uma expressão diferente das que eu conhecia.

— Você... Você... Está usando o que por baixo desse vestido? — tartamudeou. Foi difícil, mas ele conseguiu perguntar.

Dei a volta na mesa, empurrei sua cadeira para tirá-lo do lugar e me sentei em sua mesa. Théo acompanhava meu movimento com expectativa e a respiração desregular. Estiquei a perna direita, apoiando o salto fino entre suas pernas abertas. Théo mudou sua expressão de surpresa para ansiosa.

Subi o tecido do vestido e Théo inclinou o rosto para o lado direito, segurando o lábio inferior nos dentes. Inspirou com força e fechou os olhos, prendendo o ar em seus pulmões. A mão esquerda, fechada, esmagou seus lábios enquanto cerrava os olhos, apertando-os.

Ele esfregou o rosto e desarrumou os cabelos quando passou a mão nos fios dourados. Tenso.

Inclinou-se, segurando meu tornozelo na mão esquerda, com a outra, apertou um botão no telefone.

— Sabrine, não estou para ninguém. Ninguém.

— Sim, senhor — respondeu.

Théo soltou o botão do telefone para acariciar minha panturrilha. Deu um beijo em meu joelho, escorregando os lábios preguiçosamente, inspirando em minha pele com os olhos fechados, concentrado. Toquei seu cabelo, afagando-o, como eu queria fazer no instante em que o reencontrei.

De repente, Théo segurou firme meu tornozelo e apoiou meu salto no braço da cadeira. Levantou-se, puxando-me pela coxa para a beirada da mesa. Tocou nossas testas. Sua respiração estava tão acelerada... Quem diria não se tratar de um maratonista?

Sentir os lábios dele sobre os meus de maneira tão urgente foi minha redenção; suas mãos firmes em meu rosto. Massageou minha língua na sua. Enlacei seu quadril, sentindo sua virilidade crescente.

Como me fez falta o calor que saía de seu corpo, como me fez falta suas mãos e braços fortes apertando-me de encontro a ele.

Minha vida estava pulsando novamente com o toque dele em minha pele.

Théo desceu seus beijos até meu pescoço e seus dedos deslizaram até se posicionarem entre minhas pernas, acariciando-me timidamente. Tornou a colar seus lábios nos meus. Seus beijos e carícias provocavam-me. Ele puxou meu lábio inferior, mordendo-me ao ouvir-me arfar.

Finalmente. Em minhas mãos, a textura de seus cabelos, a força de seus ombros e bíceps, seu cheiro, a saliva. Seu toque inebriante que me fazia revirar os olhos.

— Eu vi você... — sussurrou, mordendo-me o maxilar. — Ontem... Dançando...

— O quê? — sussurrei de volta.

— Vi você... Na TV... Linda. — Théo me olhou nos olhos depois de mais um beijo. — Eu ouvi... A música...

— Você não me procurou.

— Você estava ocupada... Rebolando. Então enviei o e-mail.

— Eu também ouvi a música...

— E?

— E eu estou aqui, Théo.

Ele escorregou um dedo mais para baixo.

— Você está molhada.

— E? — imitei seu jeito de falar.

— Quero te comer em cima dessa mesa.

— Então me come.

Capítulo 46
Sobre a mesa

— Não posso... — Puxou meu lábio nos dele.

— Por quê? — sussurrando, soltei-lhe o botão da calça.

— Porque quero te foder até você gritar. — Adorava ouvi-lo quando excitado.

— Quero que me foda até eu gritar... — A braguilha desceu aos poucos.

Ele parou seus beijos e sorriu.

— São dez e meia da manhã.

— E daí? — Desde quando ele relacionava horário e sexo?

— Sou eu o tarado aqui?

— Théo, estou muito molhada.

— Tem razão, "e daí"?

Nossos beijos eram intensos, ele era tudo que eu precisava.

— Chupa. — Seus dedos tocaram meus lábios e eu obedeci.

Logo sua boca estava na minha e seus dedos umedecidos deslizavam para dentro de mim. E como era bom sentir aqueles dois dedos me explorando.

Théo me deitou sobre a mesa. Não sabia dizer se Sabrine foi capaz de ouvir as canetas se espalhando pela mesa e chão. O grampeador também caiu e o furador de papel foi em seguida, quando tentei me segurar na outra ponta da mesa.

A saia do meu vestido já totalmente suspensa e eu... delirava pelo jeito que me fodia com os dedos.

Théo voltou a sentar na cadeira, apoiando minhas pernas em seus ombros.

Tapei minha boca ao sentir o calor e a textura de sua língua chupando, me penetrando, movendo-se em círculos... Gemendo contra minha pele. Sugando delicadamente, arrepiando meu corpo inteiro.

Com a respiração cada vez mais alterada e desesperada para tê-lo inteiro dentro de mim, não conseguia pensar em nada. Apenas... sentir.

— Goza na minha boca, goza — ele pediu.

Indescritivelmente prazeroso. Quente. Intenso sentimento de entrega e posse.

Mantive meus olhos fechados, mas sabia que ele se preparava para estar dentro de mim. Senti a ponta de seu membro roçando. Eu ansiava por ele e...

O celular apitou com um toque absurdamente alto. Abri os olhos com o susto.

— Merda! — Théo praguejou.

Olhou para o visor do aparelho, estreitando os olhos.

Tentei me levantar e ele apoiou a mão em meu abdome, forçando-me a ficar naquela posição, meneando a cabeça em negativa.

— Fala, seu cretino. (...) Mas eu já sei disso! (...) Paulo, foi o Pietro quem pediu que ligasse? (...) Filho da Puta! — Desligou o telefone com uma cara péssima.

— Acho melhor a gente deixar isso pra depois. — Forcei-me a levantar, arrumando a saia. Ficamos cara a cara. — Talvez tenha problemas...

Fui silenciada com mais um de seus beijos que me fez perder todo o ar.

— Nem pense em me deixar assim — sussurrou contra meus lábios —, foi você quem começou, agora termina.

Levantei, fazendo-o se sentar na cadeira. Deslizando a mão suavemente em seu membro, ajoelhei no carpete para retribuir seus beijos tão íntimos, deslizando a língua lentamente. Queria matar a saudade daquele rosto se alterando a cada toque. Saudade dos lábios entreabertos, do cenho cerrando aos poucos.

Quando envolvi seu sexo na boca, senti seu corpo se retesar sutilmente, forçando-o para a frente. Mantive um ritmo delicado. Théo segurou meus cabelos, enrolando-os nos dedos, controlando a intensidade dos movimentos.

Contudo, não era um Théo comedido que eu queria, mas o meu amante descontrolado, de sangue quente e boca suja. Queria que ele se perdesse em meus lábios como eu me perdia nos dele.

Dei a ele boca, língua, beijos e mãos.

Aumentei o ritmo vigorosamente, observando-o vez e outra. Não queria perder o contato visual. Mas Théo fechou os olhos, lançando a cabeça para trás. As mãos, outrora em meus cabelos, seguravam firmes os braços da cadeira.

Apertou os lábios e os soltou de repente enquanto seu abdome contraía seguidas vezes. Sim, ele viria para mim.

Théo não articulou uma palavra sequer. Arrumei meus cabelos e roupa no lavabo. Peguei de volta o envelope com minha calcinha e Théo permaneceu paralisado, respirando pela boca. Desorientado.

Dei uma última olhada e saí. Sabrine anotava algo na agenda, mas me olhou de esguelha quando passei por ela e um sorriso discreto surgiu no canto de sua boca.

Assim que cheguei à minha sala, liguei para Carol, mas não tive tempo para entrar em detalhes porque Théo irrompeu na sala, aparentemente recuperado, com olhos brilhantes e rosto corado, e estacou ao me ver no meio de uma ligação.

— Um minuto, senhor... — Não queria que soubesse que era Carol. — Sim, Sr. Anghelo?

— A senhora tem horário disponível para uma reunião?

— Qual horário seria melhor para o senhor?

— Meio-dia, almoço.

— Qual assunto devo pôr na ata? — Carol, do outro lado da linha, gargalhava.

— Reunião de esclarecimento. — Entreabri os lábios, surpresa quando ele segurou o próprio membro, cerrando o cenho e balançando a cabeça em negativa.

— Ok, Sr. Anghelo.

"Aposto que a reunião vai ser na horizontal!", disse Carol, atenta a cada palavra.

Ele lançou-me um olhar desconfiado e saiu.

— Não acredito em tamanha formalidade! — A voz de Carol estava aguda.

— Você queria o quê? Imagina se passa alguém e vê? Minha sala é um aquário e ele é um dos sócios!

— Nem por isso você se furtou de um *oralzinho* na sala do seu chefe...

— Isso foi um espírito mau que se apossou do meu corpo.

— É... O espírito que sempre se apossa do seu corpo, *La Belle de Jour* — Carol citou o caso da pesquisadora britânica, Dra. Brooke Magnanti.

— Estou pensando em me demitir.

— Enlouqueceu de vez?

— Eu sou louca, sim, mas por ele! Tenho a sensação de que isso não vai dar certo. Na verdade, tem tudo para dar errado, ele é meu chefe e é tarado!

— Pare de ter as sensações erradas, por favor, não aguento mais você chorando no meu ombro.

Capítulo 47
Explicações

Era estranho estar em um lugar público com o Théo que não fosse um barzinho no centro do Rio de Janeiro. Ou a pousada em Penedo. Sem que ele fosse, de fato, ele mesmo.

Théo puxou a cadeira para que me sentasse e, naquele momento, pensei na mulher de Copacabana, "a namorada". Talvez seu gesto tenha sido o mesmo com ela.

— É nossa primeira vez em um restaurante. — Deixei a bolsa na cadeira ao lado.

Théo estava sério, pensativo. Prossegui:

— Evitou lugares públicos em que poderia ser reconhecido como Anghelo ou foi por causa da sua namorada?

O maître nos interrompeu, trazendo os cardápios. Théo agradeceu e desviou o olhar para a lista de pratos, pediu duas garrafas de água e dispensou o homem.

— Recomendo algo leve — ele disse.

— Para não ter indigestão com as coisas que vai me dizer, suponho.

— Supôs errado. É para que não passe mal na hora que eu estiver te fodendo — respondeu casualmente, percorrendo os olhos pelo cardápio.

Permaneci em silêncio, e Théo continuou:

— Não sei como responder sua pergunta sobre estarmos ou não em lugares públicos.

— Experimente a verdade, é libertador.

Théo deixou o cardápio de lado e suspirou antes de prosseguir:

— Não foi pela Nádia, se é isso que te atormenta.

— Nádia. — Testei o som do nome em minha boca. Tinha um gosto amargo. — Então...

— Francamente, não queria correr o risco de que descobrisse que eu... não era quem disse ser. — Minha atenção era inteiramente dele.

— Fala da sua vida dupla?

Um garçom surgiu com duas garrafas de água mineral *Elsenham*, dando tempo bastante para que Théo assimilasse a pergunta e pensasse em sua resposta. Mais uma vez ele acenou e o garçom foi dispensado.

— Já disse que Nádia não tem nada a ver com o fato de irmos ou não em locais públicos.

— Eu entendi, não estava me referindo a ela. Na verdade, me pergunto se ela desconfiava que você... — Ele me ouvia com interesse.

Théo fechou os olhos, sorriu e balançou a cabeça.

— Sim, de certa forma, ela sabia — respondeu, franzindo o cenho. — Eu poderia prolongar sua linha de raciocínio, o que me divertiria muito, mas acho que é hora de falarmos sério, sem margem para desentendimentos que, se não me engano, são as principais causas das nossas brigas. — Pausou, tomando um pouco de água. — Antes de mais nada, quero me desculpar pela forma como agi em Penedo. Não fazia ideia de que precisava de mim, mas, convenhamos, suas últimas palavras não deram chance para que eu pensasse de outra forma.

— Também peço desculpas — interrompi —, não deveria ter falado daquele jeito sobre dinheiro e suas aspirações, foram palavras impensadas, só serviram para te machucar. Obviamente, você não faz *essas coisas* por dinheiro.

Apontei para a garrafa de água, que custava quase oito vezes mais do que uma garrafa de água mineral nacional.

— Débora. Eu não faço "essas coisas".

— Você parou? — Sua expressão de divertimento me constrangia. — Tem certeza de que não tem a ver com a...

— Do início, vamos do início.

Antes de prosseguir, Théo chamou o garçom com um aceno discreto e pediu uma garrafa de vinho sem que fosse preciso olhar a carta. O garçom se retirou. Théo confirmou com a cabeça para alguém atrás de mim e sorriu educadamente; era o maître. Théo frequentava aquele restaurante.

— Eu nunca fiz nada parecido em minha vida — disse ele —, mas, pensando bem, Nádia tem uma parcela de responsabilidade pela maneira como nos conhecemos.

— Como assim? Estou confusa.

— Ao contrário do que você pensa, não sou nenhum pervertido. Eu queria compensar Nádia de alguma forma por um problema nosso, então ela sugeriu que saíssemos do comum e eu realizasse sua fantasia sexual de transar com um garoto de programa, sem que pra isso precisasse me trair.

— Só um minuto, não tenho certeza de que ouvi direito. Você está dizendo que nunca foi garoto de programa? — Ele assentiu. — Você colocou uma foto sua parcialmente nu na internet!

Eu estava chocada.

— Foi apenas por um dia, na verdade, era apenas naquele dia. O dia em que você me ligou.

— E você foi!

— Pensei que fosse coisa da Nádia — justificou.

— Mas ficou claro que não era quando me viu, mesmo assim, continuou.

— Porque era você — explicou, deixando-me sem palavras.

Ao invés do garçom, o maître surgiu com a garrafa de vinho italiano e seguiu com o protocolo, servindo-o primeiro. Théo manteve o roteiro, girou o vinho na taça, levantando o aroma, experimentou e fez um leve movimento com a cabeça.

— Acho que vai gostar desse vinho, ele é encorpado. *Brunello de Montalcino*, de 1997. Combina perfeitamente com carnes vermelhas e selvagens.

— Mas você sugeriu uma comida leve, lembra?

Théo suspendeu uma das sobrancelhas enquanto sorria maliciosamente.

— Exatamente.

Senti meu rosto queimar.

— Continuando... — Théo ignorou minha reação. — O que me fez seguir com essa idiotice foi perceber que seria uma oportunidade incrível de te conhecer, eu estava intrigado com o fato de uma mulher linda não ser capaz de arrumar um namorado.

— Mas eu tenho capacidade de arrumar um namorado.

— Eu sei disso, o que não responde a minha dúvida. Por que pensou em contratar um garoto de programa?

— Queria um namorado de mentira, alguém a quem não me apegasse.

— Acho que seu plano falhou — constatou com arrogância.

— Acho que sim — concordei e tocamos nossas taças em um brinde.

Ele tinha razão, o vinho era forte. Ficaria embriagada logo, caso não pedisse algo para petiscar. Optei por uma entrada de queijos gorgonzola, emmenthal e brie, que o garçom providenciou rapidamente.

— Não estou certa sobre querer saber a resposta, Théo, mas preciso perguntar.

— O que é? — Ele estava cauteloso.

— Alguns dias depois de... Penedo, vi você em Copacabana, com uma mulher. Era ela? Quero dizer, ainda estava com ela enquanto...

Théo descansou o cotovelo sobre a mesa, ignorando qualquer regra de etiqueta. Entrelaçou os dedos, encostando-os nos lábios. Desviou o olhar do meu, pensativo.

— Não havíamos terminado oficialmente até aquele dia no restaurante. Se é que isso responde sua pergunta. — Théo torceu os lábios, descontente.

— Responde. Você a traiu.

Théo coçou o queixo e seus olhos se estreitaram. Comi alguns pedaços de queijo enquanto pensava no que mais me incomodava. Não havia outra maneira de perguntar, então tentei ser o menos prolixa possível:

— Um dia, ouvi você falar sobre uma mulher que tinha um carro vermelho. — Théo parecia confuso e negava com a cabeça, sem saber do que se tratava. — Você disse que ela daria o que pedisse.

Com aquelas palavras, ele revirou os olhos, se recordando.

— Era sobre uma negociação, eu falava com meu primo, Pietro, não tem nada a ver com prostituição, acredite.

Baixei os olhos, envergonhada.

— Seu primo sabe que...

— Se sabe sobre nós? Sim. Você mexe comigo. Não tenho nenhum motivo para esconder o que houve entre nós ou... o que ainda está acontecendo.

— E o que está acontecendo? Além de uma forte atração sexual?

— Gostaria que me ajudasse a descobrir, Débora. Principalmente pela tensão sexual que você criou com sua calcinha no envelope. — Ele me fez sorrir ao franzir o cenho e desviar o olhar, lembrando-se.

— Acho que vou pedir a salada.

— Boa menina.

Capítulo 48
Quarto impessoal

O toque possessivo de seus dedos se fechou em minha carne, levando-me de encontro a ele, abraçando-me apertado logo que trancou a porta do quarto impessoal.

O gosto do vinho que bebemos ainda estava presente em nossas línguas. Seus dentes fizeram pressão em meus lábios e pescoço, brincando com o lóbulo da minha orelha, libertando meus cabelos habilmente.

Despiu-me com cuidado, controlando a urgência de suas carícias.

Tirou meu vestido e sutiã, deslizando as mãos por meus quadris, apertando minha cintura e se pondo de joelhos. Descansou o rosto em meu ventre, suspirou e levantou os olhos para encontrar os meus.

Escorregou a calcinha lentamente por minhas pernas até se livrar dela. Segurou em meu tornozelo, apoiando meu salto fino em sua coxa. Tirou meu sapato e repetiu o processo com o outro.

Acariciei seus cabelos, seus braços me enlaçaram e subiram conforme se erguia me puxando para seu colo. Meus pés não tocavam o chão, eu estava no paraíso.

Na cama, Théo beijou minhas pernas com uma sequência suave até alcançar meu sexo, fazendo-me derramar o bom daquele nosso amor.

Enquanto, ainda entorpecida, tentava voltar do mundo dos sonhos, Théo tirou a camisa e sentou ao meu lado, acariciando meus cabelos. Do bolso da calça, tirou seu *iPod*. Assim que a melodia de *Disease*, de Matchbox Twenty, invadiu o quarto, eu sorri.

— Lembra?

— Inesquecível, mas essa versão é acústica. O que isso quer dizer?

— Que vamos fazer amor — disse antes de se levantar e se despir por inteiro.

Aquela tarde não foi sobre um casal de amantes em um quarto de hotel impessoal. Foi sobre conhecer e explorar os limites de cada um. Foi sobre amor. Pele, respiração e olhar...

Théo me virou de bruços, arranhando minhas costas com os dentes, abrindo minhas pernas com as dele. Meus cabelos emaranhados entre seus dedos, o peso de seu corpo no meu. Seu dom era me enlouquecer.

Passou o braço esquerdo por baixo do meu, controlando seu peso sobre mim. Seus dedos buscaram os meus, entrelaçando-os, e seus lábios não abandonaram meus ombros e minha nuca.

— Por favor — implorei.

Apertei os olhos quando Théo se arremeteu de uma vez para dentro de mim. Agarrei os lençóis nos dedos da mão direita e apertei os dele com a mão esquerda. Théo entrava mais e mais fundo, arrancando-me suspiros e gemidos sôfregos. O calor, a pele, o peso do corpo dele sobre o meu, a respiração alterada em meu pescoço.

Ouvi seu coração descompassado, senti seu sorriso enquanto mordiscava minha orelha... Arrastando sua língua até minha nuca, mordendo mais uma vez. Soltou meus cabelos e segurou firme meu quadril em sua mão direita, e ficamos meio de lado, meio de bruços. Fechei os olhos e me deixei levar. Mais uma vez, seus dedos agarraram meus cabelos, puxando minha cabeça para trás, aumentando o ritmo até quase gozar junto comigo, então nos virou para cima, ainda conectados.

Conduziu meus pés para cima de suas pernas, minhas costas em seu peito e nossos rostos colados. Minhas mãos seguravam as dele sobre meus seios.

Elevei meu braço, acariciando seus cabelos e os puxando. Théo soltou um dos meus seios e percorreu a curva do meu corpo até tocar meu sexo.

Curvei meu corpo para recebê-lo plenamente. Seu peito movia-se cada vez mais rápido, acompanhando sua respiração acelerada.

— Não! — Théo parou bruscamente e me segurou firme. — Não se mexa.
— Obedeci.

Cuidadosamente, levantou meu corpo e me pôs de lado, na cama. Sentou-se nos calcanhares e sorriu, com as mãos nos joelhos, balançou a cabeça, negando.

Uma gota de suor escorreu preguiçosamente por seu abdome definido enquanto ele parecia organizar as ideias.

— Tudo bem? — perguntei.

— Definitivamente, não.

Fiquei receosa com sua resposta, mas ele sorriu mais uma vez, deixando o ar escapar pela boca. Parecia exausto.

Puxou-me pelas pernas e, um segundo depois, eu estava em seu colo. Théo suspendeu meu dorso para que eu o encarasse. Segurou minhas costas, seus lábios entreabertos, olhando-me de um olho a outro, umedecendo os lábios e me beijando carinhosamente.

— Você é muito quente, garota. — Sorri em resposta.

Théo me levantou um tanto com um dos braços e posicionou seu membro na entrada do meu sexo.

— Agora é pra valer, ok?

Assenti e ele largou o peso do meu corpo contra ele.

Forçou um tanto mais, segurando em meu quadril, bateu fundo, mas não reclamei, eu gostei daquela dor.

Segurou-me em um abraço delicado e, aos poucos, me movia, sempre de encontro a ele, sem desgrudar nossos corpos.

— Você não vai cair que eu não deixo, então olha nos meus olhos e deixa eu te amar como você merece.

Nós nos beijamos de olhos abertos. Seus braços me envolviam, os meus enlaçavam seu pescoço e minhas mãos passeavam em seus cabelos. Minhas coxas apertavam seu quadril, que movia-se gentilmente. O meu o acompanhava, nossas testas coladas.

E, em pouco tempo, absorvemos todo o prazer do corpo um do outro.

Ofegante, buscava o ar enquanto sorria. Tentei guardar a imagem de seu rosto naquele exato momento: ele sorria com o olhar, balançava a cabeça em negativa, lábios entreabertos, desejo e satisfação em sua expressão.

— Se eu morresse agora, morreria feliz.

— Se você morresse agora, eu morreria — respondi.

Seus dedos afagavam meus cabelos enquanto meu rosto subia e descia com o ritmo de sua respiração, até que suspirou pesado.

— O que foi?

— Estava pensando em uma coisa.

— O quê?

— Tem certeza de que quer saber?

Balancei a cabeça, confirmando.

— É a segunda vez que transamos sem camisinha e eu gozo dentro.

Deslocou a cabeça para ver meu rosto. Ergui meu olhar, esperando que prosseguisse:

— Estamos contando com a sorte?

Sorri. Ele franziu o cenho, tentando decifrar meu sorriso.

— Não tomo pílula, se é isso que quer saber. — Suas sobrancelhas arquearam e seus lábios se entreabriram.

— Como?

Acariciei seu rosto, ainda sorrindo.

— Injeção. Optei por injeção logo depois do nosso primeiro encontro no bar — expliquei.

Théo sorriu de lado.

— Que foi? Medo de ser papai?

Théo balançou a cabeça em negativa.

— Pode ficar tranquilo quanto a isso, não sou do tipo maternal — eu disse.

— Como assim? — As sobrancelhas dele se juntaram.

— Assim. — Beijei seu peito e me levantei. — Não quero ter filhos.

Théo ficou em silêncio, pensativo, e desviou o olhar de meu rosto para as mãos. Deixei que ficasse com seus pensamentos e fui para o chuveiro.

Obviamente, alguma coisa o incomodava, mas eu não queria iniciar uma conversa que poderia estragar todo o clima de harmonia que havia entre nós. Tomei meu banho em silêncio. Voltei para o quarto e o encontrei parcialmente coberto. Ele sorriu com carinho enquanto ouvia atento o que diziam ao telefone.

— Exatamente, Sabrine, pode transferir as ligações para o *siga-me*, menos o Cortez, deixe-o esperar um pouco mais. Não se esqueça de avisar ao Ricardo que a Débora está comigo, ficaremos fora o dia todo. Obrigado, Sabrine. — Desligou o celular e tentou me puxar para ele.

— Ainda estou com fome de você, garota. Volta pra cama. — Théo foi mais rápido na segunda tentativa e conseguiu me alcançar, fazendo-me cair sobre ele.

— Mais alguma ligação?

— Não mesmo. Sou todo seu.

Beijou-me seguidas vezes, estalando os lábios nos meus. Aprofundou o beijo e abriu minha toalha.

— Segundo round? — perguntou, e respondi enlaçando seu pescoço com os braços. — Essa é a minha garota.

Capítulo 49
Namorados

— Aham (...) Ora, porque não estou no escritório.

Bati na mão dele para que me deixasse quieta.

— Essa aqui. — Apontei para o estojo — Não, estou falando com o Théo. (...) Isso, estamos no shopping. (...) É...

Na vitrine, eram tantas opções, não sabia qual delas escolher. Carol matraqueava sem parar do outro lado da linha.

Théo entortou os lábios para um lado, puxando meu celular em seguida.

— Carolina, depois vocês conversam, estamos escolhendo nossa aliança. (...) Obrigado. Pra você também. Tchau. — Desligou. — Que foi? Não me olhe assim, não.

— Foi muita falta de educação da sua parte.

— Sem drama. — Guardou meu celular em seu bolso. — E essa aqui? — perguntou.

Não gostei, era larga demais, não combinava com meus dedos finos.

— Já vi que não gostou — falou baixinho.

Parecia que nunca encontraríamos a aliança ideal, até que, no cantinho de um estojo esquecido, lá estavam elas, um par diferente, uma mais larga e lisa, a outra era dupla com um brilhante: o par perfeito. Sorrimos um para o outro.

— É essa aqui. — Théo indicou para a vendedora.

No restante da tarde, nos comportamos como um casal igual a tantos outros. Dividimos um *milk shake*, andamos sem preocupações olhando as roupas nas vitrines e procurando as novidades literárias. Tentamos assistir a um filme no cinema, mas Théo saiu da sala umas quatro vezes para atender ao telefone.

Pela primeira vez, éramos apenas namorados.

Beijos e mais beijos, pernas atrapalhadas, quase caímos, mas não paramos de rir. Meu vestido foi suspenso e suas mãos me apertaram contra seu corpo. Os dedos seguiram para dentro da minha calcinha, apertando minha bunda. A camisa dele ficou presa nos braços. Ele não me soltava e ríamos contra os lábios um do outro.

Uma vez mais nos amamos, entre morangos e leite condensado.

Nós nos amamos no sofá, caímos e continuamos a nos amar no tapete.

Houve um momento em que tentei chegar ao quarto, fugindo, engatinhando, mas ele me puxou pelo calcanhar, me virou e nos amamos no chão frio do corredor.

Já era madrugada quando fui até a cozinha beber um copo d'água. Deveria ser apenas um copo de água, mas ele apareceu.

— Você não cansa, Sr. Cavalo?

— Cavalo? Eu tenho fome! Fome de você.

E, quando dei por mim, estava inclinada com o rosto grudado no balcão azulejado da cozinha, sendo devorada por um homem lindo.

A bendita pomada foi muito útil no dia seguinte.

— Meu bem, por favor, fecha para mim? — pedi. Amei o vestido preto que ele me deu.

Théo deixou a gravata com o nó pela metade e me ajudou, beijando meu ombro ao terminar.

— Está pensativa.

— Eu não sei como te chamar. — Ele sorriu.

— Bem, se você me chamar de Anghelo, só eu te respondo. Se me chamar de Théo, talvez o Pietro olhe.

— *Ângelo* — testei, brincando com a pronúncia mais abrasileirada. — Ainda soa estranho, mas vou tentar chamá-lo assim agora. Anghelo.

— Ainda não acredito que esteja aqui. Eu quase enlouqueci, Débora, meu mundo ficou vazio sem você nos meus braços.

— Pois eu, *não sei viver sem teu amor, sem teu abraço, só você me dá prazer. Te quero do meu lado, custe o que custar, eu amo você.*

— Uau... Isso foi, hum... Não sei o que dizer, foi lindo.

— *Revelação.*

— Pois eu adorei que tenha feito essa revelação.

O olhar terno de Théo me fez sorrir. E ponderei entre contar a ele que aquele era o trecho de uma música ou deixar que descobrisse um dia, casualmente. Achei melhor deixá-lo descobrir sozinho.

Assim que estacionou em sua vaga na Battlestar, ficou pensativo. Ainda segurava o volante quando me olhou de lado.

— Quero entrar com você. Juntos, como um casal.

— Não acho prudente. — Acariciei seu joelho.

— Por quê?

— Porque eu não tenho nem um mês aqui, isso vai dar o que falar.

— Não vai poder esconder por muito tempo. Você é minha noiva, lembra?

— Carol nos noivou, isso não valeu, você sabe disso.

— Você quer um pedido formal? — Sorria, divertido com a situação.

— Um pedido formal seria bom.

— Tudo bem, um pedido formal se entrar como minha namorada.

— Espero que todo esse empenho não tenha a ver com seus ciúmes do Ricardo.

— Não é ciúme, e, antes que fique com essa cara emburrada, não pense que estou "mijando em você", não estou marcando território, não preciso, você é minha — afirmou com arrogância.

Cruzei os braços.

— "Não precisa". É muita pretensão! Não sou de ninguém. Acho que deveria fazer uma reciclagem em gestão de pessoas.

— Bom, se você quiser, podemos dar meia-volta e faço você admitir que é minha...

Inclinei-me e dei um beijo em seus lábios.

— Não seja bobo. Eu entro com você, Sr. Cavalo.

A recepcionista parou com o canudo de seu lanche a meio caminho da boca entreaberta e arqueou as sobrancelhas ao nos ver de mãos dadas.

Théo tirou os óculos escuros e a cumprimentamos.

Pietro foi a segunda pessoa que nos viu, ainda na recepção. Ofereceu-nos um sorriso largo e bonito.

— Sabia que fariam as pazes! — Pietro apertou a mão de Anghelo e a minha em seguida. — *Cugini*.

Deixou-nos com essa estranha palavra e se virou para a recepcionista, estalando os dedos diante de seu rosto paralisado: "Acorda, Solange", disse Pietro.

— O que é *cugini*? — perguntei assim que alcançamos o corredor interno.

— Primos. — Voltou a segurar minha mão e seguimos para a copa.

— Nos falamos depois. — Acariciei o nó de seus dedos e me afastei, voltando para minha sala.

Não demorou para que Ricardo me seguisse, antes mesmo que eu deixasse a bolsa sobre o canto da mesa. Nós nos cumprimentamos e ele permaneceu com uma expressão indecifrável.

— Sim — respondi a pergunta que formulava em seu pensamento.

— Sim, você vai? — ele perguntou.

— O quê? — Fiquei confusa.

— Sua amiga ligou, a Carol. Primeiro para você, mas seu celular está desligado, então falou comigo e me convidou para jantar no apartamento dela com vocês.

O convite de Carol me surpreendeu.

— Tudo bem. Eu ligo para ela mais tarde.

— Tudo bem. Ah! Parabéns pelo namoro. Quem diria que aquela implicância toda era, na verdade, um amor reprimido...

À noite, durante o jantar, pensei que Théo aproveitaria para me pedir em casamento, mas não. Apenas rimos muito, comemos e bebemos.

E, no final da noite, ele me levou para meu apartamento e nos despedimos na entrada do prédio com um beijo, um desejo de bons sonhos e alguns "eu te amo".

Capítulo 50

Outro chalé

Théo

— Ah, por favor, Anghelo, ser ridículo tem limites!

— Quero fazer isso direito, Pietro.

— Vai esperar mais uma semana? Leve de uma vez sua *bambina* para jantar, ajoelhe-se e a peça em casamento!

— Não. Já está decidido. Junior volta esta semana, haverá um almoço para recebê-los e... preciso me desculpar com todos pela forma como fui embora.

Pietro caiu na gargalhada outra vez, e tornei-me o motivo de suas piadas.

— Acho melhor mandar buscar a *nonna* e...

— Trazer toda a família? Não mesmo.

— Que estúpido! *Dio Santo*, Anghelo, é desta maneira que quer fazer as coisas certas?

— Não é isso, mas tudo a seu tempo.

Pietro riu alto.

— Está com medo? Medo da *nonna*?! Anghelo, não seja tão idiota, claro que todos vão gostar da sua *ragazza*, mas tome cuidado com o primo Enzo, ele não tem respeito.

— Teria de estar louco para tentar alguma coisa com a minha *bambina*, atravesso a cara dele no murro!

— Eu te ajudo, depois jogamos o corpo em alguma vala e pronto.

— Tentador.

— Acho que tem de se preocupar mais com a *nonna*, não quanto a gostar da Débora, mas a primeira coisa que vai perguntar será sobre filhos. Já estou até vendo... "*Quando i bambini arrivano?*".

Era tão palhaço que imitou a voz rouca da nossa avó.

— Quando virão as crianças? Se depender da Débora, nunca.

— Oh! Isso é ruim... Por quê? Ela não pode?

— Não quer.

— Hum... Muito ruim... E você?

— Deixando as coisas acontecerem, um passo de cada vez. Temos tempo, ainda quero aproveitar muito só com ela.

— Entendo... Mas, de toda forma, avise-a sobre o que terá de enfrentar ou perderá a noiva, namorada, sei lá o que vocês são... Não se esqueça de que o Enzo não pode ter filhos, seria o par ideal para ela... — Soquei seu braço, não sabia por que ainda contava as coisas para ele.

Pietro era um idiota, irônico e debochado. E Enzo era um sujeito desprezível.

Débora estava a cada dia mais linda. Sempre que vinha em minha direção, sorria feliz. Já era costume almoçarmos juntos. Estranhamente, achei que nos veríamos mais durante o dia, mas ela mal saía da sua sala e eu da minha. De alguma forma, acredito que estivesse compensando o fato de estarmos juntos sendo uma profissional ainda mais incrível. A cada dia, me convencia mais disso.

O único momento que era realmente nosso era durante o almoço, e nem sempre almoçávamos de fato. Contudo, era um momento nosso.

Das três vezes que voltamos do almoço com um pacote de fast food, tivemos a "sorte" de encontrar Pietro, ou Paulo, ou Ricardo. E recebíamos sorrisos irônicos.

Poderia facilmente me esquecer das minhas obrigações, pois ela era uma fonte inesgotável de distração, entretanto, ela não permitia que me desviasse. Passou a checar minhas reuniões das catorze horas e nunca nos atrasávamos. Era uma companheira em todos os sentidos.

No fim da tarde de sexta, viajamos para Penedo. Eu queria fazer diferente, queria substituir todas as lembranças ruins.

Seguimos viagem nos divertindo muito com as histórias da Carol. Contei um pouco mais sobre minha família e fizemos várias paradas no caminho; eu queria prolongar ao máximo o tempo que ficaríamos a sós.

Comecei a reparar em coisas que ela fazia. Débora cerrava o cenho e franzia sutilmente o nariz quando achava algo absurdo demais para um simples entortar de lábios. Tinha manias canibais, como tentar arrancar uma cutícula imaginária do canto do polegar esquerdo. Sempre fazia isso quando estava distraída com algum pensamento. Estalava os ossos da coluna a cada vinte minutos e todas as vezes perguntava-me com um misto de espanto e divertimento: escutou isso?!

Ela sempre tirava o sapato ao entrar no carro e dobrava as pernas no banco. O jeito como enrolava o cabelo para nada, pois se soltava do coque quase que imediatamente, o modo como sorria quando nossos olhares se encontravam...

Quando olhava para ela, nada mais importava, e eu queria apenas... Olhar para ela e receber aquele sorriso de volta.

Chegamos por volta das dez da noite. Como de costume, sempre que estava por aquelas bandas, cumprimentava um velho amigo dos meus pais: o dono do restaurante que servia a melhor truta ao molho de maracujá de toda a região.

Débora estava um tanto constrangida quando apresentei a ela Hans Fitzgerald.

E, assim que entramos no carro, ela contou sobre ter ido ao restaurante e a história que ouviu de um garçom.

Primeiro, acho que pisquei os olhos umas cem vezes seguidas. Depois, fiquei só admirando o jeito dela. Cenho franzido e segurando um lado do lábio inferior nos dentes. Antes que ela começasse a arrancar os pedaços de seu polegar, balancei a cabeça em negativa e lhe dei um beijo. Ela sorriu.

Tia Ana estava acordada e bem falante, buscando todas as informações possíveis sobre o que nos aconteceu. Débora não tinha muita paciência com isso, o que talvez se tornasse um problema para nós. Eu, por outro lado, estava habituado com a intromissão constante dos membros da minha família.

Tio Bento era diferente, ela o adorava.

— Fico feliz que tenham se acertado. — O velho senhor a abraçou e me dirigiu um sorriso amável.

— Obrigada, tio, é muito bom saber que posso contar com o senhor.

— Sempre. E você, Théo, livrou-se das caraminholas?

— Elas morreram. Minha mente fervia tanto que elas cozinharam.

— Apenas para que descansem sossegados, tive uma conversa muito séria com João. Disse a ele que era bem-vindo apenas quando chamado pelo Junior, mas depois de contar o que aconteceu ao seu irmão...

— O senhor contou? — Ela parecia surpresa.

— Óbvio que contei! E ele ficou... um tanto bravo.

— Um tanto bravo não é muito bom.

— Como assim? — Não entendia do que falavam.

Débora explicou que o irmão, certa vez, quebrou um bar inteiro em um acesso de ira. Ele classificou o incidente dizendo que estava "um tanto bravo, naquele dia".

Passamos pelo ritual da tia Ana, jantamos e conversamos com tio Bento até a madrugada nos alcançar. Já quase amanhecendo, resolvemos nos recolher. O último chalé não era mais o preferido de Débora. Resolvemos trocar por outro, e então descobrimos que o chuveiro estava queimado.

— Tia Ana me odeia. Da última vez, a lareira não funcionava, agora, o chuveiro. Ela só pode estar querendo esfriar as coisas entre nós! — Até falando sério ela era engraçada. Sem dúvida não deixaria nada esfriar entre nós.

— O que acha de um passeio mais tarde, após o almoço?

— Acho ótimo. — Eu a tomei nos braços e a beijei com urgência. — Hum... não está cansado?

— Um pouco, mas nada que me tire a vontade.

Sentia o sorriso dela se formando em meus lábios. Sorri junto.

Ela fazia meu corpo reagir rápido. Escorreguei minhas mãos por suas curvas bem desenhadas, sentindo o toque de seus dedos em meus braços, os lábios macios e quentes.

Era bom olhar em seus olhos enquanto a penetrava. Sentir seu corpo por dentro, da maneira incrível que me recebia. Precisava estar atento ao que ela ansiava, não queria que fosse apenas uma foda gostosa, mas que ela percebesse que me importava em vê-la feliz, em satisfazê-la.

O sexo com ela era complicado, exigia muito da minha atenção e controle. Era fácil me perder em seu corpo e seria imperdoável que gozasse antes dela.

Capítulo 51
O pedido

Minhas mãos tatearam o espaço vazio na cama. Abri os olhos e percebi que estava sozinha. Uma folha dobrada sobre a mesa de cabeceira chamou minha atenção. Esfreguei os olhos e abri o bilhete: era parte da letra de uma das músicas do Barão Vermelho, *Por Você*.

"Eu aceitaria a vida como ela é
Viajaria a prazo pro inferno
Eu tomaria banho gelado no inverno
Eu mudaria até o meu nome
Eu viveria em greve de fome
Desejaria todo o dia a mesma mulher."

Théo me fez sorrir.

Pulei bastante para me aquecer, fiz alguns polichinelos e encarei o banho gelado. Apesar da temperatura amena em Penedo, a água parecia vir de uma geleira. Mesmo sofrendo com o banho, sorri ao me lembrar do bilhete.

Vesti short jeans e camiseta. Procurei Théo por toda parte, sem sucesso.

— Bom dia, tia Ana, a senhora viu o Théo?

— Ele saiu, mas disse que voltava pela hora do almoço.

— Certo, obrigada. Ah! O chuveiro do chalé queimou.

Théo chegou de carro, vi quando ele estacionou enquanto me balançava na rede da varanda do chalé principal.

Sorriu assim que nossos olhares se encontraram. Nossos olhares tinham encontros felizes.

— Oi, bom dia. — Segurou meu rosto nas mãos e nos beijamos.

— Bom dia. Foi ver aquele seu amigo?

— Não.

— Então aonde você foi?

— Comprar flores pra você.

— Está mentindo.

— Não. Falo sério, mas procurei as flores certas, afinal, você detesta rosas. Mas elas só chegam mais tarde.

— Hum... E de onde tirou que detesto rosas?

— Bom, mandei algumas para o seu apartamento e todas foram devidamente descartadas. — Fiquei envergonhada.

— Não foi bem assim e eu não quero falar sobre esse assunto.

— Certo...

— Que flores você comprou?

— Flores do campo. — Sorri.

— Tem razão. Prefiro as flores do campo. — Ele acertou, eram minhas favoritas pela mistura alegre das cores.

— Tio Bento me contou.

A buzina do carro de Junior interrompeu a conversa e me jogou na euforia de rever meu irmão.

Quando meus braços encontraram o abraço do meu irmão, me senti em paz. "Desculpe, darei um jeito em tudo", ele sussurrou. Beijei suas bochechas e logo Luíza me arrancou daquele abraço para me dar outro ainda mais apertado.

— Ah! Que ótimo, vocês estão juntos!

— Ah! Eu digo o mesmo, que ótimo, conseguiu aturar o meu irmão!

— Não seja boba.

Ao anoitecer, Théo me chamou para o barquinho a remo atracado às margens do lago artificial da pousada.

Assim que avistei o interior da embarcação, sorri; estava cheio de flores do campo.

— Que lindo, meu amor!

— Venha, entre, vamos passear um pouco.

Olhei em volta. O lago era pequeno, alcançávamos a margem oposta com os olhos. Seu conceito sobre passeio não estava sendo nada usual. Por isso, a insistência em nos cobrir com uma nuvem de repelente antes de deixarmos o chalé.

Entrei com cuidado no barquinho e Théo nos empurrou com o remo para longe do batelão, remando lentamente até o meio do lago.

— Você está muito romântico hoje.

— Estou? Não percebi.

— Está sim, o que está aprontando? Vai me contar mais alguma coisa estranha e está me impedindo de fugir?

Ele sorriu.

— Não mesmo, hoje é noite de lua cheia, pensei em convidá-la para ver a lua daqui, do meio da água... Acho que é mais bonito que lá da margem.

— Hum... Sei...

— Tem vontade de conhecer a Itália?

— Tenho, pretende me levar?

— Sem dúvida, estou pensando em algo especial para a primeira visita.

— Especial? E o que seria?

— Lua de mel.

— Lua de mel é realmente uma boa coisa para se fazer na Itália.

— É, sim.

Aos poucos, o céu perdia suas cores mais claras e dava lugar ao azul-arroxeado, e a lua começava a se destacar num céu pouco estrelado. Conversávamos sobre um assunto trivial enquanto a parcial escuridão nos cobria.

Ouvi uma melodia suave, mas não era da pousada. Era um violão. Forcei a vista para procurar de onde estaria vindo, seguindo os olhos pela margem, até encontrar inúmeras lanternas japonesas no lago, iluminando o caminho. Meu coração bombeou mais depressa. No fundo, eu sabia. No coreto de madeira coberto de madressilvas, encontrei o violonista e, ao seu lado, uma violinista. Eles tocavam o tema do filme Um lugar chamado Notting Hill, *She*, de Elvis Costello.

Encontrei os olhos de Théo. Ele estava sério quando vasculhou o bolso da calça jeans e estendeu a caixinha de veludo.

— "Ela talvez seja o motivo para eu sobreviver. A razão pela qual eu estou vivo. A pessoa que cuidarei através dos difíceis e imediatos anos. Eu pegarei as risadas e as lágrimas dela e farei delas todas minhas recordações. Para onde ela for, eu tenho que estar lá. O sentido da minha vida é ela". O sentido da minha vida é você, eu já sabia que sentia algo muito forte por você desde o dia daquela festinha no seu apartamento, o dia em que dormimos juntos pela primeira vez, mas eu soube que estava perdido quando estivemos longe. Eu te amo, garota brava.

— Théo... — Mal consegui falar com a voz embargada.

— Débora — ele falou e abriu a caixinha —, quer se casar comigo?

Tentei engolir o nó que se formava em minha garganta. Não consegui. Aceitei, meneando a cabeça. Com a ponta dos dedos, ele limpou a lágrima que escorregava em meu maxilar. Tomou minha mão na dele e deslizou a aliança que escolhemos.

— Pedi direito?

Sorri entre as lágrimas e, mais uma vez, apenas aquiesci.

Capítulo 52
Delegacia

Théo

Algumas semanas se passaram desde o pedido de casamento. Estava nervoso com a proximidade da festa — nossa segunda festa de noivado — e por apresentar minha família para Débora.

Ainda que eu soltasse pistas do que esperava por ela, sabia que pela personalidade forte que possuía haveriam embates mais cedo ou mais tarde. Com um pouco de sorte, bem mais tarde.

Certamente a encontraria naquela manhã correndo no Parque Eduardo Guinle. Estava determinada a ganhar condicionamento físico para o carnaval, ideia que eu não aprovava, mas respeitava. Débora acreditava que teríamos uma pequena reunião em minha casa, no final da tarde, para comemorarmos seu aniversário e apresentá-la formalmente à minha família como a futura senhora Anghelo Di Piazzi.

A tarefa de Pietro era simples: esperar nossos parentes no aeroporto, hospedá-los em sua casa e levá-los para a festa no horário combinado. Todavia, conseguir segurar nossa família era praticamente um milagre.

Paulo ficou encarregado de levar o presente que comprei, algo que ela sempre quis, mas por um ou outro problema não o havia realizado.

Pedi para que Sabrine contratasse um buffet e avisasse algumas pessoas do escritório.

Carol organizaria uma lista com alguns amigos. Por fim, telefonou dizendo que além da família e as amigas mais íntimas, Débora não gostaria de ver ninguém dividindo sua intimidade. Cogitei as outras amigas do chá de panelas e ouvi uma gargalhada em resposta. Uma gargalhada demorada.

A ligação de Luíza no início da manhã me preocupou; a sensação de que havia algo de errado era quase palpável. Bento ainda se recuperava da cirurgia de próstata, Alessandro estava fora da cidade e Junior havia se encrencado. Logo após falar com Luíza, pedi que se acalmasse e liguei para o advogado da empresa.

Algumas horas depois, na delegacia, Junior atravessou por uma porta de ferro que levava para a carceragem. Foi autuado por desordem, agressão e destruição de propriedade privada, o que rendeu uma fiança de valor significativo. A aparência dele era péssima, o lado direito do rosto estava bastante machucado, ainda assim, havia sangue demais em sua blusa para que fosse apenas seu.

Apertamos as mãos e deixamos o ambiente em que desconfiados inspetores nos observavam. Ainda no estacionamento, agradecemos e nos despedimos do advogado, mas nem de longe a questão judicial estava encerrada.

— Uma noite de sexta bem movimentada.

Pensativo, Junior respirou fundo antes de responder:

— Encontrei com João — cuspiu o nome do canalha, então entendi tudo e torci para que ele estivesse em pior estado.

— Seu punho encontrou com a cara dele, pelo visto.

— Infelizmente, o dele também me encontrou.

— Foi pelo que aconteceu com a Débora depois do seu casamento?

— Tenho muita consideração por você, Théo, mas sua passividade diante desse assunto...

Não que eu fosse um sujeito de brigas, nunca as procurei, também nunca me esquivei delas, mas Débora me fizera prometer que deixaria esse assunto no passado, que uma vida nova esperava por nós.

— Ele não prestou queixa, o que aconteceu, afinal?

— O garçom do bar se meteu e tentou apartar a briga, quando me dei conta, éramos mais ou menos oito brigando e quebrando tudo. Daí a polícia chegou. João já não estava lá, talvez tenha corrido para o hospital pra consertar aquele narizinho arrebitado.

— Quebrou o nariz dele? — Não pude conter o tom de satisfação em minha voz.

— Pretendia quebrar um pouco mais, mas...

— Você subiu muitos degraus em meu conceito. Venha, vou levá-lo para casa. Luíza está uma fera, mas, ainda que esteja com essa cara amassada, espero que apareça no jantar de aniversário da sua irmã.

— Foi por causa desse bendito aniversário que a briga começou — resmungou ao entrar no carro.

Capítulo 53
Infeliz Aniversário

Já era difícil ordenar meus pensamentos, quanto mais ouvir o que Carol dizia. A casa parecia abrigar um batalhão de pessoas. Música alta, crianças correndo e gritando, pessoas tentando falar mais alto do que o som. Não era bem essa a ideia de reunião intimista que eu tinha em mente.

Saí por um momento para a varanda dos fundos e as crianças correram desesperadas. Eram dois meninos e uma menina de aproximadamente seis anos. Tive a impressão de que eram mais de dez, tamanho o barulho.

Théo havia desaparecido. O restante dos meus conhecidos estavam fascinados pela família dele. Já o meu irmão, ainda não tinham chegado.

De repente, uma voz grave dirigiu-se a mim.

— *Cugina*, que faz *si* aqui, longe de Anghelo? — Sotaque carregado, olhos acinzentados, cabelos castanhos, barba aparada e o fato de não termos sido apresentados logo que eu cheguei me dizia que estava diante de Enzo, o primo mal quisto.

— Olá... Enzo?

— *Sì*, sabe *mio* nome. — Sorri com simpatia.

Quase que imediatamente uma outra prima apareceu. A loira de olhos azuis estava ao lado de Pietro, ambos de cenho franzido, olhavam com desconfiança para Enzo.

— *Cosa stai facendo qui? Sia problemi con Anghelo*? — vociferou.

Ele não respondeu, continuou olhando para mim, acenou com a cabeça, pediu "permesso" e saiu com a loira em seu calcanhar. Pietro se aproximou, debruçando-se no guarda-corpo ao meu lado.

— Ele lhe faltou com o respeito?

— Ah, não, apenas me cumprimentou e se apresentou, já que vocês não o fizeram. A prima loira está na cola dele.

— Sophia. Sim, Anghelo a incumbiu de ficar de olho nele, não pudemos impedir que viesse, já que a *nonna*...

Ele não precisava completar a frase. Olhei pela porta dupla de vidro e a vi sacudindo um dedo na cara de Gabriela. A cena me fez sorrir, apesar de ainda estar apavorada.

— E o que Sophia disse em italiano?

— Perguntou a Enzo o que fazia aqui e se estava querendo problemas com Anghelo, apenas isso.

— Vocês não gostam mesmo dele. Não vejo motivo para tanta preocupação.

— E Anghelo não vê motivo para deixar de se preocupar.

— Por que diz isso?

— Enzo não pode ter filhos e...

Antes que Pietro terminasse a frase, eu já revirava os olhos. Era o cúmulo do absurdo pensar que o deixaria pela comodidade de me relacionar com um homem que não pudesse me engravidar.

— Nunca ouvi uma ideia tão estapafúrdia antes.

— Anghelo fará trinta e cinco anos, Débora. O tempo passa para todos, isso não apenas o atormenta, mas também à *nonna*.

— Desde quando a avó de vocês pode exigir bisnetos?

— Exigir é uma palavra forte, digamos que ela exerce certa pressão... Venha, vou te mostrar como as coisas funcionam.

Na primeira oportunidade, corri para o banheiro da suíte e lá fiquei, tentando entender como Théo e Pietro eram tão diferentes do restante da família. Eram doze adultos e três crianças, mas a sensação era de que havia mais de cinquenta pessoas na casa.

Após breves batidas, Carolina me chamou. Abri a porta e a puxei num solavanco para dentro do banheiro.

— Debby, sinceramente? Sua família nova é incrível! — Permaneci em silêncio, sentada no banquinho. — Que cara é essa? Está passando mal?

— Ele me disse que eram alegres, mas não disse o quanto!

Carol riu alto e tapei sua boca com a mão. Ela me empurrou e começou a cuspir, lavou os lábios na pia, esfregando-os.

— Ah! Que nojo! Essa mão de banheiro na minha boca!

— Fale baixo, não quero que saibam que estou aqui — sussurrei enquanto ela me olhava com ar de reprovação.

— Não seja ingênua, seu irmão acabou de chegar com o Théo.

— Olha, não é que esteja rejeitando a família dele, mas é que eu preciso de um tempinho para me acostumar.

— Você está apavorada — constatou. Assenti, com o rosto nas mãos. — Deixe-me ver se consegui captar... Uma mulher habituada a ensaios e desfiles em uma escola de samba está surtando no banheiro da casa do noivo, durante sua festa de aniversário e noivado, por causa de meia dúzia de italianos felizes em conhecê-la?

Tentei não olhar para Carol enquanto ela andava de um lado a outro fingindo estar analisando a situação.

É, falando assim, soava ridículo.

— Esta mesma mulher — prosseguiu, se ajoelhando diante de mim —, que conseguiu um noivo lindo, alto e com uma boa condição financeira, está apavorada pelo quê, afinal? A verdade, por favor, ou você pretende mesmo me enganar?

— A avó disse que eu deveria engravidar de uma vez e que nos casássemos depois. Anghelo está envelhecendo, ela está envelhecendo, falou mais algumas coisas que o Pietro não traduziu... Ficou lá, olhando pra ela, de olho arregalado. Perguntou sobre a igreja que frequento, sobre a educação que uma criança deveria ter. Até do meu quadril ela falou.

— Ok...

Ela ouviu com atenção e pensou bastante antes de responder:

— Vocês já conversaram sobre isso, obviamente. — Assenti. — Então concentre-se no que vocês definiram.

As batidas insistentes na porta interromperam nossa conversa. Carol não pensou duas vezes antes de abrir sem nem ao menos perguntar quem era.

Théo estava apreensivo, então Carol achou que deveria inventar um enjoo por culpa do ravióli. Ele sorriu, jogando a cabeça para um lado.

— Carolina, Carolina, você é mesmo uma boa amiga. — Carol manteve a postura indiferente. — Quase acreditei. — Olhou em minha direção e sorriu. — Carol, pode nos dar um minuto?

— Claro.

Minha amiga saiu, fechando a porta do banheiro. Théo coçou o rosto, como se a barba o estivesse incomodando.

— Por um segundo, achei que estava se sentindo mal, mas então percebi que está se escondendo da minha família. — Colocou a mão no bolso da calça jeans escura e se recostou na parede.

— Você tem todo o direito de ficar chateado, mas eu...

— Não estou. Também me escondo deles com frequência, tanto que resolvi ficar por aqui, no Brasil, desde o início da minha vida adulta.

— Desculpe, eu só precisava de um tempo. — Alguma coisa na maneira como me olhou me deu a certeza de que ele sabia o motivo de eu ter me escondido.

— Apenas não diga que não avisei. — Soltou as mãos dos bolsos e me ajudou a ficar de pé.

Luíza estava praticamente de frente para o corredor. Assim que me viu, disfarçou uma cara feia e abriu um sorriso, e logo seus braços estavam me apertando.

— Feliz aniversário!

Agradeci ainda de olhos fechados por conta do abraço esmagador, mas, assim que os abri, levei um susto. Junior estava com o rosto bastante machucado. Se me dissesse que foi atropelado, acreditaria na hora.

Quando soube que havia se metido em uma briga de bar, fiquei desapontada e por pouco não discutimos. De certa forma, eu acreditava que o casamento o faria repensar suas atitudes, mas parecia não ter mudado em nada seu temperamento explosivo.

Théo fez questão de desviar o assunto do motivo da briga e os envolvidos. Puxou-me pela mão e saímos para o quintal dos fundos pela porta da cozinha.

— Paulo teve um contratempo, não pôde vir, por isso precisei sair — explicou, sem que isso fizesse o menor sentido para mim, então apenas aquiesci.

— O que estamos... Oh, meu Deus!

Escondi a boca aberta com as mãos e fitei os olhos divertidos de Théo com os meus arregalados. Aos poucos, me refazendo do susto inicial, juntei as mãos no peito, ainda com os lábios entreabertos. Um Cocker Spaniel caramelo era o cão dos meus sonhos. Contei para Théo que eu sonhava em ter um cão caramelo desde a infância, mas sempre morei em apartamento, então, no dia que fosse morar em uma casa, certamente teria um Cocker Spaniel.

— O nome dele é você quem vai escolher.

— É lindo! Eu quero pegar!

— É seu, vá em frente.

Antes de me debruçar no cercado metálico, enlacei o pescoço do meu noivo em um abraço e apertei seus lábios nos meus, no que deveria ser um beijo de agradecimento.

O cãozinho era tão dócil que veio no meu colo abanando o rabinho sem parar.

— Quanto tempo ele tem? — Olhei para me certificar de que era ele e não ela.

— Cinco meses. Você gostou?

— Adorei! Tenho gostado de tudo que vem de você, tudo!

Gostei do bolo de morango e chantilly, dos docinhos de damasco e da cascata de chocolate. Comi bem pouquinho, não queria pôr a perder semanas de dieta.

A rua estava deserta; era pouco mais de meia-noite quando nos despedíamos de meu irmão e Luíza. Tentei ao máximo arrancar dele o que de fato havia acontecido, contudo, ele se esquivou, prometendo contar em outro momento.

O cãozinho, que ainda não tinha nome, conseguiu fugir pelo portão, mas Théo o pegou rapidamente e o levou para o cercadinho.

Luíza ajustou o banco do carona para que Junior pudesse acomodar melhor a perna machucada. Abracei meu irmão, pedindo que tivesse mais juízo. Foi quando um homem, não saberia dizer de onde surgiu, se aproximou a passos largos. Junior estava de costas para a rua, então eu o girei para o lado, ainda o abraçando, no mesmo instante em que o homem com casaco de capuz erguia a mão, esbarrando em nós.

Ouvi barulho semelhante a um estalo e algo queimou minha cintura. Logo a dor se alastrou pelas minhas costas. Luíza deu um grito e ouvi o homem correr enquanto meu irmão me segurava ainda mais forte em seu abraço. Nós caíamos, ou era eu quem não me mantinha sobre as pernas.

Em meu campo de visão, as calças de Théo se aproximavam. Quando ergui meu olhar, encontrei os olhos dele quase saltando das órbitas, a cor fugindo de seu rosto.

Ouvi me chamarem, mas estava tão distante... Tentei ficar alerta, lutar contra a sensação esmagadora de confusão mental. Théo estava perto, eu não entendia o porquê de seus traços estarem desfocados. Forcei a vista, tentei me levantar, mas havia dor e, então, tudo escureceu.

Capítulo 54
Quarenta e oito horas

Théo

Era praticamente impossível respirar sabendo que a mulher da minha vida estava no centro cirúrgico. Algumas horas antes, o médico aparecera tentando nos acalmar, dizendo que, apesar do risco que qualquer ferimento com arma de fogo pudesse causar, o projétil não perfurara nenhum órgão vital, estava alojado entre o baço e o intestino.

Luíza chorava em silêncio e Junior se balançava em transe na cadeira fria da sala de espera enquanto eu gastava o piso ou a sola do sapato, o que acabasse primeiro, indo de um lado a outro.

Comecei a sentir falta de ar. Algumas horas depois, senti o peso do meu corpo sobre as pernas e desabei na cadeira, no canto oposto da sala da agonia.

Tentei entender o que havia acontecido e como. Apenas um desejo me vinha à cabeça: um acerto de contas. Junior confirmou minhas suspeitas no carro: a caminho do hospital, ele repetia "era para mim, era para mim".

O hospital notificou a polícia, procedimento padrão em ocorrências com arma de fogo. Foi preciso que respondêssemos algumas perguntas e deveríamos comparecer à delegacia o quanto antes.

Francamente, eu não pensei em advogado, delegado ou briga de bar. Queria notícias dela, somente isso.

Um segundo médico, magro, de olhos fundos, com não mais que quarenta anos, apareceu algum tempo depois, nos fez sentar, pigarreou e só então começou a falar.

— O projétil está alojado entre o baço e o intestino, por trás, ou melhor dizendo, muito próximo da costela inferior esquerda, em um local de difícil acesso. Não podemos arriscar perfurar o intestino. O organismo dela está muito debilitado, está desidratada e com grande perda de massa muscular, apresentando também um quadro de deficiência de ferro. O procedimento usual seria a retirada do baço para chegarmos até a bala. Acontece que ela precisa dos monócitos para se recuperar.

— O que o senhor quer dizer com tudo isso, doutor? Que ela vai ficar com uma *bala* na barriga? — Junior perguntou, exasperado. Logo se levantou e todos levantamos também.

O médico esfregou os olhos, tentando se concentrar.

— Sabemos que houve uma lesão parcial do nervo intercostal — prosseguiu —, o que significa que ela sentirá dores por um longo período. Por sorte, não aconteceu nenhuma ruptura, nenhum dano permanente, mas será uma cirurgia demorada e delicada.

— Só me diga, por Deus, que ela vai ficar bem — pedi.

— Faremos o possível, mas ela vai precisar de sangue e nosso estoque de A negativo é quase nulo.

Junior não poderia doar por ser O positivo, assim como eu. Luíza também tinha o fator RH positivo.

Após ligar insistentemente para Carol, telefonei para Pietro. Não me lembrava de que tinha sangue O negativo, estava desesperado, pensando que talvez soubesse de alguém que pudesse ajudar. Pietro levou um susto quando contei o que estava acontecendo.

Meu primo chegou ao hospital em vinte minutos, com o dia clareando. Nós nos cumprimentamos rapidamente e ele sumiu pelas portas duplas com um médico e um enfermeiro.

A cada instante, reforçava em minha mente: ela não está em perigo, não tem nada para dar errado. Talvez fosse uma oração, talvez um mantra.

Luíza queria ficar mesmo quando o sol já estava alto, mas Junior a forçou a ir embora com a desculpa de que Débora precisaria de roupas, escova de dentes e outras coisas.

Eu não consegui pregar o olho, não conseguia raciocinar direito, só queria minha morena de volta, inteira. Pietro cochilou na cadeira e, lá pelas dez, Carol chegou, desesperada, culpando-se por ter desligado o celular, ainda que ela não pudesse fazer nada, efetivamente, por Débora.

Andamos de uma ponta a outra no corredor, contei as cadeiras, a quantidade de paletas na persiana, observei as lâmpadas frias. O tempo simplesmente não passava.

Carol sentou-se com fones de ouvido e braços cruzados; parecia bastante irritada, balançando a perna compulsivamente.

— O que está ouvindo? — perguntei, sentando-me ao seu lado.

Ela tirou um dos fones e passou para meu ouvido esquerdo.

— Paralamas — respondeu. — *Lanterna dos Afogados.*

A voz forte de Cássia Eller invadiu-me. O jeito como ela cantava era mais ou menos como nos sentíamos. Havia raiva, revolta, desassossego. Estávamos como ela, desesperados, esperando que um alguém chegasse.

— Escolheu aleatoriamente? — Referia-me à música.

Carol abriu um dos olhos e suspirou.

— Não. Se estou chateada com alguma coisa, eu ouço Cássia Eller. Esta é minha playlist de: *estou puta, vou matar alguém.*

— É um bom tema para uma playlist.

Carol tornou a fechar os olhos e encostar a cabeça na parede. Fiz o mesmo. Ouvimos a música seguinte em silêncio. *Malandragem.*

A música estava no final quando Carol falou comigo:

— Você está estranho.

Olhei Carol de esguelha.

— Estou bem.

— Eu sei que não está, também não estou.

Não retruquei, ela tinha razão, eu não estava bem. Mal sentia meus batimentos, minha mente estava vazia, nenhum pensamento se fixava por tempo suficiente para que eu esquecesse o que vi e o que senti.

Nunca me esqueceria da sensação de impotência, do medo, da tensão. O jeito como me olhou, os lábios que eu amava beijar estavam esbranquiçados. O sangue. As mãos inertes. Nada era pior do que o pensamento de que ela seria arrancada de mim.

Assim que o doutor apareceu na ponta do corredor, corremos para saber notícias. Ele não fez rodeios, a cirurgia havia terminado e ela passava bem.

Assim que o médico descartou a possibilidade de que ela corria risco de morrer, Junior saiu.

Algumas horas mais tarde, nos deixaram vê-la através de uma janela de vidro. Parecia frágil, não havia cor em seu rosto e parte dele estava coberto por uma máscara de oxigênio.

— Ela me assustou. — Carol olhava fixamente através da janela.

— Ela me assustou também. — Quando respondi, senti que era muito mais do que apenas um susto.

— Ela vai ficar com alguma sequela?

— Algumas dores por um tempo, espero que apenas isso.

Voltamos a nos calar, olhando para ela o máximo de tempo que nos foi permitido, até que nos mandaram embora. Enquanto Carol ficava de plantão na sala de espera, voltei para casa, precisava de um banho e de roupas limpas. Soube no caminho, através do advogado da empresa, que Junior havia denunciado João.

— Anghelo.

Ouvi meu nome e despertei, assustado.

A TV exibia um programa sobre biscoitos caseiros na hora que cochilei, e, ao abrir os olhos, a primeira cena que vi foi um desenho animado.

Ainda tentando assimilar as coisas, olhei ao redor e percebi que Débora ainda dormia. Então relaxei, esfreguei os olhos, afastando o cansaço, e então ouvi meu nome mais uma vez.

Débora chamou-me ainda de olhos fechados; a voz fraca era quase um sussurro. Aproximei-me da cama e segurei seus dedos, acariciando-os. Ela deu um sorriso tão fraco quanto sua voz. Naquele instante, percebi que foi a primeira vez que me chamou de Anghelo.

— Oi, dorminhoca.

— Oi. Junior?

— Está tudo bem, não se preocupe. Descanse um pouco mais. — Apertei o botão da enfermaria. O rosto dela estava contorcido. Dor.

A mulher que eu amava permaneceu sedada por quarenta e oito horas, e essa conta seria cobrada.

Capítulo 55
Fora da lei

Théo

Eu via vermelho quando desliguei o celular e tomei o primeiro desvio para a Zona Sul do Rio. Sabia que a família dele morava num casarão em Botafogo. Demorou um pouco para que Carol atendesse minha chamada. Pedi o endereço da mãe de João, e ela, sem desconfiar de nada ou cansada demais para raciocinar, informou.

Era óbvio que um pária como ele procuraria se esconder na barra da saia da mãe, como todo covarde. O pensamento de que ele poderia ter arrancado a vida da minha Débora injetava em minhas veias o ódio necessário para ir até o inferno, se preciso, para acertarmos de vez nossas contas.

O trânsito pesado sentido Centro foi um ótimo combustível para o sentimento que já fervia em mim. Não encontrar um estacionamento no raio de quinhentos metros do endereço em Botafogo também me queimou por dentro.

Na segunda volta no quarteirão, desisti e larguei o carro em fila dupla.

O portão gradeado estava enferrujado e rangeu bastante quando o empurrei para que abrisse. Toquei a campainha algumas vezes, bati na porta, esmurrei, ninguém atendeu, mas ainda havia a desconfiança de que ele se escondia na casa. Depois de alguns minutos sendo ignorado, a raiva só fazia aumentar.

Não tinha muito tempo, logo a polícia chegaria, mas não havia muito o que pudesse fazer. Arrombar a porta seria uma idiotice e não havia chegado aos meus trinta e quatro anos para começar a me comportar como um imbecil. Esperaria.

A paciência era um traço forte da minha personalidade, assim como o autodomínio. Se eu fosse diferente, não teria conquistado o amor dela, teria posto tudo a perder. Cada minuto que quis beijá-la e não o fiz. Cada dia que desejei devorá-la e não o fiz, negligenciando a dor física que isso me causou. Mantive meu propósito. Aquela mulher era uma incógnita, seu riso vinha fácil, sua confiança, não. Na noite que a vi dançando para as amigas, eu a desejei com força suficiente para meu corpo queimar. Quando a beijei e seu corpo reagiu, eu soube que ela me queria, mas seria fácil demais tomar seu corpo. Eu queria sua alma.

Fazê-la admitir que me amava, não importando quem eu fosse, tornou-se uma obsessão.

Enquanto eu a enlouquecia, criando uma tensão sexual quase palpável, ela fazia pior, destruindo as chances de qualquer outra mulher entrar em minha vida. Débora havia dominado cada pensamento meu, seria uma indelicadeza da minha parte não retribuir da mesma maneira.

Ela era meu sol e João quase a tirou de mim.

Oculto pelas folhagens do jardim mal cuidado, esperei. Foram vários minutos, até que uma senhora de meia-idade se aproximou, com a sacola de compras em uma das mãos. Revirando a bolsa com a outra, puxou finalmente um barulhento molho de chaves enquanto subia os degraus de cimento.

Enfiou uma das chaves na fechadura e girou, destravando a velha porta de madeira. Estreitei os olhos à espera do momento certo.

A mulher ainda tinha a maçaneta externa na mão e um dos pés para dentro da casa quando saltei os poucos degraus, subindo com agilidade e empurrando a porta. A mão dela escorregou da maçaneta. Gritou. As compras caíram ao seu redor quando largou a sacola, assustada.

Não me senti orgulhoso do que fiz, mas a gana em acertar as contas com aquele pulha era maior do que qualquer cavalheirismo em mim.

Gritei seu nome a plenos pulmões, podia sentir o cheiro da sua covardia impregnando a casa.

Não pensei que ainda pudesse estar armado, não pensei em nada.

A mãe dele corria atrás de mim, tentando me impedir de avançar pela casa. Aquela senhora não tinha mais do que um metro e meio e não conseguia nem mesmo fazer com que eu tropeçasse na minha obstinação.

Ela gritava para que eu saísse e eu gritava para que seu filho aparecesse.

Vasculhei o casarão de três quartos em poucos minutos. Eu não pensava em desistir. A pequena mulher tentava me assustar com um cabo de vassoura. Instintivamente, colocou-se à frente de uma porta na cozinha.

Estreitei novamente meus olhos, sacudindo a cabeça ao me dar conta do óbvio: o esconderijo de um rato não seria outro senão o porão. Passei por ela como um trator, quase a derrubei, mas a mulher se equilibrou em um móvel gasto. Arrombei a pequena e frágil porta de madeira, desci os degraus de dois em dois, até que o avistei num canto. A penumbra encobria parte do seu rosto.

Ele não parecia assustado ao me ver, parecia ansioso, havia ódio em seu olhar e, no meu, havia muito mais. João não tinha o direito de se sentir preterido, usado, ou traído.

Estudei com rapidez seu rosto, sua posição, seu corpo. Escorado na quina da parede, próximo a uma bancada de marcenaria, a mão direita oculta pelas sombras, a esquerda entreaberta, ele pretendia me golpear com algum objeto, isso era certo.

Corri os olhos pelo pequeno porão sem alterar nem um milímetro minha postura, não havia nada ao alcance das mãos.

A mãe de João surgiu nos degraus, na metade da escada, pedindo que os deixasse em paz.

Foi apenas um segundo... Quando dei por mim, algo brilhante passava rente ao meu rosto. Esquivei por reflexo. João avançou, fazendo-me recuar. Olhei rapidamente para a sua mão e vi que ele segurava uma chave Philips. Ao se expor à claridade, percebi os ferimentos em seu rosto. O corte no supercílio cicatrizava. O lado direito do rosto ainda estava inchado, com escoriações e o nariz torto.

A mãe de João voltou a clamar para que o filho parasse com as brigas.

— Acho melhor dar ouvidos à sua mãe, moleque.

— E eu acho melhor você dar o fora, Senhor Perfeição.

— Pelo visto, você quer reformar a sua cara... Eu vou te ajudar.

Ameacei avançar sobre ele. João deu um passo para trás, erguendo a ferramenta. Pretendia perfurar meu abdome, mas, no exato momento em que estendeu o braço, eu o agarrei pelo pulso, puxando-o de encontro a mim e desferindo uma cabeçada em seu rosto já machucado. Ele gemeu, segurou em minha camisa e usou a perna esquerda para chutar enquanto tentava desvencilhar o braço direito.

Girei seu pulso para fora e, conforme seu braço torceu, gritou e largou a chave, que rolou para debaixo da bancada. Eu só precisava de um soco, um bom soco com minha mão direita, e o colocaria para dormir, mas, em vez disso, apoiei a mão em sua nuca, forçando-o para baixo, para que meu joelho encontrasse seu estômago.

João caiu de lado sobre um amontoado coberto por um carpete empoeirado, no canto da parede. Prendi seu peito com o joelho esquerdo enquanto reabria, no punho, uma a uma as feridas do seu rosto. Senti uma pancada forte nas costas, mas não me virei. A adrenalina corria em minhas veias como se fosse meu próprio sangue. Senti uma segunda pancada, a mãe do miserável tentava me fazer soltar o filho, batendo com uma perna de cadeira em minhas costas.

João tentava reagir e, quanto mais se mexia, mais eu queria fazê-lo ficar parado de uma vez por todas.

— Solte o meu filho! Você vai matá-lo! — gritava a senhora em desespero.

— Ele atirou nela! Atirou na Débora! — João ainda protestava, tentando empurrar meu queixo, mas, quando ouviu o nome dela, seus braços caíram pesadamente sobre o carpete.

Por um momento, pensei ver confusão em seus olhos. Eu o soltei, me virando para sua mãe, arrancando-lhe facilmente a madeira das mãos e jogando-a para longe.

— Seu filhinho é um marginal, não passa de um covarde!

— Ele não fez nada! Ainda assim, você não tem o direito! Essa é minha casa! É o meu filho!

— É a minha noiva! Minha noiva está em um hospital! Precisa estar sedada, porque não suporta as dores que o *seu filho* causou quando lhe acertou um tiro na costela!

Ofegante, a senhora buscou no olhar do filho a confirmação para o que ouvia:

— Junior, era o Junior... — resmungou com a voz falha.

— Não, seu merda, você acertou a Débora. Agora está satisfeito, não é? Conseguiu ser inesquecível de uma maneira ou de outra!

A mãe de João chorava copiosamente. De certo, não sabia que o filho se escondia por algo mais grave do que uma briga de bar.

— Eu não...

— Você é uma pústula, um vermezinho, um... um... Perdi até a vontade de te matar. Não vale a pena ser preso por *isto*.

Exausto, subi dois degraus. Pensei melhor, havia algo que ele merecia muito mais do que morrer.

O rosto descorado de Débora, o sangue manchando a roupa de seu aniversário, as primeiras horas de seus trinta e um anos em uma sala cirúrgica... Voltei com tudo para cima dele, chutando-o com toda a raiva que cada lembrança me causava. A mãe de João deu um grito agudo. Quando João não teve forças para inspirar, senti que meu propósito estava cumprido.

Olho por olho e... Costela por costela.

João foi preso quando deixou o hospital, naquele mesmo dia.

Capítulo 56
Lar

— Hoje é o dia.

— Hoje é o dia — ela confirmou. — Não aguento mais essa comida, Anghelo, não aguento.

— Você está mais gostosa, se é isso que a preocupa.

— Gorda, você quer dizer. Esse soro acabou comigo.

Débora não parou de reclamar um só minuto desde que viu no espelho que as benditas maçãs salientes em seu rosto estavam praticamente imperceptíveis. No lugar, havia lindas bochechas e covinhas apareciam quando sorria.

O quarto estava repleto de flores. Dos funcionários da empresa, de alguns colegas que eu desconhecia, das nossas famílias e até um cacto pequeno, dado por Carol. Justificou a inusitada escolha afirmando que o cacto parecia com a Débora: criou espinhos para se proteger quando, na verdade, era frágil. Eu ainda preferia a mesma analogia com rosas, mas, por se tratar de Carol, tudo era possível, inclusive ter comprado o cacto por ser mais barato do que um buquê de flores.

— Minhas flores...

— Pedi que levassem, não se preocupe.

— Estou morrendo de saudades do cãozinho — falou com ternura.

— Precisa dar um nome a ele, amor, “cãozinho” é estranho.

— Vou pensar em algo que combine com ele.

Débora reclamou por deixar o hospital em uma cadeira de rodas. Reclamou ainda mais quando contei das enfermeiras que ficariam ao seu lado vinte e quatro horas por dia. E reclamou quando não permiti que voltasse para seu apartamento. Ela era minha, não ficaria mais nenhum segundo longe. Reclamou quando a peguei no colo, constrangida com seu aumento de peso, que era insignificante para mim. Da única coisa que não reclamou foi da cicatriz delineada na cintura; sobre isso, não disse uma só palavra.

A *nonna* insistiu em fazer companhia para Débora, mas achei que seria um golpe duro demais para a minha morena. Com a desculpa de que Débora não entendia quase nada em italiano e que Sophia sabia falar melhor o português, não era casada, tampouco tinha filhos, argumentei de todas as maneiras e consegui convencê-la, em poucas horas, de que minha prima era menos importante para a família e que poderia ficar no Brasil. Uma semana depois que saímos do hospital, minha família retornou para a Toscana.

Sophia e Débora deram-se muito bem. Pela primeira vez, a vi totalmente relaxada em outra companhia que não fosse Carolina. Débora era extremamente reservada, talvez pelo ocorrido com a tal Letícia, no passado. Carolina a visitava dia sim, dia não, e discutiam em todas as visitas.

— Théo, não sei como você aguenta a Débora, que doente mais chata!

Em uma de suas visitas, conversamos sobre ela trabalhar na Battlestar. Carol ficou tentada, mas queria abrir uma loja de bolinhos de chuva quando deixasse o emprego.

Débora passou os primeiros quinze dias de recuperação em repouso absoluto, e continuou reclamando de tudo, mas não me importei nem um pouco. No décimo sexto dia, fui surpreendido por um e-mail às nove da manhã:

"Caro Senhor Anghelo T. Di Piazzi,

No intuito do bom andamento dos negócios com os fabricantes de containers, com especificações listadas em arquivo em anexo, solicito observar que o período para a assinatura do aditivo de prazo é de trinta e oito dias (vinte e três de Janeiro de 2003) a contar desta data.

Segundo informado pelo gerente comercial, o documento já foi assinado pelo Senhor Pietro, aguardando apenas sua assinatura para liberação.

Atenciosamente,

Débora Albuquerque.

P.S.: Pedi que Olívia fizesse panquecas para o jantar.

P.S.: Te amo, estou morrendo de saudades."

Olhei de relance para meu escaninho e sorri quando percebi as folhas que deveriam ser assinadas. Pensei um pouco antes de respondê-la. Achei bom que voltasse ao trabalho e sabia que seu súbito afastamento a deixava louca de ansiedade. Sophia partiu no dia anterior, contribuindo para o aumento da frustação de Débora, que já havia lido uma trilogia e iniciara um livro de suspense na noite anterior.

Redigi:

"Futura Senhora Anghelo T. Di Piazzi,

Os documentos já estão assinados.

Segue em anexo a lista atualizada de novos negócios, enviada também ao Ricardo. Peço que analise a viabilidade de cada um, visando o planejamento e metas para o segundo quadrimestre de 2003.

Atenciosamente,

Seu futuro marido.

P.S.: Panqueca está ótimo pra mim.

P.S.2: Também te amo e também estou com saudades."

Aos poucos, a vida começava a entrar nos eixos.

Ricardo interrompeu meus pensamentos com breves batidas antes de entrar em minha sala.

— Anghelo, eu recebi um e-mail da Débora... — Notei a incerteza em sua voz. — Ela já pode trabalhar? — O cenho franzia enquanto fazia a pergunta.

— Teoricamente, não. — Voltei minha atenção para a tela do computador. — Mas ela deve estar na cama, com o notebook no colo, e eu prefiro que mantenha os dedos no teclado do que na boca, tentando arrancar cutículas imaginárias.

Ricardo deu um passo em minha direção, atraindo minha atenção.

— Fale de uma vez. — Notei que ele vacilava, ponderando entre iniciar ou não algum assunto.

— É um assunto pessoal... É sobre a Carol e... a Duda.

Minimizei a tela do computador que exibia algumas projeções, indicando a cadeira para Ricardo.

— O que tem a Carol e a Duda?

— Você sabe, lógico que você sabe, que elas têm um relacionamento, digamos... aberto. — Balancei a cabeça, encorajando-o a prosseguir. — Saí algumas vezes com a Carol, uma delas foi na noite do... do aniversário da Débora. — Ele fez uma pausa, expressando seu lamento. — Eu gosto muito dela, mas, na sexta-feira, Duda e eu nos encontramos por acaso, conversamos e... acabamos dormindo juntos. Foi... muito bom. Na verdade, foi muito bom com as duas.

— Isso foi inesperado. Você com essa cara de santinho, hein? — brinquei ao notar a preocupação dele. — Afinal, qual o problema?

— Duda contou para Carol.

— Ah... Nossa... E Carol não quer mais sair com você, é isso?

— Na verdade... Ela quer e Duda também quer, mas... As duas também querem continuar uma com a outra... — A coloração do rosto de Ricardo mudou para um vermelho intenso. — E... Não se importam que fiquemos todos... juntos.

Ricardo me surpreendeu.

— Eu... Será que entendi o que acho que tentou me dizer?

Ricardo se remexeu, desconfortável, na cadeira.

— *Ménage?* — Ricardo assentiu. — Uau! E isso o incomoda de alguma forma? — Ricardo deu de ombros e eu segurei o riso. — Então vai nessa! Você está vivendo o sonho de boa parte dos homens — afirmei, apontando em sua direção. — Não é o meu caso — prossegui —, estou em um seleto grupo de monogâmicos. É uma área VIP.

Se a relação nada convencional de Ricardo, Duda e Carolina tinha futuro, era difícil dizer, mas desejava a felicidade deles.

Aquela foi uma segunda-feira de novidades. Meu futuro cunhado anunciou a gravidez de Luíza. Uma boa recordação da lua de mel.

Durante o jantar, notei que Débora estava tensa, e já imaginava o motivo.

— Pensou no nome do cachorrinho? O coitadinho já está sendo chamado de Sem Nome.

— Não, ainda não.

— Pensou no que eu te falei?

— Sobre o quê?

— Sobre pegar o restante das suas roupas e vir morar de uma vez comigo.

— Não sei, eu... Não, não pensei, mas acho que é o mais lógico, afinal, depois do casamento...

— O que está te atormentando? — Já sabia a resposta, mas queria discutir o assunto.

— Nada.

Bebi um gole de vinho sem tirar os olhos de cima dela.

— O quê? — continuou. — Já disse que não é nada.

— Eu já te contei que conheço bem as mulheres?

— Uma vez. — Ela sorriu, recordando, mas seu sorriso não lhe alcançou os olhos.

— Então o "nada" que te incomoda tem a ver com um "nada" de uma forma geral ou um "nada" específico?

— Estou pensando no carnaval, queria tanto desfilar.

— Hum... Isso não vai ser possível, por enquanto. Mas não acertamos que ficaríamos no camarote?

— Sim, você disse.

— Então, minha boneca? Não se aborreça, sim?

Débora aquiesceu, mas continuou calada, revirando primeiro a salada, depois o frango.

Soltei o garfo e entrelacei os dedos, apoiando meu queixo sobre eles.

— Agora a verdade — pedi.

Ela suspirou, fechou os olhos e, por fim, tomou fôlego e iniciou:

— Quando percebi que o tiro foi em mim... — Era a primeira vez que ela tocava no assunto. — Fiquei assustada, eu sentia queimar e doeu muito. Depois, no hospital, continuei sentindo muitas dores, achei que todos estavam mentindo e que eu morreria.

Débora desviou o olhar do prato, mas não me encarou, e prosseguiu:

— Fiquei pensando que sairia do mundo sem te deixar uma lembrança minha e que provavelmente você se casaria e... — Deixou a frase suspensa, olhando em meus olhos. — Eu também quero. Isso não tem a ver com meu sobrinho, a notícia apenas me lembrou de que eu estava adiando essa conversa.

— Se você está dizendo que quer ter um filho apenas por mim, dispenso.

— Não, estou dizendo que quero ter um filho seu, porque eu te amo. Acho que da mesma forma que não deixaria um pedaço de mim, não levaria na lembrança um pedaço que fosse nosso.

Desfiz o nó entre meus dedos, não percebendo, até então, que os esmagava um no outro. Toquei sua mão e ela correspondeu, entrelaçando nossos dedos. Levantei em seguida, porque tocar suas mãos era menos do que eu precisava. Segurei seu rosto e beijei sua testa e seus lábios.

Epílogo

Théo

2006

Sophia se aproximou a passos largos pelo saguão do aeroporto internacional com um amplo sorriso e braços abertos para um abraço.

— *Que nostalgia de te!*

— *Sophia! Grazie per averci aiutato voi!*

— Adoro ficar de fora da conversa... — resmungou Carol.

— Desculpe, Carol, apenas agradeci por ela ter vindo nos ajudar. *Andiamo!*

Sophia contava todas as novidades da Toscana. Enzo havia sido preso por três dias por envolver-se com a mulher de um delegado de polícia. Era um idiota.

A *nonna* estava sendo... A *nonna*. Para variar, como uma boa bisavó, tricotou inúmeros casacos, mantas e sapatinhos cor de rosa para a nossa Cecília.

Expliquei à Sophia que Débora estava com uma barriga muito grande e mal conseguia se mover sem que soltasse suspiros sôfregos. Não menti, contei que estava absurdamente irritada com tudo e que esse estado piorava a cada dia. Jamais imaginei que ficaria tão grávida, ainda assim, linda, mesmo reclamando, brigando e gritando, estava perfeita para mim.

Boa parte de sua irritação nada tinha a ver com comida ou com a lentidão de seus passos, mas com o diagnóstico de arritmia cardíaca de nossa filha, que nos tirava o sono.

Durante o trajeto de quarenta e seis minutos, Carol nos divertiu com suas histórias, mas, assim que entramos na rua da minha casa, Duda correu em nossa direção. Parei o carro atravessado na calçada e entramos correndo.

Débora gritava. Não estava nem sentada, nem deitada no sofá. Ricardo, ajoelhado no chão ao seu lado, segurava sua mão enquanto torcia o rosto, sofrendo junto com ela. Na mesa de canto, havia um copo com água e uma cartela de analgésicos.

— Anghelo! — gritou ao me ver.

Tomei o lugar de Ricardo, tentando entender. O parto estava previsto para as próximas três semanas, então nossa filha estava muito adiantada.

Todos resolveram falar ao mesmo tempo. Duda se alternava entre tentar falar comigo e com o médico de Débora, no celular. Ricardo explicava o que acontecera no breve momento em que estivemos fora. Sophia se expressava em um português forçado, gritando de longe o que seriam instruções, até que veio do lavabo com as mãos ainda úmidas, abaixou uma das pernas da minha esposa e ela gritou mais uma vez. Sophia apalpou a barriga de Débora e arregalou os olhos.

"Muito baixa", nos disse. Então, instintivamente, passei um dos braços por baixo das pernas da minha mulher para levantá-la; precisávamos levá-la ao hospital. Mais um grito agudo saiu de seus lábios.

— Tente ficar calma. — Nós sabíamos que a sequela daquele infeliz incidente daria sinais quando a gestação avançasse. Ela nunca se curou por completo da lesão do nervo intercostal. — Eu sei que está doendo, mas o remédio...

— Não é pela dor, Anghelo — disse entredentes —, olha o que você fez comigo! Estou horrível!

— Eu? Minha culpa?! Foi você quem comeu bolinhos escondida durante toda a gravidez! Carol é a culpada! — disse.

— Eu? Ela comeu porque quis! — disse Carol.

— Cale a boca, Ana Carolina! — Duda estava ao telefone. — Estou tentando deixar um recado para o médico!

— Melhor levá-la para a cama! — Carolina interveio outra vez.

— Melhor levá-la logo para o hospital! — Ricardo ainda massageava a mão esmagada por Débora.

— Então por que não a levou? Gênio! — Carol se alterou.

— Carolina, cale a boca! Você sabe que ela não iria sem o Anghelo! — gritou Ricardo, exasperado.

— Gente, ela está pesada... — Débora fuzilou-me com os olhos.

— Vamos pra porra do hospital! — ela vociferou.

— Tente se acalmar — pedi.

Carol pegou as chaves no meu bolso e entregou para Ricardo enquanto eu acomodava Débora no banco de trás. Ele deu a partida no carro e Carol sentou-se rapidamente no banco do carona. Duda e Sophia nos seguiriam em outro carro, mas antes de chegarmos ao final da rua...

— Espera! — Carol gritou, fazendo Ricardo parar bruscamente o carro.

— O que foi? — perguntei exaltado enquanto minha mão estava sendo esmagada pelos dedos de Débora.

— A malinha, os documentos dela, a carteira do plano! — Ricardo voltou um bom pedaço em macha-ré, jogando o carro para a esquerda numa curva fechada e seguindo de volta para a casa.

Carol desceu antes de o carro parar completamente, pegou as chaves e sumiu correndo para o interior da casa.

Pareceu uma eternidade para mim, que encarava o olhar irado de Débora.

— Tente se acalmar.

— Anghelo, peça calma mais uma vez... — disse em uma respiração entrecortada — e juro que te mato! Tem uma bola de basquete prestes a sair por um buraco onde só passa uma bola de golfe!

— Eu sei, eu sei!

— Sabe nada! Vou te enfiar uma berinjela e você vai saber!

Dio Santo!

— Rápido, Carol!

O médico finalmente deu sinal de vida. Como o parto não era previsto para logo, ele aceitou participar de um congresso de dois dias no sul do país.

Débora parou de gritar ou gemer e simplesmente trancou os olhos e os lábios numa careta que surgia em espaçamentos cada vez mais curtos.

Nós nos preparamos para entrar na sala de cirurgia, precisava estar com elas mesmo tenso, a ponto de quase esmagar a câmera nas mãos.

— Não quero que me filme!

— Então foto. Preciso registrar a chegada da nossa princesa.

Ela respirava rápido... Assim que o obstetra entrou na sala de azulejos brancos, sorriu como se não houvesse nada de mais acontecendo. Fez umas perguntas enquanto a equipe médica realizava os demais procedimentos, avaliou rapidamente minha esposa e se colocou entre seus joelhos, para aumentar o canal do parto com uma episiotomia.

Tudo começou a escurecer, as vozes tão... Longe...

— Anghelo! — Débora me trouxe à realidade e me mantive firme.

Dio, aquilo tudo estava acabando com meu parque de diversões...

— Não pode fazer uma cesariana, doutor? — Estava aflito.

— O bebê já está coroando. Fique calmo, pai, a anestesia pegou.

Foram muitos minutos de angústia até que o médico me chamou para fotografar o nascimento de Cecília. Sem dúvida, a foto sairia tremida, pois seguiria o curso das minhas mãos.

Vi seu rostinho, tão redondo e tão pequeno; era linda. Quase nenhum nariz, mas tinha um pulmão incrível! Não fez som algum ao ser tirada, mas, logo que a pediatra mexeu em seu nariz e boca, chorou alto, forte. Era perfeita.

Relatei sobre a arritmia. A doutora, com um estetoscópio, examinava com cuidado. Meneou a cabeça em negativa, os lábios curvados para baixo.

— Ela é perfeita, pai. Em um primeiro momento, garanto que está muito bem. Deixe-me mostrá-la para a mamãe... — Fiquei confuso com seu diagnóstico. A médica embrulhou minha Cecília como se fosse uma boneca.

Virei para olhar Débora, mas a expressão de dor era crescente em seu rosto, mais uma vez. Ela não parecia nada bem. Acariciei sua testa, ela não estava bem. O médico ainda estava entre suas pernas.

— Doutor! — chamei pelo médico. — Déb, meu amor, o que há?

— Não se preocupe, pai. Sua esposa só precisa continuar o trabalho, está indo muito bem. Empurre mais um pouco.

— Mas o que... — Não entendia mais nada, até que o choro de um bebê se confundiu com outro e meu coração parou, congelado naquele instante.

— É um menino! — O médico estava entusiasmado e eu, pasmo.

— Impossível! — Débora praticamente gritou. Estava furiosa e exausta. — Fiz cinco ultrassons, nunca apareceu nenhum menino! Eu saberia se tivesse um menino dentro de mim!

— Mas aqui está, o filho de vocês.

— Doutor, você não conhece meu marido! Não teria como esconder o pinto de um filho dele!

Fiquei constrangido quando as enfermeiras e a pediatra olharam em minha direção e se entreolharam.

— Provavelmente, ele ficou escondido. Bem escondido, eu diria...

— Vou processar o meu médico! Tenho um quarto rosa em casa! Fala alguma coisa, Anghelo!

— Eu... Eu... Tem mais alguma criança para sair daí, doutor?

Carol se aproximou de uma Débora mais serena, dando um beijo em sua testa.

— Como você está, amiga?

— Tirando o susto, bem.

— Seus bebês são lindos. Pensou no nome do garotão?

— Matteu? — Débora perguntou, olhando em minha direção.

Matteu era um lindo nome.

— Ainda bem que você teve aquela ideia maluca de colocar somente roupinha branca na malinha... Mas, ainda assim, vamos precisar sair para buscar mais roupinhas. Não se preocupe, vamos trazer todas as rosinhas para a Cecília e o Matteu fica com os conjuntos brancos. Tudo bem desse jeito?

Débora assentiu, lacrimejando. Aproveitei que a madrinha, Carol, estava por perto e saí para um telefonema.

— Pietro, meus filhos nasceram.

— Mas já? Ora, parabéns! Espere, filhos? Que filhos? — Estava tão incrédulo quanto eu fiquei.

— São gêmeos. Cecília veio com um irmãozinho, vamos chamá-lo de Matteu.

— *Dio*... E estão todos bem? Débora, os *bambinos*...?

Parei em frente ao berçário. Nossos bebês eram lindos, com cara de joelho, rosados e cabeludos.

— Sim. Liguei por isso também, preciso de um favor. Entre em contato com nossos advogados, esse assunto não passará em brancas nuvens — disse.

— Sem problema, ligarei agora mesmo. Mais tarde farei uma visita. Novamente... Parabéns!

— Obrigado.

Assim que Débora os alimentou nos seios, sorriu para mim, sem um traço sequer de toda a raiva que sentiu horas antes.

— Eles são mesmo lindos, não são?

— São sim, *amore mio*, estou *veramente felici*.

— *Tu sei... L'uomo della mia vita* — ela disse. Beijei seus cabelos e sorri.

— Andou praticando... Está correto, sou o homem da sua vida e você, a mulher da minha vida.

— *La Donna della sua vita?*

— *La Donna della mia vita. Amore mio.*

2008

— Desçam daí imediatamente! Vou chamar o pai de vocês para ver o que estão fazendo com o cabelo da *nonna*...

Apesar de estar a poucos metros de Débora, ela falava como se eu estivesse em outro lugar, como se as crianças não pudessem me ver. Olharam para mim e eu pisquei para elas enquanto abria a garrafa de vinho, e elas sorriram de volta.

Sophia e Giuliana carregavam mais algumas travessas com comida para a mesa no jardim. Era um dia agradável de verão em San Gimignano, na Toscana, com uma reunião dos Di Piazzi. O almoço de quintal era praticamente obrigatório.

Pietro apareceu apoiando as costas na bancada da cozinha. De onde estávamos, era possível ver Cecília e Matteu em pé no sofá de madeira, na varanda, prendendo folhas no cabelo da *nonna*, que cochilava. Débora tirou-os do sofá, limpou o cabelo da *nonna* e voltou à cozinha para buscar mais talheres. Reclamou comigo por não dar bronca nas crianças. Pietro riu, vangloriando-se da vida de solteiro.

Mudei de assunto, dizendo que seu irmão havia telefonado e que estava tudo bem com as crianças e Luíza. Nossos sobrinhos estavam cuidando bem de Chocolate. Não seriam férias longas, apenas vinte dias, mas ela sentia falta do Cocker Spaniel.

Débora suspirou.

— Saudades do cachorro...?

— Não, só estava pensando no que nos espera quando voltarmos.

— A empresa está sólida, não se preocupe tanto, vamos ficar protegidos na nossa bolha. O Brasil está forte, a crise não vai nos alcançar, está bem? — Aquiesceu e beijou meu ombro. — Será que você não aprendeu nada com a história das caraminholas?

— Aprendi. Mas é que eu... Matteu! — Débora gritou, interrompendo o que dizia. — Moleque capeta! Vou prender você no carrinho!

Débora correu para limpar o cabelo branco da *nonna*, agora amarronzado pela terra que Matteu jogou. A *nonna* nem se mexeu.

Muitas coisas importantes aconteceram em nossos seis anos de casamento, muitas histórias que um dia serão contadas.

A vida não era fácil, nem calma; pelo contrário, era repleta de altos e baixos, alegrias, tristezas e incertezas, mas seríamos felizes, ou morreríamos tentando.

E quem diria que eu ia encontrar a família imperfeitamente perfeita alugando-me como noivo?

Agradecimentos

Meu Deus, obrigada por me deixar viver e concluir esta tarefa, mas só para lembrar, ainda está faltando plantar a árvore, hein... Dê-me um tempinho a mais.

Gostaria de fazer um agradecimento pomposo, como sempre vejo por aí e penso: hmm, fulano é tão chique... Mas, aí... não seria eu, que sou uma moça simples, e quero agradecer por escrito da mesma forma que faço quando estou com meus leitores, pessoalmente, assim, como se estivesse olhando nos olhos e segurando a sua mão. "Cara, valeu por tornar esse livro possível." Muito bom ter recebido tanto apoio, tanta gente torcendo pra dar certo, incentivando e tendo paciência.

Agradeço pelo carinho motivador dos meus leitores, vocês são demais!

À Editora Charme, que acreditou no meu trabalho. Verônica Góes, por se apaixonar pelo Théo.

Não posso deixar de falar dessa autora incrível, Evelyn Santana, obrigada por me ajudar nas horas mais inoportunas.

Família e amigos, durante muitas horas, deixamos de nos reunir. Deixamos o jogo de bola e a corrida com carrinhos para "daqui a pouco, só mais um parágrafo". Obrigada por me esperarem. Meninos, eu não poderia deixar de colocar uma pitadinha de vocês aqui, seus nomes estarão eternizados no livro. Obrigada por me ouvirem falar o tempo todo sobre esse assunto durante meses, assentindo, enquanto tinham em seus pensamentos: "Oh, Deus, lá vem ela com isso outra vez".

Théo, você é o cara mais doido que eu já conheci. Mas, sem o seu apoio esse livro não aconteceria. Lembro bem daquele dia, na cozinha, quando perguntei o que achava do título do livro e você balançou a cabeça, afirmando e disse que gostava, o título veio antes do livro. Desculpa aí com a sua mãe, ela não achou muito bacana eu ter colocado um monte de coisas da sua vida.

Carolina Muniz, minha grande amiga desde o berçário, obrigada por existir de verdade e por me deixar colocar você, na íntegra, nessas páginas. Te amo, amiga.

Sobre a autora

Clara de Assis nasceu na cidade do Rio de Janeiro, estudou arquitetura e urbanismo, comércio exterior e está em busca de mais uma graduação, letras – literatura.

Ainda atua na área de engenharia, mas sua paixão por livros, que começou aos cinco anos, tem mais destaque e peso em sua vida. Ensaiou sua primeira escrita aos 10 anos e publicou seu primeiro livro de maneira independente aos 28 anos.

Sua leitura preferida é romance policial e ama escrever comédia romântica, gênero que lhe rendeu figuração entre os 10 autores independentes mais lidos no Brasil.

Pragmática e de riso fácil, mora no Rio de Janeiro com sua família.

Contato:

Instagram: @clarinhadeassis

http://facebook.com/claradeassis.escritora

Curta a página: Aluga-se um Noivo no Facebook